Hugo Moon 2

Hugo Moon 2
COMPRENDRE

**

Damien Leban

Corrections : Yvette PETEK
Relectrice : Delphine DOUCY-RONDEAUX

ISBN : 9798674939092

À la mémoire de Didier Ballin,

3.1

Gamers

Les week-ends, je passais le plus clair de mon temps sur mon ordinateur. Je ne voyais pas les heures défiler et ne m'ennuyais à aucun instant. Mon cerveau bouillonnait à chaque étape de mon projet et l'excitation me gagnait au fur et à mesure que je m'approchais du but. Les lignes de codes défilaient sur mon écran et peu de personnes en ce bas-monde auraient eu la faculté de les comprendre.

Cette passion de l'informatique remontait à l'anniversaire de mes six ans pour lequel mes parents m'avaient offert mon premier ordinateur. Ce n'était pas le modèle le plus performant du marché, loin de là, mais à l'époque, l'objectif visait à me permettre de suivre des cours par correspondance via le Net, à appréhender les outils numériques et à accéder au monde autre que par la télévision.

En quelques années, mes compétences en informatique s'étaient développées exponentiellement. Deux raisons expliquaient ce phénomène : j'avais beaucoup de temps à accorder à ma passion et je possédais des capacités intellectuelles et mémorielles qui dépassaient de loin la moyenne du commun des mortels.

— La nature a cherché à compenser ton handicap, philosophait souvent ma mère lorsque le sujet de mes facilités à apprendre était évoqué.

Avec les années, j'ai été forcé d'accorder du crédit à son hypothèse. Pour contrebalancer ma maladie d'enfant de la Lune et ce xeroderma pigmentosum, il fallait bien le quotient intellectuel d'Albert Einstein. Non, il ne s'agissait pas de vantardise, simplement d'une constatation scientifique. De toute façon, à qui aurais-je pu me glorifier ainsi, moi qui ne voyais personne en dehors de ma famille proche ?

Certes, je racontais souvent mes exploits à Husky, mon cher cocker – surtout lorsque je ne pouvais ouvertement en discuter avec mes parents – cependant, mon animal de compagnie qui passait ses journées avec moi dans ma chambre n'était pas très impressionné par mes histoires de programmation, de hacking ou de gaming...

En effet, au fur et à mesure de mes expérimentations, j'étais passé du simple codage pour réaliser un blog sur ma passion des jeux vidéo au piratage tendance « white hat[1] ». Je m'adonnais discrètement à ce sport cérébral uniquement pour me lancer des défis et je n'avais en aucun cas cherché à nuire à quiconque. N'ayant ni ami, ni ennemi, je n'en voulais à personne, sauf parfois au Dieu que priaient mes parents, mais je n'ai jamais découvert son adresse IP pour le pirater. J'avais juste des connaissances, des pseudos et des avatars que je fréquentais par claviers interposés sans savoir qui réellement se cachait derrière.

Dans mon curriculum vitae de gentil pirate, j'alignais les craquages de mots de passe sur certains réseaux sociaux, la consultation de données protégées sur des sites commerçants ou d'entreprises plus ou moins bien protégées contre les attaques. Avec l'expérience, mon assurance grandissait, avec l'âge, ma perception du monde extérieur s'affinait. Mes cibles devinrent alors plus revendicatrices, même si d'aucune manière je ne

---

[1] White hat = type de hacker éthique et bienveillant.

détruisais ce que je visitais. Des sociétés polluantes ou frauduleuses et des personnalités politiques aux opinions nauséabondes eurent donc un jour des alertes d'intrusion et des messages de ma part. Je leur racontais ce que j'avais appris en m'introduisant dans leur réseau et les menaçais de dévoiler certains détails s'ils n'obéissaient pas à mes directives.

Ces petits jeux très amusants, ces interdits que je franchissais sans quitter ma chambre m'excitaient énormément. Du fait de mon jeune âge, je ne voyais aucune malveillance à mes actes et n'imaginais pas les répercussions que mes agissements pouvaient engendrer.

Un samedi en plein automne, quelques jours après mes seize ans, je m'étais laissé emporter par la joie d'avoir reçu un nouveau bijou avec un microprocesseur d'une rare puissance, une carte graphique de dernière génération, un disque dur dépassant le téraoctet et un écran Full HD de vingt pouces. Une tuerie pour un geek comme moi. Ma victime en date portait le nom de Richard Bushman, le maire de la ville, qui prétendait devenir sénateur aux prochaines élections. Mes parents parlaient régulièrement de cet homme élu par le peuple malgré de nombreuses rumeurs sur sa vie privée et ses agissements dans la sphère politique. Ils l'évoquaient toujours négativement, protestant souvent contre les décisions qu'il prenait. Leurs propos avaient involontairement piqué ma curiosité et je m'étais intéressé à son site de campagne, à ses boîtes mail et même au contenu de son téléphone portable…

Je n'avais rien vu venir. En moins de cinq minutes, un virus avait infesté mon ordinateur et grillé ma carte mère sans que mon système sophistiqué et mes capacités hors-normes puissent y faire quoi que ce soit. Une contre-attaque directe, punitive qui ne m'avait laissé aucune chance. J'avais pleuré, écœuré autant qu'effrayé. Écœuré d'avoir perdu mon matériel high-tech dernier cri. Effrayé de penser que ce Bushman ou la police puisse remonter jusqu'à moi et que je subisse une seconde punition, judiciaire cette fois-ci.

J'avais dû mentir à mes parents en leur expliquant qu'un défaut de fabrication était à l'origine du désastre. N'y connaissant rien et m'accordant une grande confiance, ils n'avaient pas mis ma parole en doute. Avant cet incident, jamais, je ne les avais trahis. Pas que je ne sois pas, à l'instar de tout adolescent, capable de jouer sans cesse avec la vérité, mais plutôt que je n'en avais pas eu l'occasion auparavant. Faire une connerie avec un pote... Fumer ou boire en cachette... Tricher lors d'un contrôle... Manquer de respect à un adulte... Enfermé à la maison, volets clos et aux vitres teintées pour que les ultra-violets ne m'agressent pas, je n'avais jamais eu l'opportunité de vivre ces joies et désagréments...

Mon père avait appelé le service après-vente et une semaine plus tard, je retrouvais un peu le sourire. Néanmoins, j'avais appris de mes erreurs et depuis ce samedi maudit, j'ai abandonné ce passe-temps dangereux pour me consacrer pleinement au gaming. Jouer en solo ou en réseau dans des univers virtuels complexes me permettait de m'aérer l'esprit après ma semaine de cours par correspondance, tout en valorisant mes capacités cognitives. Le gaming constituait aussi un lien social vers l'extérieur. Au travers des parties endiablées, j'échangeais des banalités de gamers derrière mon pseudo, Hugo Moon ; ce qui me divertissait bien plus que les conversations habituelles avec mes parents.

Le virtuel était pour moi bien moins nocif que le monde réel et ses rayons solaires.

J'avais longtemps pensé cela.

Jusqu'au jour où j'ai gagné une place V.I.P. pour découvrir le jeu vidéo le plus attendu de l'année, qualifié de révolutionnaire par les spécialistes : GAMERS.

Le Festival Gaming s'étant installé en ville, j'ai su convaincre mes parents de m'y conduire malgré les risques liés à ma maladie. Suite à une sévère crise, ils ont accepté. J'ai donc enfilé ma combinaison anti-UV de la tête aux pieds, passant comme toujours aux yeux de tous pour un extraterrestre. Au moment de monter sur l'estrade et de commencer la partie en compagnie de quatre autres joueurs, un puissant orage s'est abattu sur la ville et a dévasté la salle du festival, court-circuitant toutes les installations.

Après un black-out, je me suis réveillé avec quatre compagnons d'infortune dans un bunker en plein désert. Lyla, Haruki, Louisa et le Boss.

Je ne le savais pas encore mais la partie avait commencé.

Sans le vouloir, je me suis retrouvé piégé dans un monde apocalyptique, futuriste, digital et effrayant...

Je m'appelle Hugo.

Bienvenue dans mon nouvel univers.

NIVEAU 3
-
GAULON

3.2

Les autres

Les yeux fermés, j'appuie sur la détente.

La détonation me foudroie le cœur et l'esprit.

Je refuse de la regarder tant que je ne l'entendrai pas prononcer mon nom.

Et si mon raisonnement était erroné ? Et si Lyla ne revenait pas à elle, dans son état normal ? Et si elle ne revenait pas du tout ? En pleine mutation, peut-être n'a-t-elle pas pu sauvegarder sa partie ? Je ne me le pardonnerai pas, si, par mon geste, et en tant que héros voulant la sauver, je l'avais condamnée à retourner à la case départ du niveau deux…

Dans cet espace-temps où ne souffle qu'un léger vent, nous sommes à la frontière de deux mondes antagonistes. De l'autre côté de la barrière énergétique que nous venons de franchir, nous avons quitté un désert et une montagne arides où les rayons du soleil irradient à longueur de temps des pourris condamnés à errer indéfiniment. Un véritable enfer pour moi qui suis photosensible. De ce côté, la ville de Gaulon s'impose par son immensité ; des centaines de gratte-ciel se dressent tout de béton et de verre. Ici, il fait nuit ; ici, il fait frais. Pour autant, sincèrement, je ne crois pas un instant que ce nouveau dôme renferme le paradis…

Après un frisson dû à la brusque baisse de température, je sens sa main se poser sur la mienne. Cette sensation pulse le sang dans mes veines et m'emplit d'un bonheur intense.

— Merci, Hugo, dit-elle, la voix chargée d'émotion.

J'ouvre les yeux et plonge le regard dans le sien. Lyla. Ma Lyla. Aussi belle et fraîche qu'au début de notre aventure, aussi saine et sauve que je pouvais l'espérer. Elle a échappé au monde des pourris, elle est revenue de celui des morts. Ses longs cheveux blonds virevoltent. Elle glisse une mèche derrière son oreille et ce petit geste anodin finit de briser ma carapace. Des sentiments d'amour naissant m'envahissent et je ne peux désormais plus les nier.

— J'ai eu tellement peur de te perdre… Peur que mon plan ne fonctionne pas… réussis-je à dire malgré mon trouble.

— Je suis là. Je ne te remercierai jamais assez de m'avoir évité de finir en pourrie… Désormais, j'ai l'avantage d'être à cent pour cent de ma forme contrairement à toi ! Tu as l'air crevé !

Je vois qu'elle n'a pas perdu son humour. Elle me lance un clin d'œil avant d'aller embrasser Haruki et Louisa, témoins silencieux de son retour. Ils sont pourtant tout aussi heureux que moi de la retrouver sans trace de contamination.

— Ça va, ma chérie ? demande-t-elle à Louisa, la petite rouquine, devenue sa sœur de substitution. Tu as une triste mine…

J'en conclus que Lyla n'avait plus conscience de ce qui se déroulait autour d'elle durant ses derniers instants. Elle n'a pas assisté à l'exécution du boss… Cet enfoiré de première nous avait réservé un scénario macabre ; ce tyran violent nous aurait tués un à un sans hésitation. En l'assassinant froidement, Louisa nous a permis de nous libérer de son joug, de franchir le dôme et d'accéder au niveau trois. Nous lui devons beaucoup. Mais à sept ans, ce geste a sans doute traumatisé l'enfant pour longtemps et désormais elle accuse le contrecoup de son acte.

Voir Lyla se transformer lentement en pourrie fut une expérience terrible pour nous tous. Sa peau s'était verdie et craquelée, ses yeux s'étaient injectés d'un jaune intense, ses ongles avaient muté en griffes… Son âme d'adolescente aimante avait sombré et laissé place à celle d'un monstre. À plusieurs reprises, elle avait tenté de nous mordre afin de nous contaminer… Je ne souhaite pas revivre cette horrible expérience de spectateur impuissant.

— Il faut que tu prennes immédiatement le cœur de la vie, dis-je. S'il t'arrive le moindre pépin, c'en sera fini…

Je n'ai aucune hésitation. Le cœur que nous avons trouvé en haut de la montagne grâce à mon hyperacousie puis gardé en prévision lui revient en mémoire. Ayant tous débuté avec deux droits à l'erreur, nous avions les uns après les autres jusque-là subi une mort depuis le début de la partie. Lyla vient d'utiliser son deuxième joker. Je n'ose imaginer le drame si elle mourait une nouvelle fois car nous n'avons aucune idée de ce qu'il adviendrait d'un joueur perdant toutes ses vies…

Lyla le sait pertinemment, néanmoins elle n'acquiesce pas. Elle doit se dire qu'elle ne mérite pas plus que ses amis de bénéficier de cette vie supplémentaire chèrement gagnée. Cette retenue prouve sa valeur et j'interprète le silence d'Haruki et Louisa comme un assentiment logique.

Je prends le sac de Lyla, m'accroupis et commence à le fouiller.

— Tu avais bien rangé le coffret dans tes affaires ?

Je ne parviens pas à masquer mon inquiétude de ne pas trouver l'objet convoité et je finis par vider le contenu du sac sur le macadam poussiéreux. En analysant le bazar renversé au sol, je ne peux cacher mon dépit puis un certain affolement. Le sésame a disparu.

Quand je relève la tête, tous me regardent. J'ai du mal à identifier les sentiments que je lis dans leurs regards mais cette situation me préoccupe car elle est lourde de sens à plusieurs égards… Avec la perte de cette vie, Lyla risque gros… Sachant que ce coffret n'a pu se volatiliser tout seul, cela signifie que l'un de mes camarades l'a dérobé… Deux conséquences qui me déplaisent et me font perdre pied un instant.

Mon excellente mémoire identifie immédiatement le laps de temps durant lequel ce vol a été possible sans que je ne m'en aperçoive. Lors des quelques minutes où je me traînais dans les conduites d'aération au-dessus du tunnel… À cet instant-là, le trio était plongé dans le noir, Lyla souffrait, Haruki et Louisa patientaient…

Je n'ai pas le temps de réfléchir plus à cette épineuse question qu'une ombre au sol s'étale sur nous, engloutissant nos silhouettes. Trop accaparés par ce mystère, nous n'avons rien vu venir. Nous nous retournons tous vers l'individu qui nous surprend. Surarmée, une adolescente nous menace de deux mitraillettes. Nous sommes clairement à sa merci.

— Qui êtes-vous ? nous demande-t-elle d'un ton agressif.

Même si la fille porte un baggy de camouflage, le reste de sa tenue exclut toute appartenance à la junte militaire. Avec des cheveux rose fluo, des piercings constellant son nez et ses oreilles, un débardeur moulant laissant paraître des formes avantageuses et des multiples tatouages, son look détonne dans la grisaille citadine en fond. Elle mâchouille un chewing-gum et en gonfle une bulle qui finit par éclater.

Mon esprit est autant perturbé par les armes pointées sur nous que par l'allure décalée de l'intruse. Je sais pertinemment que l'habit fait rarement le moine, cependant si je me fiais aux signaux renvoyés par cette fille, je la qualifierais immédiatement de dingue gothique.

À genoux à terre, je n'ose me relever de peur qu'elle me tire une balle en pensant que je pourrais tenter une attaque. Ce n'est nullement mon intention, je ne suis pas un casse-cou. Je vais parlementer avec elle et tenter de découvrir qui elle est. Jusqu'à présent, nous n'avons pas la moindre idée du type d'individus vivant à Gaulon ou de la forme que peuvent prendre ici nos ennemis. La méfiance est mère de sûreté alors j'avance doucement mes cartes sans dévoiler mon jeu.

— Nous sommes des voyageurs. Nous venons de la montagne et espérons faire escale dans cette ville.

Je capte instantanément qu'elle ne croit pas un traître mot de mon histoire, qui pourtant en un sens n'est pas un mensonge. Je m'attends à ce qu'elle intensifie sa menace.

— Ne me prends pas pour une noob[1], gamin, tranche-t-elle, certaine de dominer la situation même à une contre quatre.

Noob. D'ordinaire, personne ne connaît et n'utilise ce mot spécifique des gamers. J'en conclus directement qu'elle appartient à notre communauté. En une fraction de seconde, mes neurones s'activent et deux éléments remarquables me reviennent. Tout d'abord, plusieurs dômes se cachent bien derrière la chaîne montagneuse

---

[1] Noob = Débutant

que nous avons traversée, ce qui implique la possibilité d'autres mondes accessibles. Ensuite, les mots de la lettre de mission que j'ai lue en validant le niveau deux du jeu prennent particulièrement du sens ici : « Trouver le QG de Marylin en premier. » *En premier…*

— Tu as perdu tous tes coéquipiers ? lancé-je pour la déstabiliser.

À ma réplique, elle cesse de mâcher frénétiquement son chewing-gum. À son tour, elle vient de saisir la réalité. Nous sommes plusieurs équipes à jouer à Gamers ! Visiblement après deux niveaux en solo, nos directives sous-entendent que nous allons devoir nous affronter pour atteindre ce fameux quartier général le plus rapidement possible.

Cette révélation est donc à double tranchant. Soit cette fille est esseulée et nous trouver devient une chance pour elle de poursuivre l'aventure plus sereinement, soit toute son équipe se cache dans le décor et se tient prête à nous éliminer.

Je la fixe droit dans les yeux et retiens mon souffle. À la moindre alerte, je lui saute dessus pour protéger mes amis et surtout Lyla. Étant au point de sauvegarde, mon sacrifice serait minime même si cette éventualité ne m'enchante pas. Le temps de quelques secondes, elle semble nous jauger, nous examiner à tour de rôle.

Elle baisse ses mitraillettes et me tend la main.

— Salut, je m'appelle Courtney. Non, je n'ai pas vraiment perdu mes coéquipiers mais je fais bande à part… Disons que ça ne collait pas entre nous.

Son ton est détaché, son sourire franc. Je lui serre la main et d'un coup, elle me tire et m'aide à me relever. Devant cette ouverture et cette volonté de sympathiser, je présente mes amis et précise que nous venons de perdre un membre, renvoyé au début du niveau deux. Je préfère ne pas en dire plus concernant le Boss car l'hypothèse que Courtney ait aussi été évincée de son groupe n'est pas à exclure. Lui révéler que nous avons buté l'un des nôtres ne serait pour l'instant pas judicieux.

— Tu crois qu'il y a combien d'équipes au total ? demande Lyla.

Toute information est bonne à prendre, mon amie a bien raison. Si nous devons désormais affronter d'autres joueurs, il est vital d'en connaître le nombre exact. Comme depuis notre entrée forcée dans Gamers, les quelques renseignements sur le but du jeu tombent au compte-gouttes ; quant aux règles à appliquer, nous les devinons en avançant …

Le paramètre « humain » m'inquiète avec l'intrusion d'autres groupes. Il est difficile de se fier aux autres, et impossible de s'allier sereinement avec des joueurs inconnus. Jamais. Jusqu'à présent, nous affrontions des pourris, des militaires et des rats enragés. Une fois leurs caractéristiques appréhendées, il devenait plus facile de les battre. Avec des humains face à nous, l'aléatoire, la perversité, le faux-semblant, l'émotionnel rentraient en jeu. Les joueurs en chair et en os sont naturellement plus complexes et donc compliqués à cerner.

Courtney constitue notre premier test. Peut-on réellement s'en remettre à elle ?

Je cherche une réponse dans les regards de Lyla, Louisa et Haruki.

Je n'ai pas le temps d'interpréter les signes que notre attention est attirée par des vrombissements surgissant au loin, apparemment du cœur de la ville. Je réalise que nous sommes ici exposés aux yeux de tous : d'un côté le désert et la roche, de l'autre des buildings. Nous constituons des cibles idéales, il est urgent de déguerpir !

Nous ramassons rapidement nos affaires et nos sacs. Le temps de nous mettre en ordre de marche, nous distinguons à l'horizon plusieurs camions et tanks chargeant dans notre direction.

— On s'arrache ! déclare Courtney qui s'élance la première vers la ville.

3.3

Confiance

Je me retourne vers mes amis et attends un signal, un geste, une parole. Quelques secondes précieuses s'écoulent sans que personne ne veuille assumer la décision de suivre cette inconnue. Notre aventure peut complètement chavirer maintenant, la suivre ou non peut avoir des conséquences graves que nous ne pouvons pour l'instant imaginer. Mais la vie n'est-elle pas une succession de choix qu'il faut prendre, parfois à l'aveugle, parfois à l'instinct, parfois dans l'urgence ?

Je ne parviens pas à peser le pour et le contre. Le silence de mes camarades me pousse vers un statut de leader que je ne souhaite pas spécialement adopter. Les responsabilités, je ne connais pas. Assumer les conséquences de mes décisions face aux autres m'est difficile. Or, mon seul souhait est de garder Lyla en vie et dès lors, je ne vois d'autres options que de nous joindre à Courtney.

— On la suit, affirmé-je, d'un ton engagé.

« Et on verra ensuite… » finis-je dans ma tête. Hors de question de signer un blanc-seing pour le long terme sans évaluer sa présence avec nous. Je lui laisse une chance, une seule, de nous prouver sa loyauté mais aussi son utilité. Je déteste la considérer ainsi, cependant la stratégie est un paramètre important pour gagner dans ce type de jeu, et celle-ci passe parfois par des alliances avec d'autres joueurs sans que l'amitié ne rentre en compte, simplement la plus-value pour le groupe.

Courtney a déjà filé loin devant, finalement sans se soucier de savoir si nous partions à ses côtés. Nous nous élançons et tentons de la rattraper. Je ne sais pas où elle va et je doute qu'elle le sache elle-même, toutefois, l'objectif premier ici est de disparaître du radar des militaires qui foncent droit sur nous. Nous envoie-t-elle directement dans un piège, dans la gueule du loup ? Je ne l'espère pas ! Je reste vigilant, sur mes gardes.

Nous atteignons l'abord d'un premier quartier constitué d'immeubles bas, plutôt délabrés voire abandonnés. Personne à l'horizon, dans les rues ou aux fenêtres. Cette couronne grisâtre constitue sans doute la banlieue de Gaulon, loin du centre-ville, proche du désert et des terrifiantes créatures que l'armée y enferme. Au-delà de ce premier rempart de béton, une immensité urbaine se dessine et semble vouloir nous engloutir. Cet antre sombre n'a rien de rassurant, si ce n'est – pour moi uniquement – l'absence de soleil.

Je vérifie que toute ma troupe est coordonnée et que nous filons ensemble. Nous dévions de notre trajectoire pour entrer concrètement dans cette ville, dans ce dédale d'immeubles qui s'offre à nous et en profitons pour quitter le champ de vision des forces armées nous pourchassant. S'éloigner d'eux est le mot d'ordre, la seule consigne actuelle pouvant nous maintenir loin des ennuis, car soyons lucides, à cinq, nous ne parviendrons jamais à lutter contre ce convoi militaire.

À simplement courir ainsi, nous sommes perdus d'avance, nous ne pouvons semer des véhicules motorisés. Mon idée réside à se faufiler dans des ruelles ou passages dans lesquels les soldats ne pourront pas passer et se verront contraints de mettre pied à terre… Mais là encore, sur la durée, nous sommes finis. Ils sont frais, nombreux, entraînés et ont l'immense avantage de connaître le terrain par cœur. Nous sommes éreintés, amateurs et avançons au feeling.

Courtney mène la danse tambour battant et emprunte, comme je l'espérais, les voies les plus étroites possibles à chaque croisement. Mes poumons me brûlent, je suis à bout de souffle et me retrouve en queue de peloton avec Louisa qui peine aussi à suivre le rythme imposé. Physiquement, il est évident que nous représentons les maillons faibles, nous ne pouvons rivaliser avec les sportifs que forme le trio devant nous.

Afin d'oublier mes douleurs et mon point de côté, je me concentre sur ce nouvel environnement. Inconsciemment, je mémorise notre trajet chaotique. À travers ce labyrinthe, nous ne croisons aucun individu, seules quelques carcasses de voitures sont échouées çà et là, soit brûlées, soit rouillées jusqu'aux essieux. Les façades des immeubles ont toutes aussi triste mine. Les fenêtres brisées, les portes barricadées et les murs tagués me font penser à un squat géant, sauf qu'il n'y a personne ici… En apparence…

Mon corps me lâche indéniablement et je ralentis petit à petit. Je prends la main de Louisa pour la motiver à avancer avec moi, coûte que coûte. Lorsque je perçois des aboiements hargneux, un instinct de survie puise en moi mes ultimes forces. Je prie pour que mon hyperacousie accentue leur intensité et qu'en réalité ces chiens soient bien plus éloignés que je ne le suppose. Quand je vois à vingt mètres devant moi Lyla s'arrêter soudainement, se retourner vers nous, la terreur se lisant sur son visage, j'ai ma réponse. Je ne suis pas le seul à entendre la horde de bestiaux cavalant pour nous rattraper. Comme Lyla, je les imagine enragés, tout aussi féroces que ces rats dans le tunnel qui l'ont profondément meurtrie.

À notre passage, elle n'a pas encore réagi, pétrifiée sur place. Sans m'arrêter, je la prends par le bras et l'oblige à poursuivre cette course effrénée, même si je suis à court de jus. L'idée d'être déchiqueté par des chiens ne me donne nullement envie de ralentir. Seul le mental peut encore m'aider quelques minutes, je dois tout entreprendre pour sauver Lyla.

Inexorablement, la horde canine se rapproche. J'entrevois une seule solution : face à toutes les entrées d'immeubles condamnées, il faut absolument gagner en hauteur pour leur échapper. J'ai aperçu plusieurs escaliers de secours extérieurs ; au prochain, il faudra grimper. Le problème réside en l'échelle permettant d'y accéder qui est souvent relevée à une hauteur inaccessible. Je me convaincs que le concepteur du jeu laisse toujours une échappatoire aux joueurs, sinon quel serait l'intérêt, s'il n'y avait plus d'espoir ?

L'intelligence de Courtney ne fait plus aucun doute lorsqu'à l'intersection suivante, elle tente d'attraper une échelle rétractable. Haruki arrive derrière elle, la prend par la taille et la porte directement sur ses épaules, sans difficultés apparentes. Cela se joue de peu mais elle atteint de justesse le premier barreau métallique et tire brusquement dessus. Le système est rouillé et glisse péniblement dans un déchirement de décibels. L'heure n'est pas à la discrétion, elle est à la survie.

— Grimpez sur la première plateforme ! Go, go, go ! s'écrie-t-elle en cheffe de commando pour galvaniser ses hommes.

Ce nouvel effort physique termine de m'éreinter et j'atteins le palier en m'écroulant sur la grille. Haruki aide Lyla et Louisa à escalader, cette dernière ayant le visage livide, sans doute est-elle comme moi au bord de l'évanouissement.

— Vite ! Ils sont là ! crié-je à Courtney, mon ouïe fine m'indiquant la présence des chiens en chasse à quelques mètres.

Lorsqu'elle pose son pied sur l'échelle escamotable, la première gueule pleine de bave surgit au coin de la rue. La bête dérape pour prendre le virage à angle droit et une dizaine de ses congénères lui rentrent dans les côtes. Les griffes acérées parviennent à s'accrocher au bitume et leur allure reprend de plus belle. Avec l'aide d'Haruki qui la hisse, Courtney se retrouve saine et sauve à l'instant où les chiens bondissent vers nous.

Quand les crocs de l'un d'eux déchirent le baggy de la fille aux cheveux roses, je réalise que ce ne sont pas des chiens, pas des vrais chiens, pas une race canine vivant à mon époque. Nous sommes à au moins six mètres du sol, il me paraît inconcevable qu'un berger allemand même super entraîné puisse nous atteindre aussi facilement. Ont-ils été génétiquement modifiés ou est-ce le résultat d'une contamination comme les pourris ? Heureusement, le tissu du pantalon se déchire et la bête chute au milieu de la horde.

Le répit est de courte durée car tous s'élancent de leurs puissantes pattes et parviennent à notre hauteur. Leurs crocs me semblent démesurés, leurs yeux me transpercent d'effroi, leur détermination m'inquiète. Quand un claquement métallique résonne dans mon oreille, je comprends instantanément que l'un d'eux est parvenu à prendre appui sur un des barreaux pour rebondir jusqu'à nous. Une fraction de seconde plus tard, l'énorme bête surgit. Encore en l'air, j'ai le réflexe de lui tirer une rafale qui lui troue l'abdomen et le crâne. Son effort est stoppé net, il retombe et s'écrase au sol en un bruit sourd.

Nous n'avons d'autres choix que de les abattre.

— Butez-les, mais économisez vos munitions ! ordonne Courtney en lançant les hostilités.

Je ne réfléchis pas. Je m'exécute et vise les gueules acharnées qui n'ont de rêve que de nous broyer sans autre cérémonie. Notre situation dominante et nos multiples armes nous assurent une victoire rapide. Une balle en pleine tête suffit à les éliminer et notre application nous évite de perdre trop de temps. Cette horde ne constituait que le premier assaut…

Je dois désormais évaluer la situation et réfléchir à la suite. Les dizaines de militaires s'approchent à grands pas à leur tour. Il est impossible de lutter et il me paraît impensable d'espérer fuir comme cela éternellement. Il faut donc les duper ! La ruse est ma meilleure amie et en un instant, un plan simple s'esquisse dans mon esprit.

— On descend ! lancé-je.

La surprise et l'incompréhension sont générales. Ils veulent tous pénétrer dans l'immeuble où nous sommes montés, comme si de simples murs les protégeraient d'une armée vengeresse. Je n'ai pas le temps de leur expliquer en détails, aussi je me laisse glisser sur l'échelle pour les motiver à me suivre.

— Hugo ! Reviens, tu es fou ! Ils vont arriver d'une seconde à l'autre. Entrons et cachons-nous ! proteste Lyla.

— Il a raison, faites-lui confiance ! la coupe Courtney. Grouillons-nous !

Je n'avais pas retourné le problème. Dans cette nouvelle relation, nous devons lui accorder notre confiance tout autant qu'elle. À une contre quatre, elle se retrouve dans la position la plus délicate et pourtant, elle me rejoint la première. Lyla me regarde du haut du palier, indécise car elle ne comprend pas.

— Avec tous ces cadavres de chiens et cette échelle baissée, ils nous chercheront dans cet immeuble. Si nous y sommes cachés, notre sort est jeté. Le mieux est donc de s'en éloigner le plus possible !

Elle acquiesce instantanément. Tandis que je sonde les environs avec mon hyperacousie, elle finit par nous rejoindre avec Louisa et Haruki. Les soldats sont tellement nombreux que même en me concentrant, je ne parviens pas à dénombrer les voix et respirations que je perçois. Nous nous élançons dans la direction opposée à celle d'où les troupes arrivent. L'absence d'aboiements les empêche désormais de se guider facilement, ils ne possèdent pas le flair de leurs bêtes pour nous dénicher, ce qui nous laisse à peine le temps de disparaître derrière un nouvel édifice dégradé.

J'entends des ordres criés en tous sens. Comme ils ne parviennent pas à nous localiser, j'ai la désagréable impression que l'armée se disperse, ce qui ne joue pas en notre faveur. Alors nous traçons, éperdument, obstinément, en zigzagant à gauche, à droite, à chaque nouveau croisement de ce gigantesque dédale.

Au bord de la rupture, je m'arrête, la tête tournante, la vue trouble, les jambes endolories. J'ai eu peur d'être à nouveau la cinquième roue du carrosse mais tous mes compagnons ont aussi besoin d'une pause, tentant de reprendre leur esprit et leur souffle. Au bout d'une minute, je réussis enfin à me concentrer sur mon exceptionnelle ouïe. Je les entends certes, cependant ils me semblent très loin désormais et si mes perceptions ne me trompent pas, la provenance des bruits est unilatérale, dans la direction du cimetière de chiens.

— Je crois qu'ils sont tombés dans le panneau… commencé-je entre deux respirations douloureuses. Ils entourent l'immeuble où nous étions tout à l'heure.

Cette constatation semble soulager le groupe qui prend quelques instants pour s'hydrater. Ma bouche est sèche, ma gorge brûle, j'en fais de même.

— Trouvons-nous un lieu sûr pour nous reposer, proposé-je en espérant être suivi.

Courtney scanne la zone à trois-cent-soixante degrés pour déterminer la meilleure option. Mon instinct me dit qu'elle choisira le même endroit que moi. Je me tais en attendant son verdict. Nous sommes décidément sur la même longueur d'onde car elle désigne le building le plus élevé du quartier, ce qui constituera notre tour de guet.

Dans notre folle avancée, je n'ai pas pris le temps d'admirer le décor. Il a évolué depuis notre entrée en ville. Ici, les bâtisses sont plus imposantes, très hautes, moins défraîchies. Les rues semblent aussi abandonnées, mais certaines issues ne sont pas condamnées. La nuit s'impose ici de toute sa noirceur si bien que de nombreuses zones d'ombre me tourmentent. Comme visiblement, jamais le soleil n'envahit Gaulon, je constate avec désarroi qu'il n'y a ni verdure, ni arbre, ni fleur. Le béton, l'acier et le verre dominent toutes les surfaces. Dans le vide du désert, nous pouvions discerner le moindre ennemi à des kilomètres à la ronde ; dans ce cœur urbain, l'horizon n'existe pas. À chaque coin de rue nous pouvons être attaqués. Peut-être même qu'à cet instant précis, des snipers nous visent d'une des milliers de fenêtres de ces innombrables tours. Cette pensée m'effraie et je me dépêche de déguerpir avec les autres.

Par chance – même si je reste persuadé qu'il n'y a aucun facteur chance dans Gamers, que tout doit être ou ne doit pas être – la grande porte du hall de l'immeuble choisi est accessible et ouverte. Une fois à l'abri des éventuels regards, je me détends. Le répit est de courte durée car à l'intérieur de l'édifice, l'obscurité est totale et nous oblige à prendre davantage de précautions et à avancer lentement.

Courtney et moi sortons notre lampe torche. Elle mène la marche, vérifiant le moindre recoin où pourrait se terrer une menace. Nous ne savons malheureusement pas de quelle nature peuvent être les dangers dans ce nouveau dôme. En queue de cortège, je tente d'authentifier le moindre son, cependant l'environnement est calme… Quoiqu'un peu trop pour être rassurant.

Comme aucun d'entre nous n'est tenté par l'ascenseur, nous nous infiltrons en mode furtif dans la cage d'escalier. Nous gravissons chaque demi-palier avec la même procédure pour prévenir toute agression, c'est long, fastidieux, épuisant… Les étages s'enchaînent ainsi sans qu'aucun grain de sable ne vienne perturber notre progression. Au fur et à mesure de notre ascension, je traîne les pieds et mes jambes ankylosées semblent peser des tonnes.

Une question me hante : cet immeuble est-il habité ? Des gens vivent-ils derrière ces murs ? Mes oreilles ne vibrent que très faiblement, néanmoins je n'associe pas cela au silence absolu. N'ayant pas une réponse ferme, il faudra rester vigilant et ne pas se laisser surprendre. En même temps, comment vérifier tous les appartements des quinze ou seize étages que nous venons de monter ?

Poser le pied sur le toit du bâtiment représente un soulagement pour tous. L'immense terrasse est délimitée par un muret d'un mètre environ. De nombreux conduits de ventilation s'échappent de partout. Au-delà, le vide abyssal. Notre stratégie est parfaite : d'ici nous dominons le monde qui nous entoure sans être visibles. Certes des gratte-ciel bien plus grands existent dans le centre de Gaulon mais ils sont éloignés. En restant à couvert, notre présence est indétectable. Enfin, je l'espère…

Le professionnalisme de Courtney me ravit, elle est déjà en poste, les yeux juste au-dessus du muret, à contrôler la situation dans les rues en bas. Nous l'imitons et effectuons le tour de la terrasse pour apprécier un calme complet. De ce sommet, le panorama est grandiose avec au fond la faible lueur provenant du désert que nous avons quitté une heure plus tôt.

Quelque peu rassuré, je m'écroule aux côtés de Louisa avant que Lyla nous rejoigne. Je suis vidé, exténué et n'ai même plus la force de parler. Je regarde mon amie et nous échangeons un sourire scellant notre nouvelle victoire. Notre complicité me réchauffe le cœur si bien que je lui prends la main et puise dans son contact l'énergie pour me remettre de cette course éperdue.

— Venez voir, nous appelle Courtney, toujours aussi en forme. Ça s'agite là-bas.

La trêve n'aura duré qu'un instant…

Inutile qu'elle nous désigne où focaliser notre attention, à un kilomètre à vol d'oiseau des faisceaux lumineux balaient la façade d'un bâtiment. Je ne pensais pas avoir parcouru une aussi grande distance mais il me paraît évident qu'il s'agit du lieu où nous avons massacré les chiens. La bonne nouvelle reste que les militaires nous croient encore cachés dans cette grande barre d'immeubles.

Aucun de nous ne voit le coup venir.

L'explosion est d'une violence incomparable, mes tympans ne s'en remettront peut-être jamais. Une gigantesque boule de feu jaillit de la bâtisse et l'engloutit en un instant. Dans l'encre de la nuit, nous sommes éblouis et abasourdis par ce spectacle. En quelques secondes, les flammes s'effacent dans une fumée épaisse et l'édifice s'écroule sur lui-même dans un fracas audible dans tout Gaulon. L'onde de choc se propage jusqu'à notre position, le sol tremble, une vague d'air chaud nous caresse le visage. Puis le silence revient et le néant s'abat à nouveau sur la ville fantôme.

L'armée nous pensait à l'intérieur de cette construction…

— Ils n'y sont pas allés de main morte pour se débarrasser de nous ! affirmé-je, heureux d'échapper à ce funeste destin, quoique très inquiet devant une telle détermination à nous exterminer.

Courtney se tourne vers moi. Le rose de ses cheveux n'est plus visible, mais je distingue encore les tatouages sur ses bras et les piercings qui la caractérisent. Dans mon ancienne vie, jamais je ne l'aurais suivie, pour rien au monde. Mes parents auraient été outrés par cet accoutrement et m'auraient sans aucun doute interné si j'avais donné du crédit à une inconnue au style si éloigné des conventions de ma famille.

— J'ai bien fait de t'accorder ma confiance, déclare-t-elle avec force, en tendant son poing vers moi.

Dans ces circonstances, je prends sa déclaration comme un sacré compliment et je cogne mes phalanges aux siennes dans un geste amical.

— Nous aussi, assuré-je.

3.4

Au cœur du mensonge

Le temps semble s'être arrêté.

Je suis subjugué devant l'immense nuage de fumée qui s'élève peu à peu et filtre la lumière pâle du soleil provenant du désert. Ces panaches dessinent des fantômes qui m'hypnotisent avant de changer de formes, ressemblant alors à des monstres, puis se dissipant et disparaissant dans le ciel noir de Gaulon.

— Ils nous croient morts désormais, dit Lyla. C'est une chance.

— Tant que nous resterons invisibles, nous aurons un obstacle en moins, ajouté-je. L'armée va pouvoir se concentrer sur les autres équipes et nous laisser la voie libre.

— Il faut d'abord élaborer un plan pour trouver le QG de Marylin… intervient Courtney qui tempère d'emblée notre enthousiasme. La ville est gigantesque et ce ne sera pas une mince affaire, même sans les militaires à nos trousses.

J'acquiesce en silence, conscient que nous n'avons absolument aucun indice concernant la localisation de cet objectif. Néanmoins, je préfère, pour l'instant, savourer une sacrée victoire qui n'aura occasionné aucune perte dans notre groupe.

— En attendant de savoir où aller, je suggère de faire une halte ici pour un repos mérité et récupérer notre énergie.

L'assentiment est général. Un temps de réflexion doit de toute façon précéder une nouvelle phase d'action. Il est inutile d'aller perdre nos forces en nous aventurant à l'aveuglette dans cette jungle urbaine. Je propose à Lyla et Louisa de descendre d'un étage pour fouiller quelques appartements. Notre objectif est double : trouver de la nourriture et nous sustenter, et dénicher un endroit où dormir en toute sécurité. Et puis, il est urgent que je m'entretienne avec Lyla à l'abri de certaines oreilles…

— Continuez à jouer les vigies, dis-je à Courtney et Haruki, prenant sans m'en rendre compte un ton autoritaire.

J'espère que cet ordre à peine voilé n'éveillera pas leur méfiance. Dans tous les cas, il est urgent que Lyla et moi nous entretenions en privé.

Nous restons sur nos gardes et atteignons le niveau inférieur prudemment, certains que le jeu ne nous laissera pas trop longtemps de répit. Un long couloir s'offre ensuite à nous. Je compte une douzaine de portes réparties de chaque côté. Toutes fermées, identiques, excepté leur numéro. Je colle mon oreille contre la première ouverture sans qu'aucun bruit ne se manifeste. Un très léger bourdonnement continue de parasiter mon audition, il me faudrait un long temps de concentration pour peut-être en déterminer l'origine. Je verrai plus tard, cela ne relève pas de l'urgence absolue.

Avec Lyla en protection, prête à dégommer à la moindre menace, je tente d'ouvrir la porte, cependant l'accès est fermé.

— Je la défonce d'un coup de pied ou je tire dans la serrure ? demande Lyla à voix basse.

— J'ai bien plus discret, lui souris-je en fouillant mon sac à dos. Regarde ce que j'ai eu la bonne idée d'acheter en bonus. Ça m'a coûté tous mes XP mais en entrant dans une mégalopole, cette dépense ne me paraissait pas vaine.

J'extraie un trousseau de clés et le fait fièrement miroiter à la lumière de ma lampe torche devant les yeux rayonnants des filles.

— Excellent ! Moi, je n'avais pas les moyens d'acquérir ces passe-partout, concède Lyla, un peu déçue.

Louisa se renfrogne à nos côtés. La jeune fille n'a pour l'instant pas performé dans le jeu, ce que je ne peux lui reprocher. Je me répète que jamais elle n'aurait dû se retrouver embarquée dans Gamers… Sa sœur REQUIN aurait été bien plus à l'aise. Le destin en a décidé autrement pour cette gamine de sept ans et notre devoir est de la protéger.

Je commence à douter du rôle de mon bonus lorsqu'enfin, au sixième essai, un cliquetis métallique annonce le déverrouillage de l'appartement. Malgré le silence continu, Lyla pousse le battant avec méfiance. Le faisceau de ma lampe caresse tous les reliefs à l'intérieur de la pièce. J'ai seulement l'impression de visiter un appartement de notre époque qui libère une odeur de renfermé et dégage une certaine tristesse. Nous entrons pour terminer notre inspection dans le détail.

— Surveille le couloir et alerte-nous au moindre mouvement, murmuré-je à Louisa, qui ne peut retenir des tremblements à l'idée de rester seule dans l'obscurité. L'appartement n'est pas bien grand, nous ne serons pas loin, ne t'inquiète pas.

L'inventaire des lieux est effectivement succinct. Une table, quatre chaises, un matelas posé à même le sol, une télévision. Dans un recoin, une cuisine type kitchenette avec quelques placards. Et enfin, une petite pièce voisine sert de salle d'eau avec douche et WC.

— C'est sommaire mais cela conviendra parfaitement, assure Lyla.

Mon premier réflexe consiste à vérifier qu'il y a de l'eau au robinet. Après une brusque secousse de la tuyauterie, ce dernier crache quelques jets avant de laisser couler la source de vie. Même si rien ne nous garantit que cette eau soit potable, en avoir à disposition me rassure grandement. L'envie d'un verre rafraîchissant puis d'une douche salvatrice me vient alors, tels des petits luxes de ma vie d'antan.

— Il reste plusieurs boîtes de conserve consommables au milieu d'autres aliments avariés depuis belle lurette, affirme Lyla. Le logement n'est plus occupé depuis un moment déjà, les locataires ne vont pas réapparaître par surprise, on peut se détendre. Louisa, ferme la porte.

— Si on peut même préparer à manger, j'attribue cinq étoiles à cet hôtel ! plaisanté-je.

— J'ai faim, déclare Louisa qui retrouve soudainement des couleurs à l'évocation de nourriture.

Lyla l'embrasse et la serre dans ses bras. La petite est une gourmande invétérée, lui faire plaisir avec un modeste repas remplit de joie sa grande sœur d'adoption. Je commence à croire au miracle et vérifie ensuite le contenu du réfrigérateur. Une puanteur se dégage de l'appareil me coupant la respiration. Les parois et le contenu des étagères sont recouverts de moisissures. Lorsque je tente de refermer la porte, Lyla passe la main à l'intérieur.

— Sauve les bières, mon ami ! rigole-t-elle en s'emparant de deux canettes.

Elle essuie simplement le dessus avec son tee-shirt, en ouvre une, renifle l'ouverture et boit une bonne rasade.

— Pas la meilleure que j'ai bue, mais c'est une belle récompense ! se réjouit-elle en me tendant la boisson alcoolisée.

Je n'ai jamais bu une goutte d'alcool. Chez moi, il n'y avait pas trace d'une bouteille de vin, de champagne ou d'apéritif. Comme je n'ai pas eu l'adolescence de tout le monde, je n'ai eu nullement l'envie ou l'occasion de tenter les interdits en fumant, buvant ou pire encore. Néanmoins, ici est une autre vie, les repères ont changé, les limites aussi. Après avoir tué nombre de militaires, de pourris et de bestioles, je ne crois pas un instant qu'une gorgée de bière puisse me transformer en délinquant juvénile ou abruti alcoolique. Je réponds donc à l'invitation de mon amie, boit une rasade de cette pisse froide et me promets de ne plus retenter l'expérience avant longtemps. Vu ma grimace, Lyla ne peut s'empêcher de rire. Je ris avec elle tandis que mon cœur n'en finit plus de se réchauffer.

Les filles s'installent dans un vieux canapé éventré. Avant de les rejoindre, je mets le poste de télévision sous tension. Dans Gamers, nous avons rapidement compris l'importance des écrans. Hélas, celui-ci ne nous délivre uniquement que de la neige parasitaire et ne réagit pas lorsque je pose ma main dessus. J'affiche une certaine déception et Lyla me tend à nouveau sa canette de bière en rigolant. Louisa glousse à ses côtés. Cet instant de complicité me réjouit énormément.

Je ferme les rideaux des fenêtres puis j'allume la petite lampe sur la table afin d'économiser les piles de ma torche. Malgré ces instants de détente en sécurité, il ne faut négliger aucun détail. Je m'écroule ensuite sur le divan, savourant le moelleux des coussins et le contact de Lyla.

Ce soudain relâchement psychologique a un effet dévastateur sur mon corps. Mes muscles se tordent et mes douleurs se ravivent. À chacune d'elles, je parviens à associer un coup, une chute, un instant difficile de ce dur combat qu'est de survivre dans Gamers. Ici, la notion du temps est très différente et je n'ai observé aucune alternance jour-nuit. L'écoulement du temps est étrange et notre perception faussée. Je ne sais pas depuis combien de temps nous avons quitté le bunker mais là, à cet instant précis, cette durée me paraît interminable et je sens mon esprit se laisser glisser pour s'enfoncer dans le sommeil.

Non, je me l'interdis pour le moment. Lyla et moi devons absolument discuter. Je n'aurai peut-être pas d'autre occasion. Je respire un grand coup et me lance.

— Il faut qu'on parle d'Haruki.

Nous nous observons un instant, nous jaugeant. Devant son air interrogateur, j'espère ne pas commettre une erreur en évoquant ce problème aussi directement. Cependant, si je ne peux pas m'entretenir sereinement avec Lyla, à qui pourrais-je alors m'adresser ?

— Il nous ment depuis le commencement.

Lyla encaisse un réel choc avec cette première phrase que je prononce un peu trop froidement, solennellement. J'adoucis ma voix et précise les contours de ma pensée.

— Je suis certain qu'il parle notre langue et qu'il se joue de nous.

— Tu plaisantes ? intervient-elle, en fronçant les sourcils. C'est impossible !

Je sais que Lyla apprécie énormément Haruki, sans doute l'admire-t-elle pour ses exploits, ses sacrifices, peut-être même éprouve-t-elle des sentiments pour le bellâtre japonais ? Elle vit mon accusation comme une agression, je la sens sur la défensive.

— J'ai commencé à avoir des doutes lorsqu'à chaque ordre urgent, à chaque geste, Haruki semblait comprendre bien trop rapidement et facilement. Mais je ne le pointe pas du doigt sans preuve. Lors d'une discussion, il a utilisé la traduction japonaise de « Boss » pour désigner Keraudren alors que jamais je ne l'ai appelé ainsi dans nos échanges.

— C'est tout ? C'est un peu léger, non, pour le prendre pour un traître !

Je ne m'attendais pas à une réaction aussi vive. Sa colère lui a échappé et elle s'en aperçoit à mon expression dépitée. Par ma faute, nous sommes passés d'un moment de charmante complicité à une altercation au sujet de notre ami. Je reste inexpérimenté en relation sociale et j'ai la désagréable impression de tout faire voler en éclat.

— Même si tu as raison, qu'est-ce que cela change ? ajoute-t-elle plus doucement.

Lyla cherche à minimiser voire à défendre la trahison de celui qui est surnommé Bruce Lee sur les réseaux de gamers. Je n'apprécie pas franchement la tournure de cette discussion. Est-ce de la jalousie envers Haruki qui se manifeste ainsi chez moi ? Je ne suis pas aveugle, j'ai bien constaté des signes et rapprochements entre Lyla et lui, des échanges de regards qui en disent long sur leurs sentiments respectifs… Pourtant, elle me prend la main, consciente de la fracture qui vient de naître entre nous.

— Il ne peut être mauvais si on pense à toute l'aide qu'il nous a apportée à tous les trois, renchérit-elle sur un ton désormais parfaitement amical.

Se laisse-t-elle aveugler par sa sympathie et son amitié pour lui ? Je n'en démords pas et poursuis mon argumentaire.

— Mais pourquoi fait-il cela ? Que nous cache-t-il d'autre ? Je suis certain qu'il a volé le « cœur de vie » qui t'était destiné ! Hors de question de lui accorder notre confiance après cela !

De rage, je me lève du canapé et n'ose plus la regarder en face. Les larmes me montent aux yeux à l'idée qu'en un claquement de doigt, Lyla puisse disparaître à jamais de cet univers. Je semble m'en soucier plus qu'elle et cela me déconcerte.

— Excuse-moi, souffle-t-elle d'une voix tremblante.

Je lui fais face, envahi par l'incompréhension. Lyla est debout devant moi et ses yeux sont tout aussi humides que les miens.

— C'est moi qui ai pris le cœur de vie… Après avoir été attaquée par le rat… J'avais trop peur, j'étais terrifiée… J'ai profité qu'Haruki t'aidait à grimper dans les conduits d'aération du tunnel pour boire la fiole. Je suis sincèrement désolée…

Je me décompose. Je ne m'attendais pas à une telle révélation et me retrouve tout aussi mal à l'aise que Blondinette, qui n'a pas perdu de vue que nous étions dans un *horror survival* et que tous les moyens sont bons pour survivre, c'en est le principe fondamental…

— Pourquoi ne pas l'avoir dit tout de suite ?

— J'étais faible, je sentais mon corps se transformer. Mon angoisse l'a emporté sur la raison. Je savais que j'allais devenir un fardeau pour vous, voire une menace. Comment aurais-je pu croire que vous feriez absolument tout ce qui était en votre pouvoir pour me garder en vie ? J'ai été égoïste et depuis j'ai tellement honte de t'avoir menti…

Lyla avoue et regrette sa trahison. Cependant, en est-ce vraiment une ?

Comme d'habitude dans ce cas de figure, je ne sais réagir. Je n'ai pas le vécu pour gérer la situation. Dois-je lui en vouloir ou dois-je l'excuser ? Dans l'incertitude, je laisse simplement parler mes sentiments.

— Nous gagnerons uniquement en nous entraidant. Aussi fais-moi définitivement confiance. Je serai toujours là pour toi et je suis heureux qu'il te reste encore une vie. Je ne veux pas te perdre.

Lyla m'enlace et pose sa tête sur mon épaule le temps de sécher ses larmes. Mon cœur bout à son contact et je la serre fort contre moi, souhaitant la garder à jamais dans mes bras. Mes veines pulsent et mes pensées s'emballent tant cette sensation est délicieuse. Elle finit par lever les yeux et se noie dans mon regard. Elle ferme les paupières et approche sa bouche de la mienne lentement. Quand nos lèvres s'effleurent, nous sursautons à un bruit de craquement.

Louisa croque dans un de ses biscuits et glousse devant nos têtes ahuries.

3.5

L'union sacrée

Après un moment de flottement, nous rions ensemble. De confusion, de gêne, de soulagement. Mes jambes flageolantes reprennent de la consistance et mes nœuds au ventre s'estompent. Jamais je n'ai éprouvé de sentiments pour une fille et ai échangé le moindre baiser, je me sens si… démuni. Je ne sais s'il faut que je remercie ou non Louisa de son intervention. Ma certitude est que Lyla et moi venons de partager une magie qui nous unira pour toujours.

— Je vais tenter de nous préparer à manger, lance-t-elle, les joues rouges, les yeux pétillants.

— Moi, je vais prévenir les autres sur le toit, ajouté-je pour mettre un peu de distance entre nos corps.

Nous nous quittons sur des sourires timides et je me laisse porter dans le couloir par un sentiment d'euphorie. En atteignant la terrasse, cette joie s'efface et le mensonge d'Haruki me revient en plein visage. Certes, il n'a pas volé le cœur de vie mais il nous dissimule une partie de sa véritable identité, ce qui me dérange. Comment dormir sur mes deux oreilles à côté d'un type qui joue la comédie depuis le début de l'aventure ? Doit-on le craindre au même titre que le Boss ? Doit-on s'en séparer pour éviter de mauvaises surprises ? Je ne me sens toutefois pas capable de le tuer… Contrairement à Keraudren envers qui j'éprouvais répugnance et haine, ici la situation est plus délicate à gérer… Il ne me semble pas être une mauvaise personne, bien au contraire.

Courtney et Haruki sont toujours en poste, aux deux coins opposés du toit. En arrivant, je ne cherche pas à être discret, je ne souhaite pas qu'ils me prennent pour un ennemi et me transforment en râpe à gruyère par inadvertance. En se retournant vers moi, et selon leur expression à chacun, je comprends qu'il n'y a rien à signaler et c'est tant mieux. Rarement nous avons eu le droit à une telle accalmie, il faut en profiter pour se ressourcer.

— Pas très causant ton ami, me lance Courtney.

Il me paraît incroyable que d'emblée, elle évoque ce sujet… Sent-elle aussi la supercherie ou est-ce un curieux hasard ? Je hausse les épaules en simple réponse et décide d'aller crever l'abcès avec Haruki. Pour continuer notre aventure, il ne faut aucune faiblesse dans notre groupe. L'union sacrée est le seul espoir qu'il nous reste pour gagner cette partie.

— 大丈夫? 疲れてない?[1]

Dans la pâle lueur de la nuit de Gaulon, les traits anguleux de son visage ressortent fortement. Sa fine moustache aussi. Même dans la pénombre, Haruki en impose autant que son héros Bruce Lee.

— 大変だったけど、見事に勝ったね。[2]

Je me lance. S'il est de notre côté, il avouera de suite. Sinon, je ne sais à quelle réaction m'attendre. Peut-être me tuera-t-il ? Afin de lui prouver ma volonté de clarifier la situation en paix, je glisse ma mitraillette dans mon dos. Je suis inoffensif quand je lui donne l'occasion de s'expliquer.

— Je sais que tu parles notre langue. Pourquoi nous le caches-tu ?

---

[1] « Tu tiens le coup ? Pas trop fatigué ? »

[2] « C'était difficile, mais nous avons gagné une belle bataille. »

J'obtiens instantanément une confirmation. Sa surprise se lit dans ses yeux qu'il détourne trop tard. Il m'a compris, j'avais vu juste. Après la révélation de Lyla, ce second mensonge me bouleverse. Est-ce ainsi que fonctionnent tous les gens ? Mes parents ne m'ont pas éduqué dans l'optique de tromper et de manipuler mon monde. Avec tous les reportages visionnés sur le Japon, ses habitants, ses coutumes et traditions, ma déception est grande.

— Dans le bunker, j'étais tout aussi perdu que vous, je ne comprenais pas la situation. Devant la furie de Keraudren, toi dans ta combinaison, la petite fille qui pleurait, j'ai cru perdre la raison. Je n'ai rien calculé du tout, je t'assure. Garder le silence m'avait paru le plus simple et lorsque j'ai compris que nous étions piégés dans un jeu, je pensais que continuer à faire semblant devenait un bel avantage. Je ne pouvais deviner les suites de notre aventure. Ensuite… Comment avouer sans passer pour un traître ?

Haruki s'exprime sans aucun accent. Je sens son affliction. Je le comprends et j'accepte son explication comme j'ai adhéré à celle de Lyla. Mes amis sont des humains tout autant que moi, ils sont imparfaits mais savent reconnaître leurs erreurs. Je lui tends la main et il me la serre avec sincérité. Son regard ne ment pas. Son éducation japonaise aux valeurs ancestrales transpire dans notre échange, je sais pouvoir compter sur lui.

— Tu es quelqu'un de brillant, Hugo. Je suis content et fier de combattre à tes côtés.

— Sans toi, je serais déjà mort… Définitivement. Nous formons une bonne équipe et si nous communiquons sans détour, nous vaincrons !

Il me tape sur l'épaule pour valider ma déclaration. Me voilà soulagé.

Afin de terminer ma démarche et de garantir la viabilité de mon équipe, il me reste le cas de Courtney à vérifier. Certes, nous nous sommes accordés mutuellement notre confiance dans l'urgence et cela nous a permis de franchir un obstacle de taille mais mon principal atout est mon intelligence, ma logique, ma mémoire, mon sens du détail. Notre punkie rose fluo ne me connaît pas encore, elle ne se doute pas de mes compétences.

— Tu penses quoi de notre nouvelle recrue, demandé-je à Haruki, de but en blanc.

— Elle me semble fiable, débrouillarde, sportive. Elle peut nous être utile. Tu émets des doutes à son sujet ?

— J'ai un test à lui faire passer. Couvre-moi et tue-la si notre entrevue dégénère.

Je ne donne pas plus d'explications à mon allié. Suite aux mensonges de Lyla et Haruki, il me paraît désormais évident que Courtney porte aussi son secret. Je crois l'avoir perçu. Elle nous cache un avantage certain, ainsi, soit elle l'avoue comme ont su le faire mes amis, soit je lui demanderai de partir. Je n'envisage pas de poursuivre l'aventure avec elle sans avoir la certitude d'être parfaitement accompagné.

Je traverse le toit jusqu'à elle. Courtney se retourne à mon approche, une mitraillette en bandoulière sur chaque épaule. J'adopte un ton le plus détaché et amical possible.

— Nous avons déniché un appartement grand luxe. Nous allons pouvoir y reprendre des forces et nous reposer. Il faut établir un roulement de surveillance.

— OK, pas de problème.

Je remarque qu'elle mâchouille énergiquement son chewing-gum dès lors que le stress s'empare d'elle. À peine formulé-je cette pensée dans mon esprit qu'elle cesse son toc. Cette réaction valide mon hypothèse alors je lance la bombe et j'attends qu'elle explose.

On en profitera pour te tuer dans ton sommeil, déclaré-je intérieurement.

Son visage change instantanément d'expression et elle a le réflexe de glisser ses mains sur ses armes.

À moins que tu ne joues franc jeu avec nous, tout de suite. C'est maintenant ou jamais, Courtney.

Discrètement Haruki s'est déporté de l'autre côté du toit, prêt à tirer sur Miss tatouages et piercings. Elle l'a vu dans son champ de vision et adopte une position lui permettant de nous dégommer tous les deux en même temps.

— C'est quoi votre problème, les gars ? s'énerve-t-elle.

Je me rends compte que mon pari est risqué. J'aurais pu attendre qu'elle soit désarmée pour la démasquer. Ma volonté de constituer un groupe aux membres dignes de foi l'a emporté sur les précautions d'usage. J'avoue une précipitation inutile cependant il est trop tard pour reculer.

Si on forme une équipe et qu'on se fait confiance, c'est jusqu'au bout et sans aucun secret.

Elle trépigne sur place, mâche à nouveau sa gomme pour évacuer sa tension, ses yeux filent d'Haruki à moi. Je crains de mourir sur ce toit en parfait idiot. Je repartirai seul au seuil de la ville…

— Comment as-tu deviné ? Qu'est-ce qui m'a trahie ? demande-t-elle toujours aussi menaçante.

Je n'y vais pas par quatre chemins, je n'ai aucune raison de taire la vérité plus longtemps.

— Moi aussi, j'ai un don. Parfaitement naturel par contre. Je suis surdoué. J'ai l'esprit vif et logique.

— Bravo, je m'incline, dit-elle en baissant les armes. C'était incorrect de vous le cacher mais en même temps, nous n'avons pas vraiment eu le temps d'en discuter…

Elle n'a pas tort. Je ne lui reproche rien, je souhaitais juste savoir si elle était capable de partager ses connaissances et compétences avec nous ou si, à la moindre occasion, elle nous aurait faussé compagnie. Je pense avoir ma réponse.

— Je ne t'en veux nullement. Nous devons discuter tous ensemble et mettre nos forces en commun.

— Et puis, seule contre quatre, il me fallait bien un avantage. Cela m'a permis de savoir que vous aviez tous un bon fond, que je pouvais m'allier à vous les yeux fermés.

Haruki nous rejoint, son arme pointée vers le bas en signe d'apaisement. Il souhaitait comprendre ce qu'il ne parvenait pas à appréhender.

— De quoi parlez-vous ? s'enquit-il.

Je laisse Courtney dévoiler son don, au même titre que mon hyperacousie.

— Je sais lire dans les pensées et j'ai bien compris en analysant les tiennes que tu appréciais regarder les jolies femmes telles que moi, dit-elle avec un clin d'œil aguicheur.

Haruki rougit comme jamais je ne l'avais vu exprimer une émotion. Je rigole avec notre nouvelle partenaire officielle.

— Allez, dis-moi à quoi je pense ! s'amuse Lyla devant une Courtney mise à nue et un peu gênée.

Pour la énième fois, les trois filles jouent aux devinettes pour tester l'incroyable don de leur nouvelle copine. Devant cette redoutable arme invisible, j'entrevois un avantage immense face à un ennemi, à la condition de n'être pas à plus de quelques mètres d'elle, comme elle nous l'a précisé.

— À un gâteau au chocolat ! répond gaiement notre télépathe, déclenchant un rire général.

Dans le petit appartement, la bonne humeur s'installe maintenant que tous les abcès ont été crevés. La franchise et l'honnêteté nous ont permis de nous unir en toute sérénité et quiétude. Je suis persuadé que nous formons un quintet détonnant qui recèle toutes les qualités requises pour parvenir à gagner la partie.

Lyla a réchauffé une boîte de haricots verts et des raviolis. Loin d'être l'extase, cette collation prise au calme et isolée en haut d'une tour, n'en reste pas moins un échange convivial.

— Sinon, qui d'autre possède un don ? demande Courtney.

— Mon ouïe est désormais dotée d'une hyperacousie, parfois difficile à contrôler, mais qui s'est révélée à plusieurs reprises très utile… Pour dénicher le cœur de la vie, pour anticiper l'attaque d'une horde de rats et l'approche de militaires. Et j'ai gagné un autre don, cependant il ne s'est toujours pas manifesté donc je reste dans l'expectative… J'espère qu'il nous sera tout aussi profitable.

— Deux dons à toi tout seul, tu es un vrai superhéros, mec ! me chambre-t-elle, admirative.

— Et toi, ton don t'a-t-il concrètement aidée dans l'aventure ? intervient Haruki.

Courtney réfléchit un instant et une moue se dessine sur son visage.

— Face au jeu, non. Par rapport à mon ancienne équipe, oui. Ils n'ont pas pu cacher leurs pensées me concernant… Aucun n'était fiable, alors j'ai préféré me barrer avant qu'ils ne me jettent d'eux-mêmes. Qu'ils se démerdent désormais, je n'ai aucun regret… Et vous ? Votre cinquième membre ? finit-elle par ajouter pour ne plus être le centre de l'attention.

Je laisse échapper un soupir pour manifester mon ressenti.

— Allez, pas de secrets, on l'a promis ! insiste-t-elle légitimement.

Contre toute attente, c'est la petite voix de Louisa qui se manifeste.

— C'est moi qui l'ai tué.

Désormais la petite fille, du haut de ses sept ans semble avoir accepté les règles de ce nouveau monde. Elle paraît moins fragile et cet acte – odieux dans son ancienne vie, libérateur dans celle-ci – l'a transformée. Je repense à l'épisode des pourris dans le camion que le Boss m'a obligé à brûler vifs afin de me secouer et d'accepter ma condition actuelle.

De lui-même, Haruki dresse le portrait de Keraudren afin de justifier l'élimination d'un de leurs membres. Courtney devrait le comprendre. De toute manière, elle peut lire dans nos pensées que notre cause était tout à fait valable.

— Et si nous faisions le bilan de l'ensemble de nos bonus ? intervins-je dans l'optique de mutualiser nos forces et d'élaborer un plan d'attaque.

Je sors de mon sac les différents achats et insiste particulièrement sur le trousseau de clés qui nous a notamment permis d'ouvrir la porte de cet appartement. Louisa dépose ensuite sur la table un masque de plongée et un tuba. Dans l'assemblée, des sourcils se froncent à leur vue et Courtney ne peut s'empêcher de rire et d'intervenir.

— Sérieusement, tu penses que ça va nous servir à quoi ? On ne va pas à la plage !

N'ayant fréquenté que peu d'enfants, je suis souvent maladroit avec Louisa et n'en veux pas à Courtney de sa remarque blessante, je me doute qu'elle n'était pas voulue. Cet échange me rappelle l'invective du Boss à l'encontre de la fillette dévoilant son paquet de biscuits acheté en bonus à la fin du niveau un.

— Si le jeu nous l'a proposé, c'est qu'il pourra être utile à un moment donné, intervient Lyla afin de rassurer sa petite sœur. Quant à moi, je n'ai rien pu obtenir de nouveau… Avec mon fiasco dans le niveau deux, je n'avais pas assez d'XP pour faire des folies, donc j'ai préféré économiser une nouvelle fois.

À son tour, Haruki dispose devant nous ses talkies-walkies et sa nouvelle acquisition.

— Une montre avec l'option chronomètre… Le hasard n'a pas sa place ici, l'heure et l'écoulement du temps restent des mystères dans Gamers, cela m'a inspiré, se justifie-t-il. Et bonus extra les amis, à la mort du Boss, j'ai récupéré in extremis son sac et nous avons donc toujours les lunettes infra-rouges. Comme la nuit semble régner en maître à Gaulon, ce ne sera pas inutile !

Les regards se tournent ensuite vers Courtney qui ne peut dissimuler sa fierté en plongeant la main dans son sac.

— Après avoir cumulé un max d'XP, j'ai acheté le bonus mystère, le plus cher, affirme-t-elle. Devinez ce que j'ai dégoté !

Dépenser toutes ses ressources dans un objet inconnu n'a et ne sera jamais une éventualité pour moi. Cela ne correspond nullement à ma logique et ma mentalité. Par contre, cette audace, visiblement payante au vu de l'enthousiasme de Courtney à nous dévoiler son bonus, concorde parfaitement avec sa psychologie de fonceuse extravertie.

— Un gâteau au chocolat ! s'exclame Lyla pour amuser la galerie.

— Non, les amis… Un GPS, carrément !

Son emplette constitue un véritable trésor alors que nous sommes perdus au cœur d'une gigantesque cité. Notre admiration n'est pas vaine et je la félicite sincèrement.

— Avec tout cela, il y a moyen de progresser en ville et de trouver le QG de Marylin. Il nous reste à élaborer un plan, conclus-je.

— Il nous faudra au préalable plus d'infos… Car le GPS ne connaît pas l'adresse de cette Marylin… constate amèrement Courtney.

Ce fut sa première action en entrant seule dans Gaulon, visualiser son objectif, en vain. Désormais au sein d'une équipe, elle allume l'appareil et nous montre notre position actuelle puis dézoome peu à peu afin que l'entièreté de la ville se dévoile sur le petit écran.

J'identifie l'entrée du dôme par laquelle nous sommes passés, puis à un kilomètre environ, celle empruntée par Courtney. Enfin, je soupçonne l'étendue de notre terrain de jeu, englobée sous le dôme. D'après l'échelle, effectuant un rapide calcul, j'évalue la superficie de Gaulon à plus de cinquante kilomètres carrés.

— C'est malheureusement encore plus vaste que je ne le craignais… désespéré-je.

Mon index glisse sur l'écran tactile afin de parcourir les différents quartiers de la ville. Mon exaspération est sans fin lorsque je constate que tout se ressemble. Des milliers d'axes plus ou moins grands, quelques places, lieux ou monuments mentionnés, sans rien d'autre de remarquable qu'un centre-ville de plus forte densité. Je me retiens de lancer l'une des expressions fétiches de mon père « autant chercher une aiguille dans une botte de foin » et préfère me rabattre sur une de ma mère :

— Le sommeil porte conseil… Quelques heures à dormir nous permettront peut-être d'y voir plus clair. Il faudra bien se décider sur les actions à mener mais pour l'instant, à part errer au hasard au milieu de tout ça au risque de se faire prendre, je n'ai rien à vous proposer…

Personne ne voit d'objection à ma proposition de se reposer ici en attendant de prendre une décision. Nous savons pertinemment que c'est une course de rapidité que le jeu nous propose, il faut trouver le quartier général de Marylin *en premier*, néanmoins, il serait inconcevable de quitter notre nid sans destination, ou au minimum sans plan, ni objectif clair…

— Je commence la ronde sur le toit, déclare Courtney, déjà prête à quitter l'appartement.

Haruki lui donne un des talkies-walkies après en avoir vérifié la batterie et le fonctionnement. Il lui tend ensuite les lunettes infrarouges pouvant se révéler nécessaires en cas d'intrusion suspecte dans le secteur.

— On se relaie toutes les heures. À la moindre alerte, on se prévient.

Courtney acquiesce et disparaît sans aucune inquiétude. Je ne sais pas quelle part du niveau deux elle a dû effectuer seule et quelles ressources elle possède en elle pour en être sortie aussi indemne mais elle n'a clairement pas froid aux yeux et son expérience en tant que gamer IRL[1] n'est pas à démontrer.

Nous nous allongeons tous en rang d'oignons sur le matelas posé à même le sol. Les draps sont miteux, nous n'y prenons pas garde. Lyla se colle contre mon corps

[1] IRL = in real life (dans la vie réelle d'un joueur)

et m'enlace. Même si mes battements de cœur s'accélèrent et que mon esprit s'affole, je l'enlace à mon tour. Un sourire, un regard, puis confiant, je m'endors à ses côtés en une poignée de secondes.

3.6

Le réveil

Lorsque j'ouvre les yeux, elle m'observe. Je ne sais combien de temps j'ai pu m'assoupir, cependant Lyla semble parfaitement réveillée et caresse la peau de mon bras. Le temps que mon esprit s'extraie de la brume, je comprends qu'elle s'attarde sur les pigmentations constellant ma peau. En temps normal, le phénomène est discret, toutefois, avec la traversée du désert, mes dégâts cutanés sont considérables : les légères tâches noires ont triplé de taille pour atteindre le millimètre et une auréole rougeâtre les borde. Je devrais m'alarmer, pourtant qu'y puis-je ici ?

— Excuse-moi, je ne voulais pas interrompre ton sommeil, murmure Lyla tout de même heureuse de pouvoir me parler.

— Tu n'as pas réussi à t'endormir ? m'inquiété-je.

— Trop d'éléments en tête et un brin insomniaque, dit-elle en haussant légèrement les épaules.

— Tu t'inquiètes pour ma maladie ?

— Je réalise seulement maintenant combien ta vie a dû être différente de la mienne, à quel point tous mes petits tracas apparaissent bien dérisoires en rapport... Et en cet instant, je remercie le ciel d'être dans une ville qui baigne constamment dans la nuit...

Je l'écoute en silence. Sa voix est douce. Je sens qu'elle a besoin de parler, de se confier à moi. Je la laisse donc poursuivre.

— J'extrapole peut-être mais... Je me dis qu'il ne peut y avoir de coïncidence entre Gamers et toi, que tu n'as décidément pas été choisi au hasard. Le niveau un dans le désert représentait la pire de tes hantises. Gaulon plongée dans le noir constitue ta meilleure carapace… Nous sommes passés d'un extrême à l'autre et je sens que tout cela n'est pas innocent.

Je n'ai pas encore eu le temps d'approfondir la question de ma sélection pour participer contre mon gré à ce jeu et là, tout de suite, aucune réponse ou argumentation ne me vient. Je pense simplement que la piété de Lyla reprend le dessus et qu'elle cherche une explication divine à notre présence ici…

— Je ne sais pas… Gamers est une succession de défis, pour moi comme pour toi. Notre groupe de départ a été formé par complémentarité. Faut-il creuser davantage ? me contenté-je de répondre.

Le talkie-walkie grésille et la voix de Courtney résonne dans la pièce. Elle appelle la relève.

— J'arrive. Tout va bien ? demandé-je à voix basse afin de ne pas réveiller Louisa et Haruki.

— RAS. Ville fantôme.

J'ai donc dû dormir une bonne heure tout au plus. Mon corps éreinté reste celui d'un vieillard et je me relève non sans difficultés et courbatures.

— Je viens avec toi, affirme Lyla en se levant à son tour. De toute façon, je ne parviendrais pas à dormir.

Je suis content d'être accompagné, non que j'aie une quelconque crainte de grimper seul sur le toit, cela confirme simplement une nouvelle fois la véracité des sentiments que Lyla éprouve à mon égard. Je ne suis pas habitué à recevoir de l'amour autre que parental, chaque petit geste et mot tendre me procurent du réconfort. Toutefois, pour exactement la même raison, j'appréhende de me retrouver en toute intimité avec elle…

Courtney n'est pas mécontente de nous passer le relais, elle semble s'être profondément ennuyée. Rester sur place à attendre n'est résolument pas pour elle, la rebelle préfère l'action.

Nous effectuons aussitôt le tour du propriétaire afin de nous assurer que rien ne bouge. L'inspection nous laisse effectivement l'impression d'une ville morte. Il n'y a rien, excepté ce bourdonnement constant que je suis le seul à entendre, omniprésent, quelle que soit la direction. Et pourtant, il y a forcément de la vie quelque part, au minimum toute une armée…

Nous nous postons dans un angle et Lyla s'approche de moi, une idée claire derrière la tête. Ce que je redoutais tant prend forme et je ne sais comment esquiver ou retarder le contact. J'ai peur d'être maladroit, de paraître idiot, de ne pas être à la hauteur de ses espérances. Alors qu'elle attend un geste de ma part, ma timidité me dicte de faire diversion.

— Tu crois qu'on va trouver Marylin comment ? bredouillé-je.

Sans doute est-ce trop tôt pour moi. Tout cela va trop vite, je ne suis pas prêt. J'espère qu'elle comprendra ma manœuvre et ne m'en voudra pas… Je vois sa déception se dessiner et elle me prend la main avant de fouiller l'horizon en quête d'une réponse.

— Aucune idée. Je comptais sur toi.

Comment interpréter cette affirmation ? Parlait-elle de nous ou de Marylin ? J'enchaîne afin de ne laisser aucun vide dans la discussion…

— D'ailleurs, pourquoi devons-nous trouver cette Marylin ? Nous ne savons rien d'elle ? Ennemie, alliée, guide ? J'espère que les réponses viendront vite, je déteste rester dans le flou.

Elle soupire, un peu désespérée devant tant d'inconnues. C'est la première fois que nous nous retrouvons à l'arrêt à ne savoir par où aller, cela nous déconcerte.

— Allez, dis-moi que tu as un plan, tente-t-elle de se rassurer.

— Non, mais j'ai un GPS, répliqué-je en lâchant un petit rire.

— T'es bête… sourit-elle à son tour.

Soudain une douleur se manifeste dans mes oreilles. Ce fameux bourdonnement incessant vient de varier de fréquence et son volume augmente. Un phénomène qui m'échappe est en train de se produire. Lyla a perçu mon trouble et m'interroge du regard. Je n'ai pas le temps de formuler mes pensées que notre attention est accaparée par les façades des dizaines d'immeubles qui entourent notre position. Des lumières s'allument ici et là, les unes après les autres, un peu partout à la fois, jusqu'à ce qu'une majorité de fenêtres s'illuminent.

— Qu'est-ce qu'il se passe ? s'inquiète Lyla.

Nous nous cachons derrière le muret. Nous cherchions une manifestation quelconque permettant de débloquer notre situation, je pense que nous l'avons. Le signal nous parvient cinq sur cinq et l'intensité de celui-ci m'alerte. Ce n'est pas une lampe qui vient de s'éclairer, mais des milliers. J'ai mal à la tête, les bruits deviennent trop forts et m'évoquent une superposition de couches sonores dont l'accumulation ne donne qu'une cacophonie infâme. Je me concentre et parviens à rompre le contact.

Alerte les autres, dis-je, le temps que le silence soulage mes tympans.

— Hé, réveillez-vous ! On a un sérieux problème ! Regardez discrètement par la fenêtre ! prévient-elle nos amis un étage plus bas.

En quelques instants, l'évidence apparaît dans mon esprit et me terrifie.

— Oh, putain ! C'est quoi ce bordel ! crache Courtney dans le talkie-walkie.

— Demande à Haruki de regarder l'heure sur sa montre.

Le temps d'obtenir la réponse, je sors les lunettes infrarouges et regarde à nouveau par-dessus le muret. Je n'en crois pas mes yeux. Je scanne chaque bâtiment et la constatation est toujours la même : mon appareil détecte des individus absolument partout !

— Il est six heures, intervient Haruki par la radio.

— La ville se réveille, affirmé-je. Enfermez-vous à clé. Attendons de voir…

Que Gaulon s'anime à six heures du matin, cela se conçoit. Par contre, que ces milliers de personnes s'éveillent exactement au même instant m'interroge.

— C'est flippant… renchérit Lyla. Tu crois que ce sont des pourris ?

— Non, je ne pense pas… Ils ne sauraient pas monter dix ou quinze étages comme ça… Enfin, j'espère…

Nous tentons d'analyser la situation, muets et circonspects. Quelques minutes passent puis d'un clignement de paupières, les rues à peine éclairées s'illuminent et dessinent toutes les voies de circulation.

— Ça fout les jetons… s'inquiète Lyla. Limite, je préférais être plongée dans le noir…

Je comprends ce qu'elle veut dire. Nous ne savons pas ce qu'il va se passer et cette mise en branle simultanée de toute la ville a de quoi susciter nos inquiétudes…

— Pour l'instant, nous sommes à l'abri, invisibles et on nous croit morts, ne l'oublie pas. Pas de panique... tenté-je de la rassurer.

Puis, dans une troisième étape parfaitement orchestrée, les lumières dans les bâtiments commencent à s'éteindre en un jeu de dominos qui finit d'effacer toutes les façades. Une synchronicité incroyable, improbable, anormale...

— Six heures dix, annonce Haruki quand nous retenons notre souffle à la première apparition.

Un individu ouvre la marche à des dizaines puis des centaines d'autres qui sortent des perrons d'immeubles sous la forme d'un torrent déversant un flot continu d'eau. En quelques instants, le macadam de la route disparaît sous cette population qui avance comme un seul homme dans la même direction. De chaque bâtisse, sans se concerter, ces hommes et femmes s'unissent en une puissante marée humaine.

— Vous croyez à ce qu'on voit ? intervint Courtney.

La question n'attend pas de réponse, elle évoque simplement sa stupéfaction. Je pense à une fourmilière et ses innombrables travailleuses qui s'activent sans jamais paraître communiquer les unes avec les autres, au mouvement d'ensemble cohérent des essaims d'oiseaux volant dans une parfaite harmonie, à une armée de robots conquérante écrasant tout sur son passage.

— Nous ne pourrons jamais les attaquer... Ils sont des dizaines de milliers et vraisemblablement bien plus dans toute la ville... constate Lyla qui filme la scène avec son téléphone portable.

Décidément, elle ne le quitte pas et n'a toujours pas perdu ses réflexes à prendre régulièrement des photos et vidéos pour s'assurer qu'elle ne rêve pas, pour avoir des preuves de son aventure quand celle-ci se finira… Si un jour elle se termine.

Des files indiennes se forment sur la quasi-totalité de la largeur de l'asphalte, toutes avancent à la même cadence en des lignes parfaitement parallèles. À cette distance, je ne peux distinguer leurs visages et savoir s'il s'agit d'êtres humains, d'humanoïdes ou je ne sais quoi encore. Cette chorégraphie millimétrée me semble tellement surréaliste que des doutes m'étreignent. Cette foule se dirige vers le centre de la ville, cependant, de notre position, il est impossible d'en apprendre davantage sur leur destination.

— Quelqu'un a-t-il une idée de ce qu'il se passe ? tenté-je dans le talkie-walkie.

— Aucune idée mais on va vite le savoir, assure Courtney, déterminée. Allez, on décolle tout de suite et on va les suivre.

Lyla me dévisage avec de gros yeux ronds, l'idée ne lui convient pas apparemment…

— Elle est folle, me confirme-t-elle. Ils sont beaucoup trop nombreux. Si on descend là-dedans et qu'on nous repère, nous sommes fichus !

Les deux adolescentes ont chacune raison. Il faut évidemment comprendre ce qui se déroule sous nos yeux, néanmoins notre mission s'annonce suicidaire…

— C'est le signal que nous attendions, il nous indique clairement la direction à prendre, expliqué-je à Lyla. On va les suivre mais à grande distance. On verra ensuite où ce cortège nous mènera, des réponses seront sans doute au bout du chemin.

Lyla acquiesce, malgré son angoisse, elle sait que nous n'avons pas le choix. Nous ne sommes pas immergés dans Gamers pour nous pavaner tranquillement entre potes, même si ces dernières heures nous ont permis de nous poser et d'apprendre à mieux nous connaître.

— Remballez vos affaires et prenez tout ce qui vous semble utile dans l'appartement. On attend que le flot se tarisse un peu et on descend, suggéré-je à la radio.

Deux minutes plus tard, nous évacuons les lieux et dévalons les escaliers, seulement éclairés par ma lampe torche. À nouveau, toutes les lumières ont été coupées. Parvenus au rez-de-chaussée, nous restons tapis dans l'ombre en constatant le passage d'un petit groupe de retardataires – sans doute proviennent-ils de la périphérie de Gaulon.

— Allez, on y va, lance Courtney. Il ne faut pas les perdre de vue.

Les traits de Lyla sont crispés, ses craintes comme les miennes d'ailleurs sont encore vives.

— Gardons nos distances au maximum avec ces gens, nous ne connaissons ni leur niveau de dangerosité, ni leur objectif. Avec mon hyperacousie et ton GPS, nous pouvons gérer la situation tout en évitant de nous exposer. OK ?

J'essaie ainsi de rassurer tout le monde mais aussi d'obtenir l'assentiment général à ce plan à hauts risques. Ils finissent tous par valider l'idée. Avant de nous jeter dehors, je peaufine les derniers détails :

— Courtney et moi passons devant. GPS et hyperacousie pour nous guider. Haruki, tu fermes la marche et gardes nos arrières. Lyla et Louisa, vous vérifiez les immeubles, il peut y avoir des militaires embusqués partout prêts à nous dégommer.

Je pousse la grande porte vitrée et me faufile à l'extérieur. En constatant que c'est le calme plat, je signale aux autres que la voie est libre. Avec Courtney, on trace le chemin nous permettant de rester les plus discrets possible, nous dissimulant au mieux dans les pénombres, ce qui n'est pas évident avec l'éclairage public. Nous remontons ainsi trois blocs et attendons à chaque intersection que l'axe suivant sur l'itinéraire soit entièrement dégagé. Par petites étapes, nous suivons la foule sans jamais avoir de visuel avec elle, jusqu'à déboucher sur un grand boulevard totalement vide.

Cette vue me dérange au plus haut point. À perte d'horizon, malgré l'espace, il n'y a pas de brin d'herbe, d'arbres, de couleurs vives, d'oiseaux piaillant, de gamins jouant… La ville est dénuée de toute trace de bonheur, de vie, d'espoir, et voir défiler cette foule d'automates en silence renforce indéniablement ce sentiment d'oppression. Sans avoir encore de certitude, ce spectacle de désolation m'évoque une société dictatoriale, en pleine soumission.

— Merde… laissé-je échapper en reculant de trois pas, manquant de provoquer la chute de mes amis derrière moi.

Absorbé dans la contemplation de ce décor grisâtre et perdu dans les pérégrinations de mon esprit, mon ouïe me rappelle à l'ordre et me confirme la situation problématique qui se profile…

— J'entends des cadences de pas qui proviennent de trois directions différentes… Il y a plusieurs groupes originaires de divers quartiers qui vont se rejoindre sur ce boulevard…

Les autres sont en suspens et scannent la zone à l'affût. J'analyse au mieux les signaux que je perçois mais tout se mélange, ce n'est pas simple de décortiquer ces couches de sons.

— Oui, je compte trois groupes. Celui que l'on suivait et qui s'éloigne et deux autres s'approchant. L'un provient d'ici, l'autre plutôt de cette direction.

Je tends le bras deux fois pour indiquer la source des émissions et indique les zones correspondantes sur l'écran du GPS. Courtney ne met pas longtemps à comprendre que nous sommes en fâcheuse posture.

— Il faut se planquer rapidement, ici on est trop à découvert et nous allons nous retrouver pris au piège entre les deux cohortes, explique-t-elle en manipulant le plan de la ville sous nos yeux. Si Hugo dit vrai, nous n'avons d'autres solutions que de nous camoufler dans cette petite ruelle.

Elle désigne l'emplacement sur la carte virtuelle puis nous montre une intersection à peine visible à cent mètres de notre position. Sur le chemin, c'est le néant, rien ne nous permettra de nous dissimuler.

— On se dépêche ! ordonné-je pour lancer notre course folle.

Nous piquons un sprint vers notre cachette et braquons sans ralentir dans l'étroite ruelle, plongée dans l'obscurité, ce qui est un point positif. La chance est de notre côté lorsqu'on constate l'encombrement du passage par des détritus et des poubelles. L'odeur est insupportable néanmoins on ne pouvait rêver mieux pour nous dissimuler aux yeux de tous.

— Vite, ils ne sont plus très loin !

À peine sommes-nous calés entre deux gros containers, que nous tentons de maîtriser notre respiration afin de n'émettre aucun bruit. Je glisse un œil dans un interstice me permettant de voir l'une des extrémités de la ruelle. Les premiers passants apparaissent. Ils évoluent, tête baissée, en silence, à l'image de suppliciés. J'entends que le défilé a aussi débuté à l'autre bout du coupe-gorge, qui n'aura jamais aussi bien porté son nom… Nous sommes encerclés mais invisibles, il nous reste à être patients et ne pas nous faire remarquer.

Je demande discrètement le GPS à Courtney. Je dispose de quelques minutes de répit pour tenter de comprendre où peuvent bien se rendre tous ces gens.

Soudain, plusieurs rats surgissent d'une des poubelles à côté de nous. De grosses bestioles comme celles du tunnel. Elles nous rasent et heureusement déguerpissent à toute allure. Elles ne sont pas programmées pour nous attaquer, cependant, Lyla, toujours terrorisée par l'épisode de sa mutation en pourrie n'a pu retenir un cri d'effroi à leur apparition. Par réflexe, Haruki lui a plaqué une main sur sa bouche pour la faire taire. À l'oreille, j'ai déjà compris que le mal était fait…

Des deux entrées de la ruelle, des individus se sont arrêtés en entendant l'exclamation. Je me poste à nouveau derrière l'interstice et observe les événements. Les rats ont filé, le silence est revenu, pourtant je constate que sept ou huit silhouettes s'avancent doucement vers nous.

— On a un problème… murmuré-je pour prévenir les autres de l'arrivée imminente d'ennemis.

— Idem chez moi, renchérit Courtney. Cinq curieux en approche.

À cause de trois muridés, les événements tournent au cauchemar. Dans quelques pas, notre présence sera révélée et il nous sera impossible de sortir de ce guêpier sans alerter les meutes entières qui circulent autour de nous.

— À trois, on tire dans le tas, annonce Courtney, tête fonceuse.

Ils sont déjà nombreux à converger vers nous, si nous tirons, nous serons assaillis et ce ne sont pas nos piètres réservoirs de munitions qui nous permettront d'anéantir toute cette population… Je vérifie rapidement l'absence de tout escalier dans l'allée et comprends alors notre impossibilité à fuir…

— Ils ne semblent pas armés. Discutons avec eux, proposé-je. Peut-être ne sont-ils pas hostiles…

Courtney m'adresse un coup d'œil réprobateur. Elle me pense fou pourtant je cherche seulement une solution autre que le carnage assuré et notre mort en ultime sacrifice. Lorsqu'un premier homme entre dans mon champ de vision, je lui lance un signe d'apaisement avec mes mains tandis que ma camarade le pointe avec sa mitraillette. Cependant, elle me laisse l'opportunité d'ouvrir la discussion. Je me lance, indécis…

— Nous sommes ici en amis, nous ne te voulons aucun mal. Repars d'où tu viens et oublie que tu nous as vus.

Je fais simple et direct. Ça passe ou ça casse mais le temps est à l'urgence et à l'improvisation. Ses copains vont nous voir d'une seconde à l'autre…

L'étranger ne dit rien. Il ne semble nullement effrayé par la menace d'une arme à feu et aucunement surpris par notre présence. Il nous observe les uns après les autres puis déclame comme un leitmotiv ancré au plus profond de lui-même :

— Mort aux déserteurs. Gloire à Marylin !

3.7

Beat them all

Le type me bondit dessus à l'image d'un fou furieux que j'aurais provoqué.

Je repense alors à la horde de pourris se jetant sur moi, me dévorant en plein désert. Heureusement, il n'a pas le temps de m'atteindre que Courtney le bombarde de trois bastos dans le crâne qui explose littéralement en bouillie. Je n'ai le temps ni de me plaindre ni de me nettoyer le visage de ses projections gluantes que des exclamations s'élèvent de tous côtés, aussi puissantes et unies que celles de milliers de supporters dans un stade surexcité. Les troupes accourent comme des lions assoiffés de viande fraîche et saignante.

Sauf que je n'ai pas envie de finir à nouveau en repas.

Nous sortons de notre cachette, mitraillettes en main et n'hésitons pas un instant à tirer sur les individus les plus proches. J'espère secrètement que notre riposte calmera leurs ardeurs, toutefois, à les avoir vus marcher en groupe soudé et cohérent, mon espoir est minime.

— À l'économie, les gars ! hurle Courtney au milieu du vacarme.

Ils n'ont aucune arme, pas même de couteaux et de barres de fer, rien, et pourtant face à nos balles meurtrières, ils tentent de nous assaillir. Soit ils sont fous, soit ils sont suicidaires, je ne vois pas d'autre explication ! Ainsi, les corps s'empilent en un tas immonde devant moi, un véritable charnier que les suivants piétinent allégrement pour poursuivre leur assaut. Ils sont innombrables, il m'est impossible d'évaluer les pertes dans leur camp, cependant leur stratégie est bonne car ils vont nous avoir à l'usure. Nos réserves de munitions s'amenuisent et dès lors, aucun miracle nous sauvera de cette déferlante…

Je continue de tirer dans le tas, allant au plus pressant. Certains essaient d'escalader les poubelles, de ce fait ils s'exposent davantage et je n'en loupe aucun. Je m'applique pour limiter ma consommation de cartouches et tente en même temps de trouver une solution, une échappatoire à ce merdier sans nom. Entre deux tirs, je jette un coup d'œil un peu partout pour dénicher une issue mais malheureusement sur toute la ruelle, il n'y a pas d'escalier nous permettant de nous évader par les airs.

— Haruki, viens m'aider !

C'est la voix de Louisa. Je m'inquiète instantanément. S'en sort-elle au milieu du chaos ? Son timbre ne m'évoque pas le stress, plutôt l'urgence. Haruki qui m'épaulait la rejoint et me laisse seul sur le front. Je redouble de vigilance et accélère la cadence de tirs. Les détonations résonnent entre les deux immeubles si bien que ma tête va finir par exploser. La poudre s'accumule dans l'air, je peine à respirer et à garder les yeux ouverts. Je sens des vertiges me gagner, je lutte contre eux et me force à rester concentré, appliqué.

Ma raison me rattrape aussi. Je suis en train d'exécuter des dizaines de personnes. Vraisemblablement des innocents aux mains nues. Je tente d'occulter l'horreur de la situation et de devenir un automate, un primate dont le seul but est de rester en vie.

— Venez, on descend !

Haruki semble nous appeler. Dans la confusion, difficile de comprendre où il veut en venir. Je me retourne rapidement et constate qu'avec Louisa, ils sont accroupis dans la pénombre.

— Donne ta lampe torche, Hugo ! m'ordonne Louisa.

Je la lui lance d'une main et parviens miraculeusement à maîtriser la situation sur le front de guerre. Les ennemis peinent de plus en plus à nous approcher tellement la mort est partout sous leurs pieds. Je recule de plusieurs mètres afin de mieux appréhender ce que préparent mes camarades.

Un fol espoir me submerge lorsque je vois Louisa disparaître dans une plaque d'égout. Haruki l'a aidée à soulever la fonte et désormais nous avons un plan d'évacuation. La découverte d'une issue de secours galvanise mes forces et me permet d'oublier un instant mes douleurs. Je continue d'abattre tous les agresseurs qui se présentent tandis qu'Haruki s'esquinte à passer dans la petite ouverture. Puis Lyla, plus filiforme, s'y glisse facilement.

— Vas-y ! m'ordonne enfin Courtney.

D'un côté, cela me gêne de la laisser seule sur tous les fronts, de l'autre, mon soulagement de quitter la zone de combat est telle que je ne me fais pas prier. Mon contentement est plus fort que ma honte alors je m'applique à descendre dans ce goulot d'étranglement en tâtonnant pour m'accrocher aux barreaux métalliques invisibles.

Quand je lève la tête, Courtney enjambe le trou et tiraille sans interruption autour d'elle. Assurée d'avoir quelques secondes de répit, elle lâche les armes et s'enfonce dans les profondeurs. Nous dévalons l'échelle sur une dizaine de mètres. À peine a-t-on posé le pied sur le sol que des têtes apparaissent là-haut dans le cercle à peine visible. Je vise et dégomme les plus téméraires. Les déflagrations résonnent encore plus ici, nous allons tous devenir sourds.

— Quelle direction, Courtney ? la presse Lyla.

Elle regarde sur son GPS, visualise le grand boulevard que nous venons de quitter à peine cinq minutes plus tôt et s'oriente sur sa carte afin de déterminer la direction à prendre pour atteindre notre but.

— Par-là ! désigne-t-elle, autoritaire.

Haruki ne perd plus un instant et s'élance avec la lampe torche pour se guider. Je tue encore trois poursuivants perchés là-haut et l'un d'eux vient s'écraser à mes pieds. Une partie de ses os s'est brisée, sa tête a volé en éclat, mais il n'a pas souffert, je lui avais déjà réglé son compte. Enfin, je rejoins mon groupe qui a déjà pris pas mal d'avance.

Cependant, l'obscurité domine et la faible lumière qui balance dans la main d'Haruki très loin devant moi, ne me suffit pas. J'avance à tâtons sur ce qui me semble être un étroit rebord et laisse glisser ma main le long de la paroi à ma gauche malgré son contact froid, poisseux et désagréable. À ma droite, j'entends l'écoulement lent des eaux usées et je sens les effluves nauséabonds me monter à la tête et me retourner l'estomac.

En rattrapant mon retard, j'évalue mon environnement afin de mieux me représenter ma nouvelle réalité. Nous progressons dans un cylindre de quatre mètres de diamètre tout au plus, en bas la rivière souillée circule tandis que nous sommes perchés sur de minces couloirs au sol glissant.

— Attention, des rats ! prévient Haruki, fer de lance.

Deux secondes plus tard, je sens les bestioles me frôler et fuir à contresens, elles manquent de me déséquilibrer. Malgré la faible lumière vacillante dans la main de mon ami, je parviens à distinguer des mouvements à la surface de l'eau. Est-ce mon imagination qui me joue des tours ? Est-ce mon esprit désormais habitué au pire qui transforme toute vision en scénario horrifique ? J'évacue mes pensées parasites et me concentre sur ma course. Nous ne pouvons marcher plus vite, nos semelles glissent sur le béton couvert par endroits d'une fine mousse ; Haruki et Lyla les plus grands de la bande sont obligés de se voûter pour ne pas se cogner la tête.

Lorsque le bruit d'une petite cascade nous parvient, nous ralentissons puis nous arrêtons pour souffler un peu dans ce nouveau marathon. Avec son faisceau de lumière, Haruki désigne une intersection entre notre canal et un beaucoup plus petit sur notre gauche. Problème, ce dernier est trop étroit et nous obligerait à avancer à quatre pattes dans les écoulements pestilentiels. Courtney profite de la pause pour analyser notre position sur le GPS.

— Je vous avoue que désormais, je ne sais plus trop où il faut aller… Hors de question de se vautrer dans la merde si nous continuons tout droit ! s'insurge-t-elle.

Je perçois ensuite de nombreux pas et respirations derrière moi, preuve que nous sommes encore suivis dans ce tuyau puant. La population ne recule donc devant aucune difficulté et me semble bien être à l'image de leur armée, jusqu'au-boutiste.

— En tout cas, impossible de faire demi-tour, ajouté-je. Haruki, éclaire-moi que je fasse un strike.

Quand des silhouettes se dessinent au fond de l'étranglement, je vise et tire une rafale. À cette distance, je n'atteins qu'une cible qui tombe à l'eau. À peine est-elle engloutie sous la surface qu'une gueule surgit des flots dans un grognement immonde et avale le cadavre. Les remous provoqués remontent jusqu'à nous en nous éclaboussant d'un jus sirupeux. Le monstre s'immerge à nouveau pour savourer son festin. Personne ne commente la scène. J'avale ma salive et m'éloigne instinctivement du bord…

Sans plus attendre, nous continuons d'avancer, tête basse, résignés.

Dans notre parcours, j'ai compté que nous avions passé trois plaques d'égouts, sorties potentielles mais est-ce raisonnable de remonter à la surface alors que nous longeons l'immense boulevard sur lequel s'était accumulée toute la population de Gaulon ? Au passage de l'issue suivante, je m'arrête un instant et tend l'oreille. Il ne me faut pas plus d'une seconde pour comprendre qu'il est inenvisageable de passer par là. Le martèlement des pas là-haut m'incite à craindre le pire.

J'ai la nausée et l'acide me brûle l'œsophage. Cette puanteur me tiraille les boyaux. J'ai besoin de m'aérer et de me désaltérer. Encore cinquante mètres, cent mètres… Jusqu'où irons-nous ainsi à fuir le flux intarissable d'ennemis ? Puis, lorsque mes amis s'arrêtent devant moi, c'est la consternation. Je suffoque et je vomis ma bile. Des larmes de désespoir me montent aux yeux devant cette grille qui nous bloque le passage.

— Dites-moi que je rêve ! râle Courtney, à bout de souffle.

Les épais barreaux sont scellés dans le béton et plongent sous l'eau n'offrant aucun passage. Haruki tente bien de vérifier la solidité du métal mais malgré quelques traces de rouille, il abdique, effrayé par cette perspective de se retrouver aculé dans un cul-de-sac.

— Allez, demi-tour, avant qu'il ne soit trop tard ! lance Courtney dont l'esprit de guerrière ne lâche rien, quel que soit le coup dur.

Je sais que la cavalerie arrive et qu'elle est nombreuse. Elle nous fera barrage coûte que coûte.

Je sais aussi qu'en ville, au-dessus de nous, les rues sont bondées et nous ne pourrons évoluer sans être débusqués.

J'explique mon point de vue à mon équipe tout en réalisant qu'en absence d'autres alternatives, il faudra bien choisir l'un de ces scénarios…

Non… Ce n'est pas possible… Les concepteurs de Gamers n'ont pas modélisé tous les souterrains de Gaulon pour rien. Le monstre. La grille. Tout a une raison d'être dans un jeu. Je m'empare de la lampe torche et inspecte ce qui nous bloque le chemin.

— Regardez ! Au centre, un encadrement métallique ! me réjouis-je. Et il y a des glissières verticales, cela signifie que c'est une trappe qui peut s'ouvrir !

Cependant mes réjouissances s'arrêtent là. L'extrémité basse de cette ouverture disparaît dans les eaux insalubres, là où semblent vivre des formes de reptiles aux mâchoires démesurées…

Haruki grimpe sur les barreaux et se déplace au-dessus du canal. Une fois la grille atteinte, il tente de la glisser vers le haut pour l'ouvrir. La bonne nouvelle est qu'elle bouge mais un élément bloque son mouvement. Sans doute une serrure ou un cadenas à déverrouiller. Devant cette constatation, tout se met en place dans mon esprit et la solution qui s'y dessine me terrifie.

Tout a une raison d'être…

Nous avions souri en découvrant le bonus acheté par Louisa… Un masque et un tuba… Je crois désormais fermement que nous allons lui devoir notre salut. Avec mon trousseau de clés passe-partout, je suis certain que nous pouvons franchir cette impasse.

— Qui a déjà fait de la plongée ? lancé-je, conscient que je propose là une mission suicide.

À la vue du matériel que je sors du sac de Louisa, mes amis me regardent dépités. Puis nous fixons tous l'eau noirâtre qui dévale en formant des vaguelettes, des bulles d'air remontant par endroit à sa surface. Ne pas voir le danger est toujours pire…

— J'y vais, affirme Lyla qui pose déjà ses affaires sur le sol.

Je n'ai pas appris à nager, je ne me suis jamais baigné dans une piscine ou à la mer. Je me souviens uniquement avoir déjà trempé les pieds en bord de plage une nuit de pleine Lune, cette douce sensation de va-et-vient de l'eau, ce sable qui s'infiltre entre mes orteils et masse ma voûte plantaire. Un bonheur simple que j'aimerais revivre un jour…

Si je n'avais eu la frayeur de m'immerger complètement dans l'eau, aurais-je eu le courage de descendre dans cette fosse écœurante abritant un monstre aquatique ? J'avoue ne pas savoir si je me serais imposé… Pourtant, à cet instant, j'ai envie de protester, je ne souhaite pas que Lyla se confronte à un tel danger…

— C'est de ma faute si nous sommes dans cette situation… Si je n'avais pas eu peur de ces rats…

Lyla veut donc se racheter de cette erreur qui nous a condamnés, se faire pardonner même si en aucun cas je ne lui aurais reproché quoi que ce soit. Je m'avance, prêt à l'empêcher… Elle me devance et coupe mon élan.

— Avons-nous d'autres choix ?

Serait-ce légitime de lui interdire de se jeter dans la gueule du loup pour que Haruki ou Courtney se contraigne à sa place ? Lyla est pieuse, sa famille croyante, elle souhaite accomplir sa rédemption, ai-je mon mot à dire ?

Le courage de m'imposer me manque. Mon cœur se déchire. La peur et la honte m'envahissent. Je n'ai décidément pas l'étoffe d'un héros. Les larmes aux yeux, je lui tends le masque et le tuba en évitant de croiser son regard. J'ai la sale impression de l'envoyer à l'échafaud.

Il ne faut pas que mes émotions me perdent, il est impératif que mon intelligence puisse s'exprimer, surtout en pareille circonstance. Je réfléchis un instant et lorsque j'entends nos éternels poursuivants revenir en force, mon rôle pour épauler mon amie dans cette mission se définit.

— Attends une minute que je te couvre. Ensuite tu pourras y aller plus sereinement… intervins-je, sûr de moi.

Enfin, je l'espère sincèrement sans pour autant exprimer mes troubles. La confiance en soi est l'un des ingrédients de la réussite, j'en reste convaincu. Alors, j'enfile les lunettes infrarouges et me positionne. Je ne me laisse pas perturber par cette vue horrifique qui s'affiche devant moi et je tire sur le premier des assaillants. Comme prévu, il tombe à l'eau et dans la seconde se fait croquer par la bête. L'une des bêtes… Car ma vision infrarouge a capté la présence de plusieurs gueules sous l'eau, de tailles imposantes, mais je ne parviens pas à les dénombrer exactement.

Je tire une deuxième fois, fais mouche et un deuxième cadavre chute dans le liquide visqueux. Les bestiaux se regroupent et s'agitent dans la zone de livraison de viande fraîche. Je continue mon jeu de dominos avec d'autres tirs et vérifie qu'aucun animal féroce ne traîne encore proche de notre position. Quand j'en suis certain, je donne le signal à Lyla.

Elle s'agrippe de suite aux barreaux et démontre une agilité certaine dans ses déplacements comme lorsqu'elle avait gravi le sommet de la montagne. Elle se place juste au-dessus de la trappe, les pieds effleurant la surface de l'écoulement. Elle hésite un instant.

Je tue à nouveau trois autres individus, de quoi occuper encore les monstres vivant ici.

— Tu peux y aller ! affirmé-je le cœur serré, priant pour que mon assentiment ne signe pas son arrêt de mort.

À une trentaine de mètres, ils se battent pour obtenir la meilleure part du festin, remuant les eaux et grognant pour imposer leur domination sur leurs congénères. Je continue l'abattage systématique ne leur laissant nullement l'occasion d'être attirés par Lyla.

Mon amie n'hésite pas, sa confiance en moi la guide. Ses pieds puis ses jambes disparaissent dans le liquide huileux, semblant l'avaler. Elle poursuit sa descente au même rythme. Plus vite elle exécutera la mission, plus vite elle pourra s'extirper de cet enfer. Avant de plonger la tête sous l'eau, elle se retourne vers nous et me fixe un instant. Je m'en voudrais toute ma vie si elle n'en réchappait pas.

— Haruki, positionne-toi juste au-dessus d'elle ! Sois prêt à soulever la grille ou à l'aider à remonter s'il le faut !

De mon côté, je continue d'aligner les cadavres et d'alimenter cette orgie qui ne semble pas rassasier ces crocs affamés. Sur le quai longeant cette boucherie, rien ne freine nos poursuivants qui affluent sans interruption, sans crainte pour leur vie malgré l'évidence du destin funeste que je leur réserve.

Le temps semble s'écouler lentement tandis que je canarde régulièrement, participant au régal de la population locale – sans doute des crocodiles géants me susurre mon imagination. Lyla n'émerge pas et je désespère qu'elle parvienne à ouvrir cette grille. Et si aucune clé ne correspondait ? Si le système restait bloqué ?

Mon cœur cesse de battre quand à travers mes lunettes spéciales, plusieurs traces rouges se détachent de l'agglomérat de monstres. En une seconde, j'ai la confirmation que trois d'entre eux fusent dans notre direction, à une vitesse impressionnante.

— Lyla ! m'écrié-je, comme si elle pouvait m'entendre des profondeurs…

3.8

Le poing levé

D'ordinaire lorsque le réveil sonnait à sept heures tapantes, une pelleteuse était nécessaire pour extraire Lyla de son lit afin qu'elle aille préparer son avenir au lycée. Quand la même sonnerie stridente retentissait le week-end aussi tôt, cela relevait tout bonnement de l'insupportable.

Lyla éprouvait d'autant plus de difficultés à émerger que sa nuit avait été très courte. Elle avait passé son vendredi soir à préparer l'événement avec son amie Maëlle avant de passer des heures à discuter sur les réseaux pour mobiliser le maximum de monde, affûter les slogans et parfaire l'organisation. Un travail dans lequel Lyla avait mobilisé toute son énergie. Elle n'était nullement le genre de fille à effectuer une tâche à moitié.

Cependant, malgré la fatigue et les paupières lourdes, Lyla était déterminée à se lever et à ne pas prendre de retard sur le programme. Elle fila prendre une douche salvatrice afin de sortir définitivement du brouillard puis descendit dans la cuisine pour avaler un consistant petit-déjeuner.

— Déjà debout ? Il y a eu un tremblement de terre ou quoi ? s'amusa son père en se servant un café.

— Je veux faire l'ouverture du GameStore avec Maëlle, il y a de superbes promos annoncées, mentit-elle en plongeant son regard dans le fond de son bol de chocolat chaud.

Ce n'était pas son habitude de pipeauter ses parents, néanmoins elle savait pertinemment que si elle avait expliqué le but de sa journée, ils lui auraient interdit de sortir. Pour le bien de l'équilibre familial, pour éviter le clash monumental, elle assumait son mensonge.

Malheureusement, malgré l'amour et le respect mutuel entre tous les membres de son foyer, la fréquence des disputes et désaccords avec ses parents avait augmenté avec l'âge. Bien qu'éduquée avec des valeurs fortes, une discipline rigoureuse et une importante place laissée à la religion, Lyla s'échappait peu à peu de ce carcan préprogrammé. « Les affres et tourments de l'adolescence », philosophait sa mère pour tenter d'expliquer les situations explosives où sa fille s'affirmait et s'émancipait un peu trop vite.

En finissant ses pancakes au miel, Lyla se souvint particulièrement des dernières confrontations au sujet de ses tenues vestimentaires. Les bracelets en cuir cloutés, les baggys noirs et les sweats à tête de mort ne faisaient pas l'unanimité à la maison.

— C'est ça où je m'habille en mini-jupe et débardeur avec vue plongeante pour tous les obsédés du bahut ! avait ragé Lyla, mettant fin au débat.

Ses parents avaient été outrés de ses propos mais s'étaient résignés. Finalement, sans lui dire, ils préféraient son assortiment gothique girly à celui de la poupée Barbie.

Les crises passaient, l'amour restait. Néanmoins, sans dispute, les risques étaient moindres alors Lyla s'évertuait désormais à slalomer entre les points critiques.

Tout le matériel nécessaire pour cette journée mémorable avait été stocké chez Maëlle dont les parents, plus ouverts et contestataires, trouvaient leur ambition noble. Manifester dès le plus jeune âge leur paraissait une belle preuve de maturité si bien qu'ils les aidèrent même à préparer l'opération. Le père de

Maëlle leur avait confectionné des panneaux avec un manche en bois tandis que sa mère avait peint avec elles leurs revendications, profitant au passage pour corriger leurs fautes d'orthographe.

Une heure après avoir quitté la maison sans que ses parents ne se doutent de quoi que ce soit, Lyla rejoignait avec son amie un groupe d'une centaine de personnes. L'assemblée représentait un beau panel de la population locale avec des gens de toutes générations confondues, de divers milieux sociaux et de profils variés. Leur conviction était leur point commun et les rassemblait, ils savaient tous qu'il fallait agir maintenant, avant que la « machine » ne s'emballe et qu'il ne soit trop tard. Lyla trouvait cette communion très belle et elle ressentit une certaine fierté d'en faire partie.

Le discours du maire Richard Bushman venait de commencer devant une foule de partisans triés sur le volet avec pour seul critère leur adhésion sans faille aux idées nauséabondes de l'homme politique. Chacun brandissait des pancartes à l'effigie du sauveur, toutes distribuées par le comité d'accueil qui misait gros sur l'événement. Les journalistes et chaînes de télévision avaient répondu à l'appel, sentant une annonce officielle d'envergure, la fuite organisée allant dans ce sens. Sur scène, Bushman était entouré de sa fine équipe de conseillers et de sa famille modèle au sourire factice. L'importance du paraître, savamment dosé par des équipes professionnelles en communication, sautait aux yeux. Enfin, aux spectateurs non aveuglés par ses propos…

Au bout de quelques minutes, le suspense prit fin et les larmes aux yeux, Richard Bushman annonça briguer un poste au Sénat. Sa candidature galvanisa la foule qui acclamait le héros local aux ambitions nationales. Bushman avait les dents longues et ne reculerait devant rien pour viser ensuite le poste suprême…

À dix-sept ans, Lyla avait l'âge d'affirmer ses convictions et de protester face à des personnalités qui, selon elle, gangrénaient la société ou compromettaient l'avenir de la planète. Il y avait deux objectifs au centre de ses actions : protéger la nature et protéger l'homme. Après avoir organisé des collectes de dons en faveur d'associations œuvrant pour l'humain, les nécessiteux comme les personnes âgées, après avoir rejoint plusieurs mouvances écologiques dénonçant entre autres le réchauffement climatique, Lyla ressentait le besoin d'exprimer haut et fort sa rage, de revendiquer un monde meilleur pour tous.

Ce Richard Bushman représentait la parfaite synthèse de tout ce que Lyla détestait. Ouvertement raciste, homophobe et misogyne, il avait transformé ses défauts en arguments de campagne, cherchant son électorat dans les extrêmes, ce qui l'avait conduit à être élu maire de la ville. Cela en disait long sur la majorité des habitants… Sa proposition phare, populiste à souhait, était d'offrir un emploi à chaque individu. Pour y parvenir, il revendiquait une exploitation sans aucune contrainte environnementale des ressources de la planète. Au vu de la fortune personnelle du politicien et de ses nombreuses sociétés dans le pétrole et la métallurgie, ses ambitions étaient bien évidemment économiques. Il voulait rafler la mise de tous les côtés.

Il était hors de question de le laisser grimper cette marche électorale. Il valait mieux prévenir que guérir, il fallait tuer le mal dans l'œuf maintenant !

Le moment idéal pour intervenir venait de sonner. Les opposants, prêts à ruiner ce coup médiatique s'avancèrent vers la place. Les banderoles chamarrées se déployèrent, les panneaux accusateurs furent brandis fièrement et les slogans anti-Bushman retentirent. Lyla au cœur de la troupe, le poing levé, battait le pavé avec ferveur ; elle souhaitait jouer un rôle dans la chute de cette vermine. Vivre l'instant était sacrément plus puissant que de militer tranquillement derrière son écran en cliquant avec sa souris. Elle filmait l'instant avec son portable, immortalisant sa première manifestation.

La présence des militants fut rapidement signalée si bien que la police et la milice personnelle de l'homme politique vinrent les cueillir avant qu'ils n'infiltrent la zone sécurisée. L'affrontement fut violent, plus encore que Lyla n'aurait pu l'imaginer, au-delà de ce que la loi de son pays autorisait. La morale aurait réprimé ces agissements trop disproportionnés par rapport aux actions pacifiques menées.

En moins de deux minutes, la foule fut neutralisée. Une partie se dissipa dans les rues adjacentes afin d'éviter les coups de matraques de la police et les gaz lacrymos. Une autre tenta le forcing et subit la hargne des milices skinheads dont l'appartenance aux mouvements néonazis ne faisait guère de doute.

Lyla, paniquée, prise dans la bousculade, termina sa marche allongée au sol, le nez en sang, les mains menottées dans le dos. Effarée par le déchaînement de violence provenant du camp des autorités, elle parvint à filmer toute la scène avec son fidèle smartphone. Le flic l'ayant balayé par terre avec rudesse avait pris un malin plaisir à exploser l'appareil d'un coup de talon. Ce qu'il n'avait pas saisi sur l'instant était la diffusion en direct des images sur Internet...

3.9

Marché noir

C'est un véritable cauchemar. Lyla est désormais prise pour cible par trois féroces animaux aquatiques. Comme je suis le seul à les voir approcher, j'alerte mes amis. Haruki pour qu'il avertisse Lyla, Courtney et Louisa afin qu'elles m'épaulent pour tuer ces dangereux prédateurs.

Je tire dans l'eau sans avoir la certitude que mes balles atteignent leur objectif et qu'elles aient assez de puissance pour meurtrir ces bêtes sanguinaires. Dans la quasi-obscurité, les filles me secondent de leur mieux, ainsi nous nous acharnons sur le premier missile qui ne ralentit pas sous les impacts. Cependant, arrivé à mi-distance, il finit par remonter à la surface et émet une plainte déchirante. J'en profite pour l'achever en visant la tête que je ne saurais décrire précisément hormis dire qu'elle a des caractéristiques hydromorphologiques.

— Un second vient de passer par-dessous, avertis-je mes compagnons.

Nous poursuivons notre travail de sape sur ce deuxième nuisible.

Dans le vacarme des tirs, j'entends un grincement métallique qui d'ordinaire m'aurait fait frémir.

— Elle a réussi ! s'écrie Haruki, victorieux.

De toutes ses forces, il soulève la lourde grille dans la glissière et la maintient.

— Passez tous de l'autre côté ! nous lance-t-il.

L'envie de courir pour me mettre à l'abri se jumelle à mon besoin de me poser un instant. Mais il nous est impossible d'interrompre le combat, ces mammifères marins auront atteint le passage libéré avant nous. Au bout d'une quinzaine de cartouches, nous obtenons notre deuxième victime. Nous en profitons de suite pour reculer progressivement vers la grille.

— Sois prêt à refermer la trappe ! avertis-je Haruki désormais passé du bon côté avec Lyla.

Quand je relève la tête, je m'aperçois que des téméraires, humains cette fois, ne sont plus qu'à quelques mètres de moi. Je tire en rafale dans le tas sans plus aucun état d'âme et m'assure ainsi une zone de sécurité nécessaire pour manœuvrer. Lorsque de nouveaux cadavres chutent dans le canal, le monstre se trouve alors une occupation, nous laissant le champ enfin libre quelques instants.

— C'est bon ! hurlé-je aux filles afin qu'elles passent en territoire sûr.

Je me retrouve seul dans l'impasse, pour autant, la situation semble sous contrôle. À mon tour, je grimpe sur les barreaux avec une certaine maladresse, néanmoins je gagne l'ouverture rapidement. Je me contorsionne pour passer de l'autre côté sans tremper ni mon corps ni mes armes. Sans doute ai-je l'air ridicule, mais je ne sais pas nager et me retrouver au milieu de toute cette flotte pourrait me paniquer et me tétaniser. À peine ai-je franchi la frontière qu'Haruki relâche la trappe qui s'enfonce dans l'eau.

— Faites attention !

Un bruit sourd et une forte vibration se font ressentir lorsque le monstre marin cogne la grille, désireux de la défoncer pour nous réduire en charpie ensuite. Heureusement l'édifice résiste. Lyla, encore dans l'eau, replonge à nouveau. Je m'inquiète puis comprends finalement son intention. Elle veut reverrouiller l'issue afin que personne ne puisse nous suivre dans l'immédiat car des dizaines d'individus toujours à notre poursuite ne reculeront pas devant cet énième obstacle, doivent-ils être dévorés pour autant…

Nous grimpons un à un sur le quai et attendons avec impatience le retour de Lyla. Elle refait enfin surface et enlève son masque couvert d'une couche huileuse. Elle n'a pas pu voir grand-chose et a dû s'en remettre beaucoup à son toucher. Elle reprend sa respiration et nage vers nous. Je lui tends la main et l'aide à nous rejoindre au sec. Dès qu'elle pose le pied à mon niveau, je l'enlace spontanément et la serre dans mes bras. Mon bonheur est bien plus grand que le dégoût de son odeur nauséabonde, son contact visqueux et ses cheveux gluants.

Lyla est saine et sauve, elle nous a permis de franchir ce nouveau cap difficile. Je l'en félicite avant de lâcher mon étreinte car, face à moi, derrière la grille, s'agglutinent déjà plusieurs types qui tendent les bras pour nous attraper.

Haruki les éclaire avec la lampe torche, sans doute veut-il les observer de près au moins une fois pour se faire une idée. Nous les regardons tous, comme des bêtes en cage et avons de suite la confirmation que ce ne sont pas des pourris. Ni yeux jaunes, ni peaux ravagées. Pourtant, ils sont là, désarmés, à tenter le diable pour nous arrêter, malgré les dizaines et dizaines de morts que nous avons semés derrière nous.

— Mort aux déserteurs ! Gloire à Marylin ! scande l'un d'eux avant que tous ne reprennent en chœur.

Physiquement, rien ne semble les distinguer d'individus normaux mis à part le fait qu'ils ne sont plus sains d'esprit. Je pense à des fidèles extrémistes disposés à se sacrifier pour une cause, à des fanatiques prêts à mourir en martyr, à des terroristes…

— Ils sont fous, endoctrinés ou lobotomisés, murmuré-je, consterné.

Nous nous éloignons au plus vite. Les avoir piégés de l'autre côté n'est qu'une partie de la solution à notre problème. Il nous paraît évident qu'en ville, une dizaine de mètres au-dessus de nos têtes, l'armée s'active afin de nous localiser et nous punir de ce carnage à la moindre occasion. Il ne faut pas traîner et déguerpir loin d'ici.

Courtney mène le groupe au galop et bifurque tantôt à gauche, tantôt à droite à chaque intersection, privilégiant les canalisations assez grandes pour qu'on puisse tenir debout. À force de circuler aléatoirement et à toute vitesse, mon sens de l'orientation pourtant affûté en a perdu la boussole. J'espère simplement que celui de Courtney, guidé par son GPS, est plus fiable.

Louisa finit par réclamer une pause et personne ne refuse la proposition. Nous avons bien couru, plus d'un kilomètre. Dans ce dédale obscur, humide, à l'air vicié, la performance compte double.

— Où sommes-nous ? demandé-je, à bout de souffle.

— Exactement ? Je n'en sais fichtre rien… se désole Courtney. Ce qui semble être le centre-ville est en vue.

Vu le désordre que notre passage a occasionné, je pense que toutes les forces de Gaulon sont sur le qui-vive à notre recherche. Se diriger vers le centre-ville ne me paraît pas être une excellente idée mais j'avoue ne pas en avoir d'autre à proposer. Au départ, notre discrétion représentait notre force, désormais nous sommes anéantis par le nombre illimité d'ennemis… Notre mission est de trouver le quartier général de Marylin en premier, je n'imagine pas un endroit autre qu'ultrasécurisé et protégé par des cohortes de militaires revanchards. La situation s'annonce explosive.

Nous reprenons notre marche en avant, plus lentement, ayant tous pris conscience que le plus difficile était à venir et qu'il nous fallait d'abord reprendre notre respiration et nos esprits.

— Où en êtes-vous de vos munitions ?

Malgré nos gestions drastiques, les événements nous ont forcés à puiser dans nos réserves, je crains le pire. Quand chacun confirme ne plus posséder de chargeurs de rechange, le constat est sans appel. Au prochain combat, en pleine attaque, nous risquons de nous retrouver à vide et sans aucune défense…

— Chut ! nous interrompt soudain Courtney.

Elle éteint la lampe torche et n'a pas besoin d'en dire davantage car nous comprenons très vite pourquoi nous stoppons notre progression. Vingt mètres devant nous, une lumière se diffuse dans un passage, côté gauche. Nous progressons alors lentement, le plus silencieusement possible. J'affûte mon ouïe pour essayer de déterminer une éventuelle présence.

— Cessez de respirer quelques secondes, que je sonde l'environnement, murmuré-je en retenant moi-même ma respiration. Il me semble qu'il y a une personne… Soit elle ronfle, soit elle a une bronchite… Je ne perçois rien d'autre de suspect pour l'instant.

Nous franchissons les derniers mètres avec méfiance, restant prêts à riposter à toute éventualité. Puis, Courtney n'hésite pas un instant et s'engouffre dans le passage, la mitraillette prête à se décharger sur le premier obstacle. Nous la suivons et nous éparpillons rapidement dans la grande salle qui s'ouvre devant nous.

Au centre, assis derrière un large bureau couvert de bric-à-brac, un homme dort paisiblement, installé dans son fauteuil. Ses ronflements attestent qu'il a le sommeil lourd et qu'il ne nous a pas entendus pénétrer son antre souterrain. Courtney le tient en joue le temps que nous vérifions chaque coin et recoin de l'espace complètement envahi par des cartons entreposés sans ordre apparent. Comme il n'y a pas d'autres issues, Courtney fait signe à Louisa de garder l'entrée et de surveiller les égouts afin de prévenir toute approche ennemie. Être assaillis ici sans espoir de fuite sonnerait assurément notre extermination.

À quatre, nous encadrons le locataire des lieux. La tête en arrière, les paupières closes, il a l'air parfaitement inoffensif. Le type semble propre sur lui avec un tee-shirt noir impeccable surmonté d'une veste en tweed sortie tout droit d'une lointaine époque. Son visage reflète aussi le soin qu'il prend de lui-même avec une barbe finement taillée et un teint légèrement bronzé. Il n'a rien à voir avec la horde, mal fagotée, au teint blafard, qui nous a poursuivis. Au jeu des devinettes dans ma vie réelle, avant Gamers, j'aurai parié pour un vendeur de prêt-à-porter dans une boutique chic. Vu les tonnes de marchandises autour de nous, l'hypothèse d'un vendeur se tient ; vu le bordel sans nom au cœur des égouts, les lieux n'ont par contre rien de pimpants.

Courtney prend les commandes de l'opération en mode « défonce tout ». D'un puissant coup de rangers, elle bascule le fauteuil de notre hôte en arrière. Il se réveille dans sa chute avec un léger cri de surprise, puis son crâne claque contre le sol en béton et il crie, sans retenue, sa colère. Elle pointe sa mitraillette entre les deux yeux du type qui louche dessus en ouvrant les paupières. Il se masse le cuir chevelu tentant d'estomper sa douleur et prend le temps de se remettre de ses émotions. D'un rapide coup d'œil, il nous observe, quatre menaces, armes au poing.

— Ça ne vous arrive jamais de frapper avant d'entrer ? maugrée-t-il.

Le gars reste cool, sans exprimer le moindre stress malgré les circonstances défavorables. Il essaie de se mouvoir pour gagner en confort mais Courtney accentue la pression de son canon sur son front et hoche lentement la tête négativement pour lui signifier de ne pas bouger d'un pouce.

— T'es qui, toi ? lui lance-t-elle, agressive.

Il continue à nous observer tour à tour et à se masser. Son incroyable assurance me perturbe et me rappelle les agissements du chimiste fou rencontré en plein désert. L'impatience de Courtney ne tient pas longtemps, elle trépigne.

— Je compte jusqu'à un. À un, je te bute.

Il s'agite soudainement et voudrait bien se redresser mais elle ne lui laisse aucune liberté, lui mettant la pression maximale.

— OK, OK… On se calme, acquiesce-t-il. Je m'appelle Arnaud. Et c'est plutôt à moi de demander qui vous êtes ! C'est chez moi ici !

Cet Arnaud n'a décidément pas froid aux yeux, ce qui éveille notre méfiance. Même s'il ne nous apparaît pas dangereux, nous ne baissons pas notre vigilance.

— Que fais-tu dans les égouts ? C'est quoi cet endroit ? poursuit Courtney imperturbable et carrément flippante avec sa dégaine gothique girly délurée.

Cet homme est la première personne avec qui nous communiquons depuis notre entrée dans Gaulon. Ce n'est pas un hasard s'il se trouve sur notre route, il doit forcément nous apporter quelque chose dans le jeu comme cela avait été le cas avec le chimiste et son sérum.

— Encore une fois, c'est plutôt à vous de me dire ce que vous faites dans mes égouts ! C'est strictement interdit et vous allez être condamnés pour ça !

S'il savait… Avec le désastre que l'on a semé en ville, je pense que nous méritons bien plus que tout ce que le code pénal local prévoit. Je me garde bien de lui en parler et prends mon mal en patience en essayant de comprendre le personnage.

— Ça t'arrive de répondre à mes questions, s'impatiente aussi Courtney, à deux doigts de lui exploser la cervelle.

— Je vous ai dit que je m'appelle Arnaud et j'attends toujours de savoir à qui j'ai affaire.

Sincèrement, je ne sais pas s'il se fout de nous, s'il veut nous faire tourner en bourrique, s'il est perturbé par la situation ou si son coup à la tête lui a grillé le cerveau, mais il m'agace dans son rôle d'idiot de service. Courtney semble plutôt s'amuser du personnage, tout aussi décalé qu'elle finalement.

Notre situation au cœur de ces égouts labyrinthiques alors que nos têtes sont mises à prix dans tout Gaulon n'est franchement pas idéale. Essaie-t-il de gagner du temps en attendant le débarquement de l'armée ? A-t-il déjà, d'une manière ou d'une autre, averti les autorités de notre présence ?

De manière totalement impulsive, sans presque m'en rendre compte, je lui tire une balle dans le genou. Du sang et des petits os giclent de son articulation, un hurlement de bête brûle sa gorge, son corps se crispe et se tend comme un arc. Je n'en reviens pas moi-même. Mon intervention est brutale, violente, digne du Boss…

— Qu'est-ce que tu fous là, on t'a demandé ? Il y a quoi dans tous ces cartons ? Réponds ou je m'occupe de toutes tes articulations ! asséné-je, encore plus froid que ma camarade.

Il douille sévèrement… Je lui laisse quelques secondes avant de mettre ma menace à exécution. Quand il comprend enfin ma détermination, il capitule.

— Arrêtez, c'est bon… grogne-t-il, au bord de la convulsion. On peut causer en paix, pas de souci… Je suis un dealer au marché noir, vous êtes dans ma planque… Ce que tu veux, je te le trouve…

Sa dernière phrase ressemble à un slogan publicitaire. Je le prends alors au mot.

— On veut tous tes chargeurs, toutes tes munitions, tous tes flingues, exigé-je sans détour.

Je pensais qu'il allait enfin obtempérer et cesser de nous faire perdre notre temps…

— C'est du matériel de l'armée ? Vous l'avez volé ? Oh, putain… Qui êtes-vous ? Vous êtes dingues…

Il ne croit pas si bien dire. Je lui réduis en bouillie le deuxième genou. Même écœurement pour moi, même souffrance pour lui. Je ne le quitte pas des yeux, je ne veux surtout pas me retourner vers Lyla et voir son expression devant le spectacle ignoble que j'offre. Mais c'est sa vie ou la nôtre. Nous sommes réels, il est irréel. Il ne représente qu'une épreuve de plus à surmonter, j'espère qu'elle et mes autres amis le conçoivent sous cet angle-là.

— Contente-toi de répondre à nos questions, l'avertis-je une ultime fois.

Les habitants de ce dôme ont-ils tous des tendances suicidaires ? Je ne l'espère pas sinon cette discussion animée restera une impasse.

— Non, je n'ai rien de tout ça… grogne-t-il à travers ses larmes, en happant l'air qui lui manque. Je n'ai rien de l'armée… Je ne suis pas fou.

— À manger ? Des vêtements ? demandé-je, maintenant qu'il coopère.

— Oui, ça, aucun problème… parvient-il à lâcher au bord de l'évanouissement.

— Où ça ? intervient Lyla, pressée de pouvoir quitter sa tenue souillée dans les moindres coutures.

— À droite du bureau, servez-vous, ça me fait plaisir…

Je confirme, ce gars est aussi déjanté que Courtney et il ne perd pas le sens de l'humour malgré le sort que je viens de lui réserver. J'éprouverais presque de l'empathie pour lui si je savais qu'il n'était autre chose qu'un programme informatique.

Alors que Lyla et Haruki s'échinent dans les cartons à la recherche de nourritures et de vêtements, Courtney reprend l'initiative avec notre beau gosse. Je l'aide à redresser le fauteuil avec notre éclopé dessus. Il gémit pendant la manœuvre puis s'affale sur son bureau ensuite, mes tortures lui consomment toute son énergie et il est au bord du gouffre.

— Maintenant, parle-nous de Marylin. C'est qui et où peut-on la trouver ? demande Courtney, la mitraillette pointée sur la tempe d'Arnaud afin qu'il ne se démotive pas.

Il puise dans ses dernières ressources pour se redresser et nous regarde, abasourdi, prenant visiblement notre question pour une mauvaise blague.

— Vous débarquez vraiment d'une autre planète, ma parole… murmure-t-il.

Face à notre impassibilité devant sa note d'humour, il devient raisonnable et nous dévoile enfin l'identité de Marylin.

— Marylin est un homme… C'est le gouverneur de la cité de Gaulon. Le tout puissant gouverneur…

Généralement on ne le cherche pas, c'est lui qui vous trouve. S'il s'intéresse à vous, ce n'est pas bon signe. Il est tyrannique.

Il a prononcé ses derniers mots tout bas, comme s'il avait peur que quelqu'un d'autre n'entende cette précision. Le portrait et la situation qu'il nous dresse correspondent à la vision d'une dictature que j'imagine depuis notre incursion dans le dôme. Un contrôle implacable de militaires. Un assouvissement extrême de la population. Ne restait que l'iconique personnage à la poigne d'acier pour terroriser ce peuple.

— Montre-nous où on peut le localiser.

Elle lui montre le GPS avec la carte de la ville et notre position qui y clignote. Son regard s'illumine brièvement, il semble émerveillé devant l'objet qu'elle tient.

— Oh… J'en avais entendu parler mais je n'en avais jamais vu, c'est incroyable. Un localisateur !

— Où ? le brusqué-je, conscient du temps précieux qui défile et du sang qu'il perd en continu.

Je laisse Courtney lui expliquer comment l'appareil fonctionne et m'intéresse un instant à Haruki. Il me signale que le plein de provisions est terminé. À demi-cachée derrière un empilement de cartons, Lyla change de vêtements. Je vois alors son dos nu juste avant qu'elle enfile un nouveau débardeur. Cette vision me transporte et j'en oublie une seconde l'horreur de ce monde. Je m'oblige à détourner le regard, ce n'est ni le lieu ni le moment de s'émoustiller. Serait-ce le cas un jour ? Aurons-nous une fois l'occasion de… vivre ?

— Quelque part dans ce périmètre, finit-il par affirmer. Je n'en sais pas plus, l'accès à tout ce quartier est interdit sauf aux membres du gouvernement et à tous ceux qui les protègent et les servent évidemment.

La zone désignée correspond au centre-ville que nous avions imaginé. Son information confirme notre hypothèse mais il nous en faut plus pour envisager un plan d'attaque.

— Toi qui vis dans l'égout, tu peux nous dire comment y accéder via les souterrains ?

— Non, ils sont tout aussi surveillés paraît-il. Jamais je ne m'y suis aventuré. Les tunnels seraient peuplés de bêtes immondes.

Nous voyons clairement à quoi il fait référence. Si des sortes de crocodiles géants hantent les égouts des quartiers, je n'ose imaginer ce que nous réserveraient ceux sous le quartier général du gouverneur.

— Et tous ces gens qui se rassemblent, où vont-ils ? intervient Lyla en sortant de derrière les cartons.

Elle a trouvé une tenue confortable et adaptée, et tente de nettoyer sa chevelure dans une serviette qui noircit à vue d'œil. Personne ne pourrait deviner qu'elle est blonde à l'origine. Je lui souris bêtement en la voyant désormais plus à son aise.

— Ceux des banlieues partent à l'usine chaque jour que Dieu souhaite nous voir vivre. Le quartier nord renferme l'ensemble de nos industries et la transhumance s'effectue à heure fixe. Le soir, après douze heures de travaux, ils retournent chez eux avec leur bon pour obtenir leur ration journalière de nourriture.

— Et toi, pourquoi tu n'y vas pas ? lui reproché-je presque.

Arnaud paraît offensé comme si ma question constituait une injure.

— Je m'appelle Arnaud De Lattre. Ma famille appartient à la caste, précise-t-il avec une fierté retrouvée malgré ses souffrances. Nous avons de l'argent, mon père dirige l'une des plus grandes industries de Gaulon et ma mère est correspondante avec le monde extérieur.

— Le monde extérieur ? répété-je, incrédule devant une telle annonce.

— Les autres cités, pardi ! s'agace Arnaud devant tant d'ignorance.

Le vertige me gagne à cette révélation. Gamers ne se limite donc pas aux dômes désertiques et à Gaulon, d'autres villes existent par-delà, avec autant d'obstacles, de menaces et de probabilités de mourir. Sans s'en rendre compte, Arnaud De Lattre vient de nous annoncer une terrible nouvelle dont Courtney est la première à s'en remettre.

— T'es un putain de gosse de riches, un putain de privilégié, et tu traînes dans cet endroit qui pue la merde ? Tu te fous pas de nous, là ? s'énerve-t-elle, apparemment peu confiante à l'écoute de son discours.

— Je gagne bien ma vie ici. Je sers les gens de ma caste qui peuvent se payer tout ce luxe. Je vends aussi alcools et cigarettes, je détiens les drogues, les vices de ce noble monde, je suis respecté, ne vous fiez pas au décor de ces lieux. Mon local est caché pour que le bas-peuple ne soit jamais au courant de l'existence de lieux tels que celui-ci. Leur monde s'arrête à leur usine, leur bouffe et de temps en temps à la parole du gouverneur sur le poste de télévision. Pas de perspective, pas de rêves, pas d'espoirs, pas de loisirs, le gouverneur Marylin contrôle sa ville ainsi.

L'univers décrit n'offre qu'une vie miséreuse à tous ses habitants. Le monde de Gamers semblait avoir profondément changé avec l'apparition d'une maladie transformant les gens en pourris, avec cette troisième guerre mondiale à coup de bombes nucléaires, mais finalement, au cœur de la population, la hiérarchie verticale, les profondes inégalités et l'injustice omniprésente peignaient une société arriérée digne des périodes les plus sombres de l'humanité. En l'espace de quelques décennies, tous les acquis sociaux avaient volé en éclat avec l'affrontement des grandes nations dominantes. Un gâchis, une honte, un cauchemar…

— Ces pauvres gens ne se révoltent pas ? s'interroge Lyla, outrée de découvrir que le futur s'annonçait ainsi.

— L'oppression est omniprésente. Au moindre faux pas, à la moindre défaillance, au premier mot de travers, l'armée te tombe dessus. Le gouvernement encourage et récompense la délation et les dénonciations sont monnaie courante. Une fois devant les juges, la condamnation est quasiment systématique, hormis si tu peux verser des pots-de-vin conséquents pour rester en vie…

Concernant cette dernière déclaration, nul besoin qu'il précise ses propos, nous savons que la « condamnation » signifie l'envoi dans le désert des pourris où la mort est l'unique perspective.

— Dernière question : as-tu d'autres marchandises pouvant nous être utiles ?

Courtney change complètement de sujet. J'aurai pourtant eu mille autres questions à lui poser. Cependant le sablier s'écoule dans ma tête et l'urgence veut que nous filions le plus rapidement possible, elle a raison.

— Non, affirme-t-il.

— Inutile de mentir, elle peut lire dans tes pensées, dis-je, persuadé qu'il a hésité à répondre.

C'est à son tour de ne pas tout comprendre. Il regarde Courtney, ne sachant concrètement pas si nous bluffons ou pas. Elle en profite pour pénétrer son esprit.

— Haruki, interpelle-t-elle. Fouille le dernier carton de la pile derrière toi. Y a de quoi charcuter tous les baratineurs de la ville.

— Mais, comment… bredouille-t-il avant qu'elle n'assomme, d'un bon coup de crosse sur le crâne, le prince du marché noir.

Haruki y découvre effectivement plusieurs couteaux de chasse, neufs, parfaitement affûtés, prêts à trancher le moindre opposant au corps à corps. Cette éventualité de combat ne m'enchante guère, toutefois, comme nos munitions viennent à manquer, il faut nous armer en conséquence…

Chacun se munit d'un exemplaire et Haruki, prévenant, emmagasine le reste du stock dans son sac. L'heure de décoller a sonné, il nous reste juste une trajectoire à tracer entre notre position et le QG de Marylin.

— Par les égouts ou la surface ? demandé-je, tout aussi indécis que mes amis. Je vous avoue qu'aucune des deux solutions ne m'inspire…

Nous scrutons à nouveau l'écran du GPS afin de visualiser notre itinéraire et la distance restante. N'ayant pas d'info concrète de ce qu'il se passe actuellement à la surface, il nous est difficile d'imaginer par quels axes nous faufiler. Inversement, si nous optons pour suivre les égouts, nous ne disposons alors d'aucun plan d'accès, ce qui n'est guère mieux…

— C'est quoi ça ? demande Lyla en désignant un point précis sur l'écran.

Courtney agrandit la carte si bien que les écritures grossissent avec notamment l'apparition des noms de rue. Mais, plus intriguant, une croix rouge devient nettement visible.

Une croix rouge.

Nous savons alors que nous venons de dénicher là une information vitale. Par cette signalisation symbolique, nous avions, dans le premier niveau, localisé le camping-car. L'excitation monte d'un cran. Puis nous parvenons à lire la légende, ce qui semble corroborer nos pensées.

« Portail numéro quatre »

Avant de déclarer officiellement quoi que ce soit, je souhaite vérifier une chose. Je dézoome complètement l'écran et recherche l'entrée par laquelle nous avions accédé au dôme de Gaulon. Ensuite, en faisant glisser mes doigts, j'agrandis à nouveau la carte au maximum afin que toutes les informations finissent par apparaître comme celles que nous avions manquées jusque-là. Apparaît enfin la confirmation que j'espérais : « Portail numéro trois ».

— Yes ! C'est sûr, nous avons là le point d'accès au niveau suivant !

3.10

La fumée noire

À la lecture de ces mots salvateurs, je m'en veux terriblement. J'aurais dû les voir bien avant ! Nous avons ainsi perdu beaucoup de temps sur la recherche de notre objectif. Puis, je relativise, nous aurions pu ne jamais voir ce message sur l'écran, il y est dissimulé comme une aiguille dans une botte de foin. Je me convaincs rapidement que refaire le monde est inutile, il faut désormais foncer.

— Tu n'as pas à t'en vouloir, me souffle discrètement Lyla devant mon air dépité. Tout le monde a manipulé le GPS, personne n'avait vu cette croix.

Lyla commence à bien me connaître. Elle sait que je prends tout à cœur et elle a compris en m'observant que je m'en voulais beaucoup. Elle m'embrasse sur la joue, en guise de consolation. Si nous disposions de temps devant nous, j'aurais continué à bouder afin de me faire davantage cajoler…

Nous devons trouver le quartier général du gouverneur les premiers sans savoir où en sont les autres équipes dans leur progression, ce qui exerce sur nous une pression permanente et exacerbe notre sentiment d'urgence. Je parviens à me rassurer un tant soit peu en réalisant que si nos concurrents ne possèdent pas de GPS, ils auront bien plus de difficultés à trouver l'accès au niveau trois.

Nous reprenons la route au pas de charge et décidons de parcourir, dans un premier temps, le maximum de distance dans les égouts. Cependant, nous n'avons pas oublié la menace des monstres hantant ces lieux et avons décidé de refaire surface dès le moindre doute sur la présence d'une de ces bêtes…

Nous formons une file indienne menée par Courtney et durant le trajet mes pensées se chevauchent. Que se passera-t-il si nous ne sommes pas les premiers à atteindre l'objectif fixé ? Devra-t-on se résoudre à combattre les autres équipes si nous les rencontrons ? Tuer des êtres virtuels ou des monstres sanguinaires ne me pose désormais plus de problèmes, j'ai accepté cette réalité, mais m'attaquer à des êtres réels comme nous, dotés d'une conscience, j'en frémis d'avance. Vaut mieux ne pas trop y songer, concédé-je.

Soudain, un lointain bruit de tonnerre retentit et remonte les canalisations comme un coup de vent, ce qui nous stoppe dans notre élan. Un frisson me parcourt. Mon imagination va bon train, surtout lorsque d'autres sons plus gutturaux surviennent et font trembler les murs autour de nous.

— Dites, on ne remonterait pas à la prochaine issue ? propose timidement Louisa.

Lyla, qui ne la lâche jamais, pose une main rassurante sur son épaule.

La puanteur des lieux s'intensifie brusquement, nous piquant les narines. Le cours d'eaux usées s'agite crescendo, les remous sont de plus en plus forts si bien que des projections éclaboussent le petit quai.

— Oui, sans hésitation, confirme Lyla au nom de toute la troupe.

On accélère le pas tandis que les phénomènes étranges autour de nous s'accentuent, transformant ces égouts en lieu hanté et terrifiant. Dès que nous parvenons à une issue, je prends la tête du groupe. Je grimpe le premier les barreaux jusqu'à me coller à la plaque d'égout sept mètres plus haut afin d'écouter l'environnement au-delà. Il n'y a plus qu'à espérer tomber au milieu d'une zone vide d'habitants et de soldats, sinon il faudra choisir entre les monstres aquatiques et le peuple de Gaulon, entre la peste et le choléra.

Mes amis n'attendent pas mon verdict, tous m'ont suivi le long de l'échelle, ce qui traduit leur angoisse extrême au milieu de cette ambiance surnaturelle oppressante. Seule Courtney ferme la marche et ne peut quitter le quai. Elle aussi est peu rassurée face à l'arrivée imminente d'êtres inhumains…

— Si tu pouvais te dépêcher… m'interpelle-t-elle sans parvenir à dissimuler son anxiété, ce qui ne lui ressemble pas vraiment.

J'attends le silence complet de mes camarades et inspecte le champ sonore extérieur, en tentant d'oublier les bruits remontant des profondeurs. Je perçois des moteurs, des pas et toutes sortes de mouvements qui me paraissent lointains. Étant désormais dans le centre-ville, ces présences ne m'alertent pas outre mesure. Je décide alors d'effectuer un contrôle visuel afin d'obtenir des certitudes et je soulève doucement la plaque d'égout. La lumière de l'éclairage extérieur m'éblouit dans un premier temps puis mes yeux s'adaptent lentement.

— Le portail quatre se situe à une bonne centaine de mètres à ta droite, tu ne peux sans doute pas le voir pour l'instant, précise Courtney.

La rue est grande et déserte. Les bâtiments s'y succédant sont ici plus modernes, plus hauts et majestueux encore que ceux de la banlieue. Ils se dressent, fiers et puissants, vers le sommet du dôme.

— Hugo, je ne le sens pas. Si la voie est libre, on y va, me presse Courtney, de plus en plus épouvantée par les courants d'air glaciaux qui balaient l'égout.

Je n'aime pas me précipiter, cependant, comme il n'y a aucun danger visible à l'horizon alors que le mal rôde sous nos pieds et risque de nous dévorer d'un instant à l'autre, je pousse la lourde plaque métallique sur le côté. Je vérifie une dernière fois à trois-cent-soixante degrés et m'extraie de la bouche puante.

À peine ai-je posé un pied sur le bitume que j'empoigne ma mitraillette en scannant la zone, au sol mais aussi dans les hauteurs des tours qui me dominent. Il ne suffit que d'un voyeur pour donner l'alerte et compromettre notre extraction des sous-sols.

Louisa, Lyla et Haruki sortent chacun leur tour et m'imitent, personne n'ayant oublié nos dernières expériences en surface, assaillis par tout un peuple au service de Marylin.

— Allez-vous mettre à l'abri, les filles, recommandé-je en les guidant vers un lieu sombre.

Quand Courtney pose la main sur le dernier barreau de l'échelle, elle crie, affolée. Je m'accroupis devant la plaque et lui tends le bras pour la hisser car, obnubilée par ce qu'il se passe dans les profondeurs, elle n'avance plus. Je ne vois rien dans cette obscurité puis constate avec frayeur une fumée noire qui s'échappe de la bouche d'égout. Haruki me rejoint et nous tentons de tirer Courtney vers nous. Son corps résiste mais son regard empli de terreur décuple nos efforts si bien que petit à petit, sa tête et son buste apparaissent à la lumière. Elle continue de secouer ses jambes afin d'échapper à une emprise diabolique. Cependant, seule une fumée noire se dégage du souterrain et forme désormais une colonne sombre qui s'épaissit et s'élève au fur et à mesure de nos efforts démesurés pour sauver notre amie.

Lorsqu'enfin, nos forces conjuguées libèrent Courtney qui roule sur le macadam et s'éloigne du gouffre, cette colonne noire se met à tourbillonner sur elle-même. Des cris stridents et d'autres plus ténébreux semblent s'échapper de cette tornade comme si cette émanation chimérique renfermait toutes les victimes qu'elle avait englouties, que celles-ci, ni tout à fait vivantes, ni tout à fait mortes, étaient livrées au supplice éternel. Je ne souhaite alors que m'éloigner le plus vite possible de ce phénomène surnaturel, tout en cessant de respirer de peur que la fumée ne s'insinue dans mon corps pour mieux m'absorber ensuite.

— Referme la plaque, Hugo ! crie Courtney dont la voix se perd dans le vent sifflant et le capharnaüm de spectres et fantômes.

Je ne comprends pas vraiment l'ordre et envisage de fuir rapidement en réalisant que la taille du monstre équivaut à celle des immeubles alentour. Nous ne pourrons lui échapper à moins de le détruire. Sans doute puise-t-il sa force du sous-sol et couper l'origine de cette source pourrait anéantir la bête. Devant ce phénomène extraordinaire qui dépasse l'entendement et défie toutes les lois physiques, je me résous à cette action dérisoire de tirer la plaque vers la bouche d'égout. Tout d'abord à quatre pattes, je perds l'équilibre, chassé par le vent qui forcit. Je n'arrive pas à me redresser et décide de ramper. Allongé au sol, l'objet au bout des doigts, je m'évertue à la pousser centimètre par centimètre. Mes oreilles sifflent, le vent me décoiffe, je peine à ouvrir les yeux agressés par les poussières.

L'obscurité autour de moi s'impose et la rue disparaît dans la tempête. Lorsque je parviens enfin à encastrer la plaque dans son emplacement, appuyant de tout mon poids pour la maintenir en place, j'ai peur d'être éjecté par la puissance du souffle. La plaque vibre fortement et je crains qu'elle ne m'échappe mais miraculeusement elle finit par s'immobiliser. Puis soudain, je réalise que le silence est revenu, que l'immense colonne de fumée noire a perdu toute sa cohérence et se dissipe doucement dans l'air.

Haruki et Courtney ne sont pas loin de moi, collés au sol. Leur air terrifié m'arrache un rire nerveux. Louisa et Lyla restent accroupies le long d'un mur, tout aussi effrayées, elles hésitent à se relever, de peur que le cauchemar ne recommence de plus belle. L'expérience nous a clairement traumatisés. Nous préférons attendre une minute que la fumée noire se soit définitivement diluée dans l'air avant de bouger.

Mes amis finissent par se relever, incertains sur ce qu'il vient réellement de se passer dans cette rue. J'hésite à faire de même, de peur qu'en libérant la plaque, ce monstre de fumée ne ressurgisse plus violemment encore. Je suppose néanmoins que ce n'est pas mon poids plume qui maintient fermée cette porte des enfers. Le phénomène s'est éteint, la bête est repartie…

— C'était quoi ça ? s'enquit Haruki, ayant perdu toute assurance face à un ennemi qu'on ne peut tuer d'une balle ou d'un coup de batte.

Personne ne détient la réponse.

Je me décide à me remettre debout, légèrement tremblant, encore secoué par l'épreuve. Heureusement, rien ne se passe, comme si nous avions simplement rêvé. Nous nous approchons un instant les uns à côté des autres comme pour réunir nos forces et surmonter notre traumatisme.

— Tout le monde va bien ? demande Lyla, inquiète et toujours prête à accourir au chevet de ses amis.

Nous bredouillons tous que ça a l'air d'aller. Pas de casse, pas de grosses blessures. Les hématomes, nous ne les comptons plus depuis longtemps. Et puis, l'évidence nous accable, nous sommes au cœur de Gaulon et nous devons vite nous mettre à couvert.

— Allez, ne traînons pas. C'est par là ! nous relance Courtney.

À peine a-t-elle donné la direction à suivre que nous réalisons, la fumée s'étant définitivement dissipée aux alentours, que l'armée est partout. Vraiment partout. Elle nous encercle.

Nous nous retrouvons coincés au centre d'un carrefour. Au bout des quatre axes accessibles, la vue est bouchée. De multiples rangs de soldats serrés avancent à pas cadencés vers nous. Un rapide tour d'horizon me confirme l'absence d'échappatoire. Je comprends alors que cette fumée noire n'a été qu'une diversion afin que l'armée puisse s'approcher et se déployer sans que l'on s'en rende compte, sans que mon hyperacousie puisse détecter sa présence. Elle nous a piégés comme des rats.

À vue d'œil, dans une estimation basse, je dénombre plusieurs centaines de militaires prêts à fondre sur nous, armes lourdes à la main. J'en perds véritablement mes moyens, mes jambes flageolent sous le poids du désespoir. Au moindre geste de notre part, ils nous transformeront en passoire instantanément.

Instinctivement, nous nous resserrons les uns contre les autres, affrontant d'un regard désemparé ces remparts qui s'approchent inexorablement. Comme mes amis, je fais face à ce destin funeste, ne percevant aucune alternative qu'un affrontement déséquilibré et forcément fatal.

— Quelqu'un a-t-il une putain de bonne idée, là, tout de suite ? tente Courtney, dont la voix trahit toute sa nervosité.

Mon cerveau tourne à plein régime comme souvent. D'ordinaire, grâce à mes fabuleuses capacités cognitives, il parvient à élaborer un plan de la dernière chance, cependant à cet instant, il ne fait qu'éliminer les possibilités les unes après les autres. Certes, il y a bien cette plaque d'égout qui me nargue sous mes pieds, néanmoins, il me serait impossible de m'abaisser, de la soulever pour qu'ensuite on se faufile tous à nouveau là-dessous. À peine aurai-je plié le dos que je serais déjà mort… Et quand bien même, si par miracle, l'un d'entre nous survivait au peloton d'exécution à venir, la fumée noire l'absorberait aussitôt. Quitte à mourir, je préfère encore que ce soit net, rapide, sans souffrance, au prix d'une balle en pleine tête.

— Aucune prière ne nous sauvera de ce coup-là, s'est aussi résolue Lyla.

Non, Dieu, quel qu'il soit, ne nous viendra pas en aide. Je n'ai jamais compté sur lui. Être acculé aujourd'hui ne me convainc pas davantage de faire appel à lui.

— On baisse les armes ou on se défend jusqu'à la mort ? demande Haruki.

Il résume bien là nos deux seules réelles possibilités.

Soit nous abdiquons et libres à eux de nous tuer, emprisonner, torturer ou condamner au désert de pourris ; soit nous mourons en héros, la tête haute face à nos ennemis avec en baroud d'honneur le désir de buter le maximum d'entre eux. Si nous optons pour la mort assurée, nous savons que nous nous retrouverons à l'entrée du dôme de Gaulon, notre dernier point de sauvegarde… Concernant Courtney, je ne possède pas l'information, mais à quatre nous serons alors totalement vulnérables, sans plus aucune vie supplémentaire à utiliser… Le dilemme me broie le cœur et l'esprit.

Subir le choix de Marylin ou maîtriser notre destin ?

Dès lors que je me résume les deux alternatives ainsi, je prends ma décision sans d'autre hésitation et l'exprime à haute voix à mes camarades :

— Jusqu'à la mort.

3.11

Jusqu'à la mort

— Jusqu'à la mort, répètent-ils tous après moi en un serment fondateur.

Nous attendons que les troupes s'avancent encore un peu afin de tirer dans le tas et de produire le maximum de dégâts dans les lignes ennemies. Je jette un coup d'œil à ma droite vers Lyla et je vois ses lèvres murmurer une prière, j'espère qu'elle s'exhaussera. De l'autre côté, Louisa pleure à chaudes larmes en brandissant sa mitraillette avec détermination. Elle a beaucoup changé, a gagné en tempérament mais l'émotion est cette fois trop difficile à gérer. Haruki et Courtney sont dans mon dos, je les imagine fiers, hardis, guerriers.

— À tout de suite, les amis, dis-je avant de lancer les hostilités.

J'appuie sur la détente et je hurle dans le même temps.

Ma haine. Mon désespoir. Ma soif de vivre. Mon amitié pour mon équipe. Mon amour pour Lyla.

Je hurle pour signifier à Marylin et ses hommes que je reviendrai. Plus fort, plus résolu que jamais.

La première détonation retentit puis une vague d'ondes sonores gigantesque s'élève pour brusquement s'interrompre. En un battement de cil. Seul mon cri bestial et ma mitraillette qui crache la mort s'imposent dans ce silence étrange. Cette impression auditive me trouble sacrément néanmoins, je m'applique à tirer en rafales sur les militaires, me laissant griser par la poudre et les éclairs.

Mon cerveau m'interpelle car les soldats face à moi n'avancent plus, ne bougent plus, ne ripostent pas à mon attaque. Le corps crispé, la gorge brûlante, mon cri s'estompe et je m'immobilise, indécis, m'interrogeant sur la scène hallucinante à laquelle j'assiste. Je ne saisis pas de suite cette anomalie, ce qui me plonge dans une totale incompréhension. Ma mitraillette se tait à son tour, cesse de tressauter faute de munitions. Mon chargeur vide annonce la fin de mon combat. Et pourtant…

Un silence absolu s'impose définitivement. Il n'y a même plus ces petits bourdonnements au fond de mes oreilles. Est-ce le premier signe de ma mort ?

Devant moi, une armée tout entière s'est figée dans le marbre, en plein assaut. Des centaines de statues. Certaines immobilisées en pleine chute, d'autres un pied à quelques centimètres du sol, d'autres encore pétrifiées, la tête ou le corps en sang. J'ai l'impression d'être spectateur d'un film de guerre mis soudainement en arrêt sur image.

Je me retourne vers ma tribu et constate qu'ils sont tous de pierre, insensibles et inanimés, paralysés sur place par une force invisible. Leurs visages sont marqués par la peur, déformés par leur cri de délivrance. Tous sont en position de tir. Je remarque alors, encore plus stupéfait, que des douilles, éjectées par les chambres des mitraillettes, sont en suspension dans l'air, dans une improbable impesanteur. Cette vision relevant de l'impossible me sidère, comme tout le reste… Mais impossible n'est pas Gamers, ai-je retenu de mon aventure jusque-là.

Je finis par admettre, pour ne pas devenir fou dans cette situation surréaliste, que le temps s'est arrêté.

Restant le seul à pouvoir me mouvoir et penser dans cet espace temporel, j'en déduis rapidement que je suis forcément la cause de ce phénomène. Stopper les horloges du jeu est mon nouveau don, m'étonné-je, à la fois inquiet et impressionné par un tel pouvoir.

Concrètement, je ne sais pas comment je l'ai activé, excepté en pensant fortement que tout ce cauchemar devait cesser. Je n'avais pourtant pas conscience d'avoir ce don et que cela puisse être possible. Inversement, je n'ai aucune idée sur la manière de procéder pour réenclencher les horloges du temps. Ai-je un temps limité ? Dois-je simplement formuler mentalement la demande ? Je déteste ne pas avoir les règles en main avant de jouer… Pour le moment, je préfère ne pas trop y réfléchir de peur de réactiver l'écoulement du temps sans le vouloir, ce qui nous tuerait tous.

En tout état de cause, c'est à moi de jouer maintenant. Néanmoins, que dois-je faire ? Comment puis-je utiliser ce don à bon escient ? Y a-t-il la moindre possibilité que je nous sorte tous de ce bourbier ? Le droit à l'erreur n'est pas permis.

Avant d'engager la moindre action, il faut absolument que j'appréhende ce phénomène inédit et que je comprenne quelles sont mes possibilités. Seul à lutter dans cet épisode, l'envie d'en discuter, le souhait de partager ces lourdes responsabilités se font ressentir. Je me retourne vers mes amis. Peuvent-ils d'une manière ou d'une autre me rejoindre dans cette faille temporelle ?

J'observe Lyla. Ses cheveux, plus tout à fait blonds après son passage dans les égouts, pris par un léger vent, flottent dans l'air. Ses yeux grands ouverts fixent nos adversaires avec dureté. Figée en pleine action, elle est belle, aventurière, guerrière. Mais je la sais généreuse et aimante. Lyla est pour moi le plus beau des équilibres, ce qui justifie tous les sentiments que j'éprouve pour elle. L'admirer ainsi suscite en moi une impression étrange. Elle ne me voit pas, elle ne m'entend pas, elle ne saura jamais que je l'ai regardée avec tant de tendresse. De ma main un peu tremblante, je lui effleure la joue et caresse ses lèvres. Elle ne réagit pas, ne s'éveille pas à mes appels. J'en déduis donc que je dois vivre cette aventure en solo, sans l'aide de mes camarades…

Que faire ? La pression augmente. Mon cerveau tourbillonne, prêt à perdre le sens de cette réalité si impalpable. Il faut pourtant que j'arrive vite à me contrôler et à comprendre comment nous sauver la mise grâce à ce don. Si je ne peux entrer en contact avec les êtres humains, je pense qu'il n'en sera pas de même avec le matériel. J'en arrive à cette déduction car malgré l'arrêt du temps, j'ai pu terminer de vider mon chargeur…

Je m'abaisse alors et pose l'œil sur la douille que j'ai vue quelques minutes plus tôt. Elle reste toujours immobile, en suspension dans l'air. Je passe ma main tout autour d'elle, imaginant peut-être bêtement un fil invisible. Évidemment, aucune magie ne permet ce miracle. Hésitant un instant, je finis par prendre délicatement la douille entre le pouce et l'index, tenant cet objet comme une curiosité. Puisqu'il ne se passe rien, je la fais rouler dans la paume de la main, puis je serre fort le poing. Je peux donc prendre possession des objets environnants ce qui constitue sans doute la meilleure nouvelle depuis longtemps.

Je desserre soigneusement les doigts de Lyla ensuite sa main de manière à lui retirer sa mitraillette. Incertain, j'espère ne pas lui provoquer le moindre mal en agissant ainsi. Une fois armé, je vise le premier soldat que je vois et lui tire une balle en plein front. D'accord, je peux utiliser toutes les armes que je souhaite, cependant, je cours en direction de ma victime pour m'assurer des conséquences de mon action. La balle a bien transpercé le militaire lui laissant un trou béant dans le crâne. Pour autant, son sang ne coule pas, sa cervelle ne se répand pas. J'imagine que les souffrances de son corps s'exprimeront crument dès que le temps reprendra son cours normal. Dans tous les cas, j'en conclus que le type est mort et c'est bien là l'essentiel.

Un plan très simple mais fastidieux se dessine d'emblée dans mon esprit. Je vais tuer ces centaines de militaires, un à un, jusqu'au dernier, afin qu'au recommencement tous s'écroulent dans un ultime salut. Finalement, la solution paraît simple. Peut-être trop simpliste pour Gamers d'ailleurs… Je compte rester méfiant en procédant méticuleusement, tout en prenant garde d'une éventuelle mauvaise surprise.

Sans attendre, je débute l'abattage avec un sentiment partagé. Je suis en train de tuer à la chaîne des êtres parfaitement inoffensifs et inexpressifs dans cette dimension temporelle. Je les assassine froidement et ils ne s'en rendent même pas compte, ne sauront jamais ce qu'il s'est passé, n'auront pu se défendre comme il se doit dans un affrontement loyal.

Je me faufile entre les lignes d'assaut et poursuis mon entreprise de démolition de manière systématique. Ils sont si nombreux que j'en ai le vertige. Je suis l'auteur d'un massacre, d'un véritable génocide, j'en ai la nausée. Je me persuade que tout cela n'est que virtuel. Je suis plongé au cœur d'un jeu cruel et j'ai tendance parfois à l'oublier. Néanmoins, je reste pleinement conscient et responsable de mes actes si bien que toutes ces exécutions me répugnent.

Devant l'étendue de cette corvée, je suis contraint de changer d'arme régulièrement en pillant mes ennemis. Lorsque je termine enfin le nettoyage d'un des accès au carrefour occupé par mon groupe, je soupire en me rappelant qu'il y en a encore trois autres à épurer. En remontant ce premier commando, je réalise brusquement que mon corps et mon esprit se fatiguent. Les signaux d'alerte me perturbent mais je mets cela sur le compte de l'écœurement et du déshonneur que je ressens en agissant ainsi.

De peur que cette parenthèse temporelle ne se referme à mon insu, je tente de courir malgré mes forces qui semblent me quitter peu à peu. Trop rapidement pour que cela ne m'inquiète pas. Je passe devant mes amis qui hallucineront tout autant de la situation lorsqu'à leur réveil, la désolation s'imposera à eux dans un château de cartes sanglant qui s'écroulera sur lui-même. Après leur étonnement, leurs réjouissances seront de taille, ce qui me motive à continuer sans me poser plus de questions.

De l'autre côté de la rue, je m'applique à nouveau à exterminer cette armée. Marylin appréciera mon œuvre à sa juste valeur. Sa colère n'en sera que proportionnelle…

Au fur et à mesure de mes tirs, je me rends à l'évidence. Je semble puiser en moi énormément d'énergie ce qui m'affaiblit dangereusement. Mon corps s'alourdit de tonnes de plomb à chaque nouveau pas et je me traîne de plus en plus comme un boulet. Mon esprit s'embrouille. J'ai soudainement conscience que je ne vise plus correctement et que régulièrement je manque mes cibles. Je bâcle le travail tellement l'épuisement me gagne. Dans ce brouillard qui s'installe dans mes pensées, je parviens à comprendre que lutter contre l'écoulement du temps demande une énergie telle que cet effort me tue à petit feu.

Malheureusement, il est beaucoup trop tôt pour que je relâche le cours du temps. J'ai simplement éliminé la moitié du problème, ce qui n'empêchera donc pas la mort certaine de mes amis et mon action individuelle se soldera par un cuisant échec.

Je prends le maximum de mitraillettes possibles et les enfile sur mon épaule. Titubant, je reviens vers le centre du massacre. Comme je n'ai plus de courage pour atteindre les deux autres groupes de soldats, je me contente de rester sur place et de tirer dans le tas en espérant que mes cartouches traversent le maximum de lignes ennemies. Dès qu'une arme est vide, je la jette à terre et en empoigne une autre à l'instar d'un automate.

Ma tête tourne sauvagement, manquant de me faire perdre l'équilibre même immobile. Mes jambes flageolent puis finissent par me lâcher et je tombe à genoux. Mais jamais je ne cesse de tuer, arrosant en continu ces salopards qui n'auraient eu aucun état d'âme à nous pulvériser de la sorte.

Je me tourne enfin vers la dernière horde de militaires avec encore juste assez de lucidité pour prier que mon acharnement sera suffisant et que mes compagnons survivront à l'opération. Après la prière de Lyla et la manifestation de ce don, comment ne pas espérer qu'une puissance quelconque, quelque part, nous rende grâce ?

Cependant, me concernant, je ne me fais plus guère d'illusion. Je dois poursuivre cette boucherie jusqu'à mon dernier souffle sinon tous mes efforts n'auront servi à rien. Mes quatre amis ne pourront pas lutter face à des dizaines de soldats, il faut que je décime les remparts de Marylin, quitte à mourir, là, en solitaire.

Dans un dernier sursaut, je crie et serre la mâchoire pour tenir bon un maximum de temps, et puiser en moi mes ultimes forces. Soudain, je sens mon corps perdre toute sa consistance, l'ensemble de mes muscles se relâcher. Je ne parviens plus à appuyer sur la détente et mes yeux effrayés se posent sur la gâchette. Mes membres s'affaissent et je m'étale face contre terre.

Le néant m'envahit. Jusqu'à la mort.

3.12

Un, deux…

Personne ne peut s'habituer à mourir.

Ce n'est naturellement pas inscrit dans notre ADN. Cette étape est censée être unique, nous ne devons normalement pas survivre à notre propre mort.

Et pourtant, quand j'ouvre les yeux, rien ne me surprend. Mon destin était écrit dans les lignes de code de Gamers.

Devant moi, se dresse la cité de Gaulon dont je connais dorénavant une grande partie des secrets et travers. Derrière moi, le soleil m'inonde et réchauffe mon dos. La montagne forme un rempart naturel au-delà du dôme énergétique. Rien n'a changé ici depuis mon premier passage devant le portail numéro trois, hormis moi. Dorénavant, je joue en solitaire et je ne peux plus compter sur aucune vie en joker. Ces deux paramètres changent la donne et me terrifient.

Pour contrebalancer ce sombre horizon, j'établis le bilan positif de ce retour obligé au début du niveau trois. Désormais, Gaulon ne m'est plus inconnu, je sais où me rendre exactement pour progresser rapidement dans le jeu et rattraper mon retard. Je connais mes différents ennemis et je sais que l'armée à affronter est énormément affaiblie. Je me sens extrêmement bien physiquement avec ce retour à cent pour cent de mes capacités et je dois avouer que de retrouver un corps en pleine forme me rassure pour la suite des événements. Et enfin, je tiens dans mes mains une arme à feu, chargée, la dernière mitraillette que j'ai utilisée avant de trépasser, celle-là même qui m'a permis de…

De quoi d'ailleurs ?

Soudainement, je repense à mes amis laissés sur le champ de bataille. Parviendront-ils à lutter et à vaincre face aux derniers survivants que je n'ai pu exterminer ?

Un éclair transperce toutes les pensées se chamboulant dans mon esprit et m'apporte une autre question existentielle : le temps est-il reparti ou le jeu se trouve encore en pause ?

Un rapide tour d'horizon me laisse dans le doute. Rien ne bouge dans le panorama. La ville semble morte à nouveau, car la population locale a migré au nord pour leur journée de labeur à l'usine. Pas un passant, pas un bruit, pas une lumière hormis l'éclairage public. Quant au désert de l'autre côté, il porte bien son nom et un léger vent y soulève le sable et la poussière comme dans les vieux westerns. La réponse se trouve dans ce spectacle de désolation en mouvement : la partie est bel et bien relancée !

À ce point du jeu, je ne peux affirmer que c'est une bonne ou une mauvaise nouvelle. Toujours est-il qu'arrêter le temps m'a tué une fois, je ne compte donc pas faire un usage intempestif de mon don et je préfère le réserver qu'aux cas de force majeure et sur de courts laps de temps. Savoir que j'ai cette possibilité se révèle être un magnifique atout maintenant que je l'ai déjà testée et en ai compris les avantages et les limites.

Devant l'immensité de la cité, j'hésite sur la direction dans laquelle m'engager. Même si je visualise concrètement où se situe le portail suivant, je ne sais pas encore comment atteindre ce point à plusieurs kilomètres sans courir trop de risques. Il faut que je prenne le temps d'échafauder un plan, une stratégie avant de foncer tête baissée. Je n'ai plus le droit à l'erreur, ce qui m'interdit de me précipiter.

Mon hyperacousie me signale un bruit lointain provenant de l'extérieur du dôme. Je me retourne, plisse les yeux et mets ma main en visière pour affronter le soleil, puis cherche l'origine de ce sifflement.

Baigner dans la lumière éclatante me renvoie à ma maladie, celle qui a guidé toute ma vie jusqu'ici. Cette sensation de chaleur sur ma peau déclenche un torrent de souvenirs qui me submerge. Je revois ma combinaison, mon casque, ma chambre, mon ordinateur, mes parents… Tout défile dans ma tête avec une certaine mélancolie alors que ces éléments de mon existence ne sont pas si lointains. Pourtant, l'impression d'avoir tout oublié me bouleverse et je prends le retour du boomerang en pleine figure. Retournerai-je un jour à ma vie d'avant ? Rien n'est moins sûr et ne pas savoir me glace le sang.

Et si je me laissais mourir, là, maintenant ?

Peut-être me réveillerais-je au Festival Gaming ? Debout sur la dalle, le cylindre en verre m'entourant s'abaisserait et me libérerait. Le public applaudirait ou huerait ma performance lors de la partie.

Peut-être reviendrais-je à moi dans la touffeur du bunker en plein désert ? Je devrais donc revivre tant d'horreurs et parcourir à nouveau une si grande distance que mentalement je ne tiendrais pas. Cela s'assimilerait à un calvaire sans fin.

Ou serais-je peut-être numériquement mort ? Piégé dans les codes de Gamers, coincé entre le vrai monde et le jeu, sans avoir la possibilité de basculer d'un côté ou de l'autre.

Jamais je n'ai abordé le sujet directement ou de manière détournée, mais j'avoue qu'il m'est parfois arrivé de penser au pire. Avec qui aurais-je pu parler d'éléments si intimes, si pesants ? Dans ma vraie vie, je n'ai quasiment côtoyé que mes parents ou des médecins… Je n'ai aucune idée si songer au passage à l'acte en étant adolescent est normal ou courant. De sombres idées m'ont parfois perturbé lors de périodes de dépressions difficiles à passer où le goût de ma vie confinée entre mes quatre murs se révélait bien trop amer.

Avec le recul, je suis soulagé d'être toujours de ce monde, même si j'ai la désagréable impression d'être resté uniquement un satellite gravitant à longue distance des autres. Internet, la programmation informatique, les jeux vidéo m'ont permis d'échapper à ces trous noirs. Bien évidemment, mes parents aussi, sans percevoir parfois la noirceur de mes pensées, n'ont eu de cesse de tenter de me rendre la vie la plus acceptable possible. Je ne leur en veux pas. S'ils avaient su, s'ils avaient pu, ils auraient pris ma place et m'auraient offert la leur.

En repensant à tout cela, ma prochaine mort ressemble à un pari bien trop risqué sur lequel j'espère ne devoir jamais miser.

Je cherche encore un instant l'origine du bruit puis un point scintillant aux rayons du soleil apparaît dans le ciel. Il se meut au-dessus de la montagne et j'en déduis qu'il s'agit d'un hélicoptère comme j'ai déjà eu l'occasion d'en rencontrer. Il est si éloigné qu'il ne représente pas du tout une menace pour l'instant. Néanmoins, il est urgent que je me sauve.

— Salut, Hugo.

Je sursaute et mon cœur chute de plusieurs étages. Je fais volte-face et n'en crois pas mes yeux. Mes sentiments sont confus et hésitent entre bonheur et tristesse, soulagement et inquiétude. Lyla.

Je la prends spontanément dans mes bras, la serre fortement contre moi et savoure cette étreinte partagée.

Ai-je le droit d'être à ce point heureux de la revoir si vite ? Sa présence à mes côtés a pourtant de graves significations…

— Mais que s'est-il passé ?

Elle aussi semble particulièrement contente de me retrouver. Son visage rayonne, son souvenir m'apaise, ses yeux pétillent. Lorsqu'elle commence à m'expliquer, ses petites mimiques caractéristiques reviennent, marquant son incompréhension.

— Je n'en sais trop rien en fait ! rigole-t-elle pour relâcher la pression qui lui pèse encore sur le cœur. D'un coup, toute l'armée devant moi a … explosé ! En cris, en sang, en chair humaine. Et tout le groupe, soit une bonne centaine d'hommes, est mort en un instant, apparemment foudroyé.

Son expression oscille entre émerveillement et dégoût. Je la laisse poursuivre son récit avant d'ajouter les pièces du puzzle manquantes. Je veux comprendre en quoi j'ai échoué malgré mes efforts et mon sacrifice. Mon égocentrisme me procure un sentiment de honte lorsque je suppose, un instant, que Lyla s'est sacrifiée afin de me rejoindre, comme une certaine preuve d'amour. Haruki n'avait pas hésité une seconde à partir sauver Louisa après tout. Finalement, j'espère ne pas être la raison de sa mort…

— Ensuite, je me suis retournée et tu n'étais déjà plus là ! Et le plus étrange dans tout cela, c'est que j'étais désarmée, ma mitraillette avait disparu !

Je blêmis, sidéré.

— Sauf que certains soldats de l'autre côté de la rue ont survécu à ce miraculeux coup de foudre et ont continué leur attaque, poursuit-elle. Impuissante, je me suis couchée au sol en attendant que la tempête passe mais j'ai reçu plusieurs balles et me voilà…

Son annonce me foudroie de haut en bas et les conséquences de mes actes me peinent fortement. Je suis l'unique fautif dans cette histoire, elle a perdu sa dernière vie à cause de mon incompétence. Je lui ai ôté son arme sans lui en redonner une. Elle s'est retrouvée soudainement nue sur le champ de bataille. Je suis inexcusable, j'ai directement provoqué sa mort…

— Et toi, tu y comprends quelque chose à tout ça ?

Oui, malheureusement…

Je prends le prétexte de l'hélicoptère se rapprochant pour gagner un peu de temps.

— Allons nous mettre à l'abri !

Lyla me prend la main avant de s'élancer vers les premiers faubourgs de Gaulon. Nous filons au plus près, dans l'axe principal, ultra rectiligne jusqu'à perte de vue au cœur de la ville. Je ne mérite pas ce geste de tendresse et d'amitié et pourtant je le savoure en sachant qu'elle m'en voudra dès qu'elle connaîtra la cause de son décès. Fataliste, je lui avoue mon erreur, lui mentir serait encore plus impardonnable.

Régulièrement, je me retourne vers le portail numéro trois afin de vérifier si l'un de nos camarades apparaît. Je considère leur absence comme bon signe, elle est la preuve qu'aucun d'eux n'est mort. Or, elle ne me garantit pas qu'ils aient survécu librement à l'enfer.

Au loin, l'hélicoptère perd en altitude et va bientôt se poser. J'aperçois aussi un camion se diriger vers le point d'atterrissage. Je me demande quelles sont les ressources restantes de l'armée de Marylin, en espérant qu'elles ne soient pas infinies.

Je doute qu'à cette distance, ces militaires nous aient détectés mais une fois le seuil de la cité franchi, je suis rassuré car nous sommes désormais hors de vue. J'évalue rapidement les possibilités de cachettes en inspectant les différents perrons d'immeubles puis je guide Lyla vers mon choix. Je sors mon trousseau de clés passe-partout et parviens en quelques essais à ouvrir la lourde porte en bois patinée par le temps. Après avoir vérifié qu'aucun intrus ne se trouve à proximité, je pousse le battant qui grince péniblement et nous nous faufilons dans le passage.

Étant le seul armé, je m'assure de la sécurité des lieux. Une entrée banale avec des boîtes aux lettres brinquebalantes, quelques accès aux appartements du rez-de-chaussée, un escalier menant aux étages et deux grosses poubelles malodorantes. Toutes les issues sont fermées à double tour et mon ouïe ne me signale aucune présence suspecte dans les environs.

Cachée à l'intérieur, Lyla laisse juste un fin entrebâillement, histoire de surveiller les alentours, notamment en direction du portail.

— Que fait-on ? demande-t-elle, prête à envisager la suite.

— Il faut attendre quelques minutes, au cas où un de nos amis arriverait. Ce serait un très mauvais timing avec les militaires susceptibles d'être en approche…

La scission de notre groupe en deux n'est déjà pas une bonne nouvelle, et si une plus grande dispersion advenait, ce serait une véritable catastrophe.

— Tu as l'un des talkies ?

Lyla grimace. Nous n'avons aucun moyen de communication, ni outil pour nous repérer et sommes en possession d'une seule mitraillette. Un constat peu glorieux au vu des enjeux…

Elle s'appuie contre le mur et reprend son souffle. Elle refait au mieux sa queue de cheval en lissant ses cheveux. La voir glisser ses dernières mèches derrière ses oreilles est un geste anodin, mais incroyablement féminin et terriblement inopportun dans ce monde de noirceur et de violence au point qu'il me donne la chair de poule. Elle est tellement belle dans la pénombre, si fragile et délicate tout en étant étonnamment forte face à toutes ces épreuves…

— Tu as une explication à tout ça ? me rappelle-t-elle, curieuse de saisir le fin mot de l'histoire.

Je redescends subitement de mon nuage et tente de sauver mon honneur en établissant un rapport précis des faits.

— J'ai un don encore plus incroyable que l'hyperacousie, dis-je, un brin mystérieux. Je peux arrêter le temps.

Les yeux de Lyla marquent son étonnement puis elle s'esclaffe :

— C'est génial ! Comment ça fonctionne ?

— Apparemment, il faut que je pense très fort à mettre le jeu en pause. Durant ce laps de temps, je suis le seul à pouvoir agir. J'ai tenté de te sortir de ta veille, hélas, je n'y suis pas arrivé. Alors j'ai entrepris de tuer un à un tous les soldats avant de me rendre compte que mes forces s'épuisaient. Je n'ai pu finir ma mission tellement ils étaient nombreux et j'en suis mort comme tu as pu le voir…

— Un boulot extra ! Leurs crânes ont éclaté en miettes, tous en même temps, c'était gore à souhait ! précise-t-elle entre fascination et répulsion.

Mon récit n'explique pas sa mort. Je pourrais m'arrêter là et omettre ma bévue. Si elle n'y revient pas, pourquoi me mettrais-je en délicatesse avec la seule amie qu'il me reste ? Je me perds un instant dans ses yeux bleus et me résous à assumer jusqu'au bout, au risque de tout perdre. Je ne peux pas lui mentir…

— Je suis désolé, concédé-je avant que l'émotion ne m'envahisse et me paralyse d'effroi.

— De quoi parles-tu ? s'inquiète-t-elle prête à me soutenir. Tu es un champion, tu t'es quasiment fait l'armée de Marylin à toi tout seul ! Pourquoi te sens-tu désolé ?

— C'est moi qui t'ai pris ton arme. Je n'avais plus de munition.

Je baisse les yeux en révélant ce dernier détail et attends son verdict avec un pincement au cœur, les yeux au bord du naufrage. Je me détourne un peu, ne voulant pas affronter sa déception et sa colère qui seraient toutes deux parfaitement légitimes.

Lyla avance d'un pas vers moi et prend mon visage entre ses mains. Elle s'approche à quelques centimètres, m'obligeant à noyer mon chagrin dans son regard. Sa voix est douce, sincère, aimante.

— Tu as tellement fait pour nous. Tu ne peux pas être parfait tout le temps, tu dois l'accepter. Tu n'as rien à te reprocher et si tu as besoin de l'entendre : non, je ne t'en veux absolument pas. Ne suis-je pas le plus bel exemple d'imperfection, et pourtant j'ai l'impression que tu m'aimes quand même ? Moi aussi, Hugo, je t'apprécie dans tout ce que tu as de plus beau à m'offrir.

Elle ferme lentement ses paupières et je laisse la magie de l'instant me guider vers ses lèvres.

3.13

…et trois

Je sens sa poitrine se coller à mon torse, ses mains se glisser dans mes cheveux, sa langue caresser la mienne.

Des fourmillements parcourent tout mon corps tandis que mon cœur implose sous des décharges d'intenses émotions. Étant un jeune homme faible et inexpérimenté, je me laisse délicieusement faire et guider.

Lorsque ses douces lèvres me quittent, c'est un déchirement. J'ouvre les yeux. C'est bien elle, je n'ai pas rêvé. Nous nous sourions bêtement avant qu'elle ne pose sa tête sur mon épaule. Je l'enlace et savoure ces instants isolés de bonheur et de tendresse. Même si les lieux et le moment n'ont rien d'idylliques, je n'oublierai jamais ce premier baiser. Je l'avais déjà esquivé par peur, maintenant j'attendrai le second avec plaisir.

— À la vie, à la mort, me souffle-t-elle dans l'oreille.

Sa déclaration d'amour est d'une intensité incroyable. En plus de nous unir pour toujours, elle m'oblige.

— À la vie, à la mort, répondis-je en me promettant de la protéger au-delà du possible.

Je l'embrasse. Un simple baiser qui scelle pour toujours ce serment. Avant de considérer mon propre sort, je sais désormais que je la suivrais dans l'inconnue si elle venait à mourir. Nous sommes parfaitement conscients de notre fragilité et maintenant, notre union sera notre force.

Je scrute dans l'étroite ouverture. La rue semble déserte, preuve je l'espère, qu'aucune alerte n'a été lancée. Aussi peu armés, nous ne pourrions riposter longtemps et ne pourrions que prendre la fuite. À l'extérieur du dôme, je distingue l'hélicoptère posé dans la plaine au pied des rochers. Son image me parvient flou à cause de l'extrême chaleur dégagée par le sol. Le camion militaire s'en éloigne désormais après avoir sans doute chargé les passagers. Je le suis des yeux jusqu'à avoir la certitude qu'il se dirige vers le portail numéro trois.

— Ça te plairait un véhicule pour te rendre dans le centre-ville ? lancé-je d'un ton faussement détaché.

— Si c'est une sportive rouge avec un cheval cabré sur le capot, pourquoi pas ? plaisante-t-elle.

— Tu as des goûts de luxe, il va falloir revoir tes prétentions à la baisse là…

D'ici quelques minutes, le camion va sans doute passer devant nous. Nous devons vite établir un plan afin de ne pas manquer l'occasion de rejoindre le portail suivant dans un délai plus court.

— Soit on tente de leur piquer leur véhicule, soit on essaie d'y grimper incognito, propose-t-elle.

— Vu les risques à prendre, je valide ta première solution. On s'en accapare pour ainsi être libres de nos mouvements. En moins de deux, nous atteindrons notre objectif avec un véhicule de l'armée !

Je réfléchis et imagine tous les scénarios envisageables. Cependant, il y a tellement d'impératifs que rapidement cela ne me semble plus être une aussi bonne idée. Nous n'avons effectivement pas le droit à l'erreur. Aucun de nous ne doit mourir ni se faire prendre. À nous de nous débrouiller pour tuer tous les occupants du camion avant qu'ils ne puissent nous attaquer et donner l'alerte. Autant dire que les probabilités de succès sont faibles. J'hésite à exposer mon plan.

— Ou sinon, on remonte tout par les égouts ? botté-je en touche.

— Trop long… Il nous faudra je ne sais combien d'heures pour parcourir les kilomètres jusqu'au centre. Et, sans le GPS, vogue la galère pour ne pas se perdre. Et enfin, je n'ai clairement pas envie de replonger dans cette…

— OK, OK, acquiescé-je devant ses différents arguments. On attend la nuit que tous les habitants soient rentrés et on se faufilera dans le noir.

— Les autres ne pourront pas nous attendre éternellement. Nous n'avons d'autres choix que de saisir cette occasion, conclut-elle.

Tandis que le camion s'arrête au stop à l'entrée du dôme, Lyla finit par me convaincre et je me résous donc à lui expliquer ma stratégie. Elle n'est pas sans risque, la situation peut déraper à tout moment.

— Au pire, j'arrête le temps afin de régler la situation.

Elle me fixe, sérieuse et soudainement autoritaire.

— Uniquement si tu n'as pas le choix. Ton don t'a tué une fois, n'en abuse pas et utilise-le avec prudence et parcimonie.

Je hoche la tête en assentiment. Lyla pose un baiser sur mes lèvres et se défait de son sac. Sans hésiter, elle sort dans la rue, totalement à découvert. Aussi belle qu'inoffensive, aussi courageuse qu'inconsciente. Je m'allonge au sol et me positionne en tireur d'élite. J'ai mon amie dans le viseur. Elle se poste au bord de la route. Mon champ de vision est bon, hormis un pylône électrique qui pourrait me gêner. Lyla lorgne dans ma direction pour vérifier que je suis aussi en place mais bien dissimulé, puis elle regarde droit devant elle le destin arriver à toute allure.

Lyla attend, debout, immobile, les bras ballants, les mains bien visibles démontrant ainsi aux militaires qu'elle n'est point une menace pour eux. Alors que toute la population de la banlieue travaille à l'usine actuellement, personne n'est supposé rôder dans les parages. Gaulon n'est pas le genre de ville où les gens ont l'opportunité de sa balader à toute heure et comme bon leur semble. En voyant mon amie, les soldats ne peuvent que s'arrêter pour vérifier son identité, enfin c'est mon hypothèse… Je croise les doigts pour qu'ils ne décident pas de l'abattre sans sommation, sans savoir de quoi il en retourne. Sans doute savent-ils déjà qu'un carnage a eu lieu dans le centre-ville et se méfient-ils d'un guet-apens.

Au fur et à mesure que le camion avance, je sens toutes mes veines battre la mesure avec mon cœur. Je vois désormais deux personnes dans la cabine à l'avant sans savoir combien sont sur la plateforme arrière, bâchée d'un tissu camouflage. Fébrile, je cale dans mon viseur la cible en mouvement. Cet exercice se révèle difficile en raison du contre-jour du soleil du désert et des reflets des lampadaires sur le pare-brise formant un jeu d'ombres et de lumières très contrasté.

Mon plan consiste à lancer les hostilités dès que le camion sera à l'arrêt, or, le passager sort un revolver et se penche par sa vitre ouverte. Je ne sais pas si son intention est de tuer Lyla sans cérémonial ou de simplement lui signifier de rester tranquillement en place en l'attendant. Je regrette de ne pouvoir lire dans ses pensées, contrairement à Courtney.

Je patiente tout en gardant dans mon viseur la tête de l'ennemi qui dépasse de l'habitacle. J'anticipe le mouvement du camion et ne lâche pas ma cible. Lorsque le véhicule ralentit, je ne parviens pas à attendre plus longtemps. Je bloque ma respiration et appuie sur la détente.

Un magnifique *headshot* qui restera dans les annales ! Je n'ai pas le temps d'apprécier la performance que le conducteur braque le volant et freine brutalement. Quand je tente de bloquer cette nouvelle cible, elle a déjà disparu, allongée sous le tableau de bord. Je refuse de tirer en rafales sur le véhicule, notre but étant de le voler ensuite, il ne faut pas l'endommager au risque de le transformer en épave. De plus, je me sais court en munitions…

Je vois ensuite trois hommes s'extraire à toute vitesse du camion, se disperser et se planquer à différents endroits afin de mieux s'opposer à moi. Malgré leur nombre, un avantage me revient : ils ne savent pas où je me cache.

Constatant que Lyla se retrouve exposée aux yeux de tous, sans aucune possibilité de se mettre à l'abri, je n'ai d'autres alternatives que d'utiliser mon don. À quatre contre elle, désarmée, le scénario tourne à la catastrophe.

Je me concentre et tente d'arrêter le temps pour remettre de l'ordre dans cette situation qui m'échappe. Je le dis simplement dans ma tête mais rien ne se passe. Étonné, je le répète avec plus de force et de conviction, sans aucun effet à nouveau. D'un œil, je vois Lyla courir à toutes jambes à une vingtaine de mètres, visant un container poubelle pour se protéger ; de l'autre, je ne repère plus qu'un seul des quatre militaires. Pour faire diversion, je le mets en joue alors qu'il a vu Lyla s'enfuir et je réalise un nouveau carton. Il se cabre et tombe sans comprendre ce qu'il lui arrive. Lyla parvient à disparaître des radars pour le moment…

Mon tir a évidemment trahi ma position, je perds donc mon seul avantage. Je dois maintenant réagir rapidement avant que le trio restant donne l'assaut ou n'alerte d'autres patrouilles. Je ferme cette fois les yeux puisant en moi toute l'énergie nécessaire pour m'opposer au fil du temps et mettre le jeu en pause. Cette nouvelle tentative échoue et je plonge dans l'incompréhension. Était-ce un don à usage unique ? Comment ai-je réellement fait pour activer cette capacité ? Finalement, j'avoue ne pas savoir, je n'avais ni conscience de posséder ce don, ni conscience de le déclencher…

N'ayant plus personne en visuel, le stress me gagne. Je n'ai pas pensé à chausser mes lunettes infrarouges ce qui m'aurait bien aidé dans ces circonstances. J'hésite à quitter mon poste car la situation devient cauchemardesque.

Avant de reposer tout le succès de cette opération sur mon don, j'aurais dû vérifier que je le maîtrisais… Nous aurions dû mieux nous préparer à cette attaque. Mais nous avions la tête ailleurs, dans les nuages, et cela se paie cash ! L'enjeu est immense et j'ai peur de perdre pied avant de tout perdre définitivement.

Lyla. *À la vie, à la mort.*

Non, il est hors de question de ne pas être à la hauteur et je me plonge instantanément dans un état de transe, de concentration extrême. Je tire une balle et détourne ainsi l'attention des militaires pour que Lyla devienne le cadet de leur souci. Je me relève et ferme la porte du porche sans un bruit. Je fouille rapidement parmi mon trousseau de clés celle qui m'avait permis d'ouvrir la serrure. Mon excellente mémoire me permet de la retrouver en moins de deux et je verrouille l'entrée du bâtiment pour retarder les militaires s'ils veulent s'introduire.

Certes, je suis seul contre tous mais je suis malin et intelligent. Mon cerveau est mon meilleur allié comme dans toutes les parties de jeux de stratégie que j'ai gagnées.

Je file quatre à quatre dans les escaliers pour prendre de la hauteur sur mes ennemis. Au cinquième étage, j'oublie la brûlure de mes poumons et les douleurs dans mes cuisses. Je continue de faire le vide dans ma tête. D'un puissant coup de pied, je m'introduis dans un appartement ayant vue sur la route. J'espère que pendant ce temps, mes adversaires se rapprochent doucement du perron sans encore être entrés dans l'immeuble. Je n'ai pas envie de jouer au chat et à la souris dans toutes les pièces, cela ne tournerait pas à mon avantage.

Je me glisse à côté d'une fenêtre et j'observe la situation. Je domine la scène désormais, ce qui me permet de visualiser un premier soldat, dissimulé derrière le camion. Il envoie des signes silencieux vers le bas du bâtiment dans lequel je me trouve. Ses deux partenaires que je ne peux voir doivent longer la façade dix mètres en dessous.

J'ouvre lentement le battant de la fenêtre en espérant qu'il ne grincera pas vu son état délabré. Il n'émet aucun bruit et pourtant le soldat, en bas, se retourne vers moi, sans doute attiré par un reflet changeant sur la vitre. Sagace, je le dégomme avant même qu'il n'ait l'opportunité de m'ajuster ou de crier gare. Ce nouveau succès me met malheureusement en fâcheuse posture car les deux derniers survivants m'ont localisé alors que je suis dans l'incapacité d'établir leur position exacte sans m'exposer ouvertement.

Je ne m'avoue pas vaincu et cherche une solution en regardant dans la pièce dont j'ai violé l'accès et l'intimité. Elle ressemble fortement au logement que nous avons squatté la nuit dernière, tout y est pauvre, désuet, sans chaleur ni couleur. Je m'empare de l'oreiller grisâtre sur le lit et le glisse au bord de la fenêtre. En gardant bien mes distances, je le pousse doucement vers l'extérieur. À peine est-il visible d'en bas que les balles pleuvent par dizaines. L'oreiller se désintègre en une myriade de plumes volant en tous sens, les vitres explosent sous les impacts et du verre est projeté dans tout l'appartement. J'ai la confirmation qu'il faut à nouveau changer mon plan…

Après les rafales, le silence s'impose un instant, le temps que j'envisage une autre issue à cet affrontement. Puis plusieurs détonations résonnent dans la rue. Je n'en suis nullement la cible cette fois.

Lyla… Ils l'ont tuée !

Au bord du gouffre, je me plaque contre le mur, soudainement tremblant. Ma peur a disparu, supplantée par une colère immense qui se met à bouillir, incontrôlable. Contre moi. Contre ces salopards. Je me lance et observe la scène de chaos, prêt à éliminer coûte que coûte ces enfoirés qui viennent de m'ôter tout goût pour la vie.

Mais elle est là. Au milieu de la voie, devant le camion. Elle brandit une mitraillette en l'air en signe de victoire.

—Hugo, tu attends quoi pour descendre ? me lance Lyla, fière de son coup.

Je n'en crois pas mes yeux et lâche un cri de soulagement libérateur. Je m'élance vers le palier et dévale les escaliers à vive allure, le cœur battant à tout rompre, l'âme légère. Je m'empare du sac de mon amie au passage et j'apparais sur le perron en joyeux luron.

— Allez, grimpe ! On a de la route ! m'accueille-t-elle comme si de rien n'était, à croire que son intervention n'était pas si mémorable.

J'enjambe les deux cadavres s'étalant sur le trottoir et en profite pour leur voler une arme supplémentaire. Dépouiller les cadavres est l'une des bases d'un *survival horror* et Lyla ne l'a pas oublié. Je la rejoins au camion : elle a déjà pris la place du conducteur, prête à en découdre, galvanisée par cette conclusion heureuse. De mon côté, j'extirpe ma première victime qui a ensanglanté la banquette. Un détail qui ne m'empêche nullement de m'y asseoir ; depuis l'épisode des pourris je ne suis plus autant à cheval sur l'hygiène.

— Beau boulot ! m'exclamé-je, admiratif, prenant définitivement conscience que je pouvais compter sur elle dans les situations les plus périlleuses et désespérées.

— Toi aussi ! me sourit-elle en enclenchant la première sans perdre un instant.

— Je n'ai pourtant pas réussi à arrêter le temps… confessé-je, toujours aussi perplexe et déçu.

— Tu as essayé ? Nous n'en avons finalement pas eu besoin, tu vois. Tu as gardé tes forces pour la suite, c'est l'essentiel.

Elle ne s'inquiète pas et est à nouveau capable de retirer le positif de ce problème. J'adore sa capacité à ne voir que le bon côté des choses. J'ai tant à apprendre d'elle.

Nous remontons la route reliant le portail trois jusqu'au centre-ville. Je tente de m'orienter avec certains des plus grands buildings que j'avais repérés grâce à leur architecture sortant du lot. Je pense avoir une bonne approximation de la localisation de notre objectif, le point d'accès au niveau suivant.

Je réalise que nous avons à nouveau échoué à trouver le point de sauvegarde intermédiaire de mi-niveau. Dans le désert, puis dans le tunnel, nous n'avions pas eu de réelles difficultés à les dénicher. Ici, perdu dans un gigantesque labyrinthe sans chemin tout tracé, nous manquons cette étape. Quand je le signale à Lyla, elle philosophe et me rappelle un fait important :

— De toute façon, n'ayant plus aucune vie en joker, cette sauvegarde ne nous aurait servi à rien… Filons au portail quatre et ne nous prenons pas la tête.

Effectivement… Néanmoins, l'extrait vidéo que nous aurions pu y visualiser nous aurait sans doute donné de nouvelles informations concernant la bible de Gamers. Comprendre l'histoire que nous vivons est un élément essentiel pour avancer dans l'aventure et ensuite gagner la partie. En regardant tout autour de moi, je ne vois pas comment situer cet écran et y renonce d'emblée.

Lyla roule à vitesse modérée, pas forcément très à l'aise derrière le volant. Sur l'itinéraire, il n'y a absolument personne mais elle ne souhaite pas avoir d'accident. Nous avons enfilé deux casquettes couleur kaki qui traînaient par terre et avons remonté les vitres afin de dissimuler au mieux notre identité si nous étions amenés à croiser quelqu'un. Dans ce laps de temps, bien que restant vigilants, nous nous relâchons et nous relaxons presque. Enfin, nous parvenons à cheminer dans un relatif confort, sans produire trop d'efforts, en toute tranquillité. Un véritable luxe.

Mon esprit a quelques minutes pour souffler et vagabonder. Il faut envisager l'avenir et tout d'abord celui à court terme : la prochaine étape. Après avoir éliminé l'idée de partir en chasse du point de sauvegarde, je repense à l'opportunité de découvrir un second cœur de vie. Cette perspective est bien plus attrayante car vitale. Utiliser mon hyperacousie se révèle sans aucun danger aussi je commence à scanner les environs à la recherche du battement caractéristique. Peut-être que la chance nous sourira… J'ai à peine le temps de me concentrer que je détecte, à travers le bruit de la route et du moteur, une présence derrière moi à l'arrière du camion.

— Salut les amis, ça faisait longtemps…

3.14

Règlement de compte

J'identifie immédiatement sa voix, caractéristique avec ce ton supérieur qui suinte le mépris.

J'hallucine et en tombe des nues tellement j'ai du mal à y croire.

Je vois déjà le tsunami se profiler, indomptable, impossible à maîtriser. Un désastre qui sera à la hauteur de la rancune, de la vengeance et de la haine emmagasinées par ce revenant.

Keraudren.

— Pas assez longtemps, vomis-je d'une voix écœurée.

Malgré le choc et l'incompréhension, je tente au mieux de manifester de l'assurance histoire de ne surtout pas lui procurer le moindre plaisir en paraissant faible. Il appartient à cette race d'individus qui se nourrit des faiblesses des autres.

A côté de moi, je perçois la fébrilité de Lyla. Elle se cramponne au volant tout en regardant dans le rétroviseur intérieur pour voir ce visage qu'elle espérait ne plus jamais devoir affronter. Nos sentiments sont les mêmes à son égard : nous le détestons pour tout ce qu'il est et représente, pour tout ce qu'il a fomenté et est capable de faire. Un monstre réel dépassant ceux créés par le jeu…

Cet enfoiré pointe un flingue sur mes cervicales et se complaît à faire pression de son canon de manière à marquer son retour triomphal et ainsi réinstaurer son pouvoir tyrannique. Sans doute ferait-il bon ménage avec ce mystérieux Marylin.

— Comment vont mes deux tourtereaux ? Toujours aussi amoureux ?

L'amour que Lyla et moi ressentons l'un pour l'autre est tout aussi puissant que la haine que le Boss nous inspire. En s'attaquant à nos sentiments, il nous manque de respect et s'en amuse.

— Qu'est-ce que tu fais là ? rétorque sèchement Lyla qui peine à se concentrer sur la route. Heureusement qu'il n'y a aucune circulation.

— Ça vous en bouche un coin de me voir revenir si vite, hein ? Et dire que je vous retrouve quasiment au même endroit, bande de nazes !

Tous ses propos ne sont que le reflet de son état d'âme. D'une noirceur de pétrole, celui qui englue les goélands juste pour le plaisir. Néanmoins son retour rapide pique ma curiosité. Je souhaiterais bien comprendre comment il s'y est pris pour réaliser ce coup de maître, à savoir traverser tout le niveau deux de Gamers en un temps record, avec de surcroît la problématique du tunnel inaccessible.

— Raconte ton épopée, tu en meurs d'envie, le flatté-je pour qu'il déballe son histoire.

Inutile de le supplier, Keraudren a sans cesse ce besoin de se sentir fort et dominant.

— Je me suis fait délibérément prendre par les militaires rescapés. Puisque le tunnel était bloqué, ils ont appelé un hélicoptère et en moins de temps qu'il ne faut pour le dire, j'ai pu franchir ce rempart. Ensuite, tels de bons serviteurs, vous venez me libérer de mes gardiens et me servez de chauffeurs. Belle ironie de l'histoire, vous ne trouvez pas ?

Non, pas vraiment, et je me garde bien de le lui cracher à la figure, je ne suis pas en position de force. Cette situation est dans tous les cas la suite logique de notre négligence. Lyla et moi n'avons pas pris le temps de vérifier l'arrière du camion avant de nous en emparer. Nous cumulons bien trop d'erreurs et cette dernière va être lourde de conséquences…

— Qu'est-ce que tu veux ? poursuit Lyla, tout aussi furieuse que moi d'être fautive.

— Accéder au niveau supérieur sans me fatiguer, annonce-t-il fier de son coup.

Keraudren nous a entendu parler. Il sait donc que nous connaissons l'emplacement du portail suivant et que nous ne possédons plus aucune vie. Afin de vaincre un ennemi, il faut connaître ses faiblesses, je crois qu'il est bien parti pour nous laminer… Comme il est inutile de nier, j'enrage de me retrouver ainsi à le servir, à sa merci… Cela me rappelle de très mauvais souvenirs et je n'ai nullement l'intention de revivre certaines humiliations. J'ai changé. Nous avons changé depuis…

— Où sont les autres ? demande-t-il, souhaitant probablement anticiper tout mauvais coup de notre part.

— On ne sait pas, répondis-je. Nous avons été séparés en pleine lutte.

Sans lui mentir, je reste vague et ne lui parle ni de l'armée de Marylin ni de notre nouvelle recrue d'exception Courtney. Cette dernière sera peut-être notre atout à un moment donné, espéré-je sans trop y croire.

— Elle chiale toujours autant la morveuse ? ricane-t-il.

L'instinct protecteur de Lyla envers Louisa, sa sœur d'adoption, se manifeste instantanément.

— Et toi, t'es toujours aussi con ?

Il me donne un puissant coup de crosse sur le crâne. Des milliers d'étoiles s'incrustent dans mon univers et ma tête vacille mollement le temps que je reprenne mes esprits. Je serre la mâchoire pour contenir ma douleur et ma rage.

— Tu baisses d'un ton la blondasse, sinon je repeins le pare-brise avec son cerveau, vocifère-t-il, n'acceptant aucune remarque, et certainement pas d'une fille.

Quand je porte ma main au point d'impact pour estimer les dégâts, mes cheveux sont poisseux et mes doigts ensanglantés.

— Je lui réserve un cadeau spécial en tout cas à celle-là, digne de sa trahison.

Il n'a donc ni morale, ni conscience, ni mémoire. Sans doute a-t-il oublié quelques détails du récit de l'affrontement comme certains pays victorieux oublient ce qui les arrange après une guerre atroce…

— Tu allais tous nous tuer ! réplique Lyla, parfaitement dans le vrai.

— On dirait que l'histoire n'est qu'un éternel recommencement ! Si vous ne me conduisez pas tout de suite au niveau quatre, je vous massacre l'un après l'autre et je vous assure qu'au passage, je me délecterai de vos souffrances.

En réponse à cette menace, Lyla accélère brutalement et le camion atteint rapidement une vitesse dangereuse, même sur ce boulevard désert devant nous. Je comprends qu'elle a un projet en tête cependant je n'anticipe pas lequel.

— Qu'est-ce que tu fais la blondasse ? râle Keraudren, perdant de sa superbe.

Il pointe son flingue sur la tempe de mon amie. Comme une banquette et des appuie-têtes nous séparent, je ne peux intervenir promptement en toute sécurité.

— Nous ne sommes pas dupes, qu'on t'aide ou pas, tu nous tueras de toute façon. Alors, autant crever tous ensemble ! lance-t-elle en appuyant à nouveau sur l'accélérateur.

À plus de cent kilomètre-heure, elle donne des à-coups dans le volant afin de faire zigzaguer le camion. Sincèrement, je ne sais pas si elle bluffe ou non, mais Keraudren perd son sang-froid.

— Arrête ton cirque tout de suite ! râle-t-il tout en se cramponnant pour ne pas valser sur la plateforme arrière du véhicule.

Evidemment je valide la théorie de Lyla – il nous tuera maintenant ou plus tard – néanmoins je reste incertain sur l'idée du suicide collectif. Nous avons bien trop à perdre sans nous laisser une chance de nous sortir de ce guêpier autrement. Keraudren a touché ses deux cordes sensibles : notre amour et sa petite sœur. Pour autant, n'y a-t-il pas une autre solution ?

Au bout de la route, droit devant nous, un gratte-ciel se dresse de toute sa puissance. Pied au plancher, Lyla semble bien déterminée à nous écrabouiller contre cette tour qui tremblera à peine. J'hésite à intervenir, à la raisonner avant de lui accorder ma confiance. Je me tiens à la poignée de la portière et j'éprouve des difficultés à garder les yeux ouverts face à l'imminence du drame.

— Freine salope ou je te bute ! hurle le Boss, totalement paniqué de la tournure que prennent les événements.

Le décor défile flou autour de moi ; je sue abondamment en imaginant la mort m'étreindre dans un horrible froissement de tôle qui me réduirait en bouillie. Keraudren se rend-il compte que tuer Lyla ne changerait désormais plus rien à notre destin commun ? À cette vitesse, un dérapage ou une perte de contrôle serait forcément mortel.

— Arrête, je te dis ! Tu vas nous tuer ! fulmine le Boss, comprenant enfin que la situation lui échappe définitivement.

— Hugo… m'appelle Lyla pour me tirer de ma torpeur.

Elle me regarde un instant. Étrangement, elle semble calme et résignée. Je lis son amour pour moi dans ses yeux, j'y vois aussi notre foi mutuelle à quelques secondes de l'impact final.

— Je compte sur toi.

Je m'attendais plus vraisemblablement à un dernier « je t'aime » et ne comprends pas où elle veut en venir. Parle-t-elle de l'au-delà où nous allons – je l'espère car rien n'est moins sûr – nous rejoindre ?

Quand les pneus avant du camion éclatent contre la bordure du trottoir, que le véhicule bondit dans un fracas d'essieu, le choc me tasse violemment la colonne vertébrale et je crois déjà mourir. La carcasse qui se démantibule se soulève et face à moi, la pierre grise du gratte-ciel emplit mon champ de vision, anéantissant tout le reste. Je cesse de respirer et crie d'effroi.

Le temps se suspend.

Au moment où j'ouvre à nouveau les yeux, le jeu est en pause. C'est un miracle ! Juste derrière moi, Keraudren, le visage défait par la secousse et l'horreur de cette mort atroce, a été projeté en avant. Lyla semble toujours aussi sereine, fixant l'obstacle droit devant elle, bien calée au fond de son siège comme si elle allait simplement passer un fin rideau de pluie, comme si tout irait bien…

Elle a cru en moi. Elle me savait capable de tirer le meilleur de moi-même en cette circonstance critique. Elle avait deviné que je saurais déclencher mon don s'il le fallait véritablement… De la même façon que lors du combat face à l'armée de Marylin. Visiblement, je ne parviens à arrêter le cours du temps qu'en cas d'ultime recours.

Désormais, il faut que je fasse vite. D'expérience je sais que mon temps est compté et chaque minute écoulée peut me coûter très cher. Machinalement, j'ouvre ma portière et m'apprête à poser un pied à terre lorsque je constate que le camion est figé dans son élan à près d'un mètre du sol. Je prends les sacs, mon arme et pique celle du Boss avant de sauter par-dessus bord. Je dois veiller à ne rien oublier cette fois, à gérer cette coupure du temps sans aucune omission.

Je pose tout mon barda à une quinzaine de mètres et m'arrête un instant devant ce spectacle de cascadeurs avec cet incroyable camion voltigeant. Pour rejoindre Lyla, je n'ose passer dessous de peur qu'il ne tombe soudainement, j'évite aussi de me faufiler dans le mince espace entre le mur et le capot moteur, conscient des lois physiques voulant que ce projectile vienne se fracasser à cet endroit. Je préfère donc le contourner sagement par l'arrière.

Il faut à présent descendre Lyla du véhicule. Même si elle a un poids plume, elle reste grande et je ne sais comment m'y prendre sans lui faire mal ou provoquer sa chute. La toucher tandis qu'elle est inconsciente me gêne un peu, je dois lutter contre mon côté pudique. Je me hisse en m'accrochant à la portière et gravis les marches du camion. Une fois à la hauteur de Lyla, je lui délie les doigts solidement accrochés au volant. Je tente de pencher son buste vers moi souhaitant la porter par les bras. Son corps est raide, ses muscles résistent. Je parviens à l'allonger sur la banquette puis la tire vers l'extérieur par les aisselles. En équilibre précaire au bord de la portière, je descends et je poursuis la manœuvre. Je la glisse au bord du siège et sa tête part en arrière et tape la carrosserie. Elle me regarde à l'envers.

— Désolé, murmuré-je, en veillant à bien m'appliquer.

Au fur et à mesure de son extraction, son poids m'écrase mais je tiens bon et recule petit à petit. Ses jambes finissent par tomber et ses pieds cognent violemment le sol. Je m'excuse à nouveau à voix basse. Je la transporte du mieux que je peux, ses chaussures traînant sur le macadam derrière nous et je la mets à l'abri, loin de l'accident et de l'explosion à venir. Je l'adosse à un mur et vérifie qu'elle ne va pas basculer d'un côté ou de l'autre.

Je reviens tranquillement vers le camion, le temps de reprendre mon souffle, afin de régler un dernier problème.

Keraudren est figé entre deux appui-têtes, à une fraction de seconde de la mort. J'hésite à le sortir de ce tombeau. Le sauver me coûterait beaucoup d'efforts et je ne dois risquer l'épuisement. À cet instant, je me demande simplement s'il se préoccuperait de moi dans le cas contraire. Non, non et non, c'est une évidence ! Pourquoi suis-je donc obligé de me poser la question ? Parce que ne pas agir relève de l'inhumanité et revient à le laisser crever, à ce qu'il soit broyé et déchiqueté. Lui m'a pourtant abandonné en plein désert en guise de repas aux pourris.

Le dilemme m'étreint, pourtant je dois régler seul ce cas de conscience car Lyla ne peut intervenir. Que dirait-elle ? Entre miséricorde et sanction exemplaire pour le mal qu'il a fait, elle hésiterait sans doute aussi. Cependant, je la revois encore changer d'attitude quand Keraudren avait ouvertement menacé Louisa…

Le Boss nous tuera, maintenant ou après, dès qu'il se sera servi de nous, sitôt qu'il en aura la possibilité. Il massacrera Louisa à la première occasion pour se venger. Et puis, il lui reste encore une vie, donc le punir ainsi ne revient pas à l'anéantir complètement, cela le remet simplement sur un pied d'égalité avec nous.

Je rejoins Lyla avant de changer d'avis. Je lui tiens la main et m'accroupis devant elle pour la protéger de mon corps. Je ferme les yeux et me concentre, priant pour réussir à débloquer le temps, exercice que je n'ai finalement jamais eu à accomplir. Ma respiration ralentit doucement et je focalise mon esprit sur le temps qui passe et ordonne la reprise du jeu.

Instantanément, un abominable fracas suivi d'une explosion me déchire les tympans. Tellement concentré sur mon défi à mener, j'en ai oublié de me boucher les oreilles. Devant moi, Lyla sursaute, crie, les battements de son cœur s'emballent dangereusement. Puis, elle réalise en me voyant face à elle, serein. Elle comprend que nous sommes parvenus à nous extirper de cette situation, que j'ai réussi à dompter mon don et que la boule de feu derrière moi signifie la résolution de la problématique Keraudren.

Lyla se jette à mon cou et me déséquilibre. Nous tombons à la renverse et rions de bonheur après avoir frôlé d'aussi près la mort. Lyla nous a clairement fait jouer avec elle, un peu comme à la roulette russe, tentant un coup de poker avec une main faible.

— J'ai bien fait de croire en toi ! affirme-t-elle avant de m'embrasser, euphorique.

Je savoure cette récompense mais suis parfaitement conscient qu'il s'en est fallu de peu. J'espère donc ne plus jouer au kamikaze. Et puisque je ne veux pas gâcher l'instant, je me garde de le lui reprocher, même si une part de moi lui en veut, d'avoir agi de cette façon.

La carcasse du camion est méconnaissable, il ressemble désormais à un accordéon de tôle en feu.

Le vacarme de l'accident n'a pu qu'attirer les regards. En effet, je constate, effaré, qu'aux façades des différents bâtiments nous entourant, des silhouettes apparaissent. Les travailleurs bureaucrates nous dévisagent de partout… Il en va ainsi dans la cité de Gaulon : les rues sont désertes à l'heure de travailler, tout le monde est parfaitement discipliné et se tue à la tâche.

— Vite ! Sauvons-nous !

Nous nous relevons, chargeons nos sacs à dos et empoignons nos armes. Un tour d'horizon et l'identification de certains édifices particuliers me permettent de m'orienter.

— Si je ne me trompe pas, nous ne sommes pas trop loin du portail.

Cette constatation est une bonne nouvelle en soi, les pérégrinations de Lyla auraient pu nous mener à l'autre bout de la ville… Nous nous lançons à l'assaut du prochain niveau et courons à en perdre haleine. À la troisième intersection croisée, nous reconnaissons l'une des rues du massacre entre l'armée et nous. Au fond de celle-ci, des équipes de renforts s'agitent. Certains militaires empilent les dépouilles tandis que d'autres grimpent dans des véhicules qui filent en cortège en direction du lieu de l'explosion.

Nous sommes le couple à abattre. J'imagine subrepticement des affiches « Wanted » placardées sur tous les murs de la ville. Ils ne relâcheront leurs efforts que lorsque nos têtes seront accrochées au bout d'une lance ou que nous finirons brûlés sur un bûcher. Il m'apparaît évident qu'une simple balle dans le cœur n'étanchera pas l'immense colère du gouverneur.

— Nous ne sommes plus très loin de l'objectif, affirmé-je pour nous motiver malgré le venin qui court dans les rues adjacentes.

— Que fait-on pour les autres ? s'enquit-elle, soulevant une question à laquelle je n'avais pas réfléchi…

Effectivement, où en sont Haruki, Louise et Courtney ? Sont-ils parvenus à vaincre l'armée ? Ont-ils franchi le portail sans nous attendre ? Sont-ils partis à notre recherche ? Ou ont-ils malheureusement été faits prisonniers ? Sans indice ni information, tous les scénarios restent envisageables. Alors, devons-nous attendre d'en savoir plus avant de nous engager dans le niveau suivant ou faut-il fuir tête baissée tant qu'il est encore temps ?

Nous aurions dû établir des consignes claires en cas de dispersion de notre groupe pour éviter ce genre de situation. Encore une fois, notre amateurisme nous pénalise.

— Il est improbable qu'ils aient réussi à rester cachés ici dans ces rues désertes ou dans ces immeubles bondés… Si nous écartons cette option, il n'en reste que deux : soit ils ont été constitués prisonniers, soit ils ont franchi le portail.

Lyla valide mes pensées d'un hochement de tête.

— Tentons d'observer le champ de bataille et les alentours… propose-t-elle.

Il nous est difficile de nous résoudre à accéder au niveau quatre sans connaître le destin de nos amis… Peut-être ont-ils actuellement besoin de notre aide ? Ou peut-être ont-ils été obligés de passer le portail… La situation est inextricable.

Nous longeons le bloc suivant et avançons avec prudence. À la nouvelle intersection, nous analysons la scène afin d'y déceler une réponse. Le même spectacle de chaos s'impose. Des centaines d'hommes baignent dans le sang et la chair. Malheureusement, sans surprise, il n'y a aucune trace de nos camarades.

— Avançons vers le portail, nous verrons bien, se résigne Lyla, inquiète du sort des autres.

Soudain, mon ouïe détecte une vive agitation, omniprésente autour de nous.

— Cours ! ordonné-je à Lyla.

Je pars comme une bombe sans chercher à comprendre de quoi il retourne. Le brouhaha est si impressionnant dans mes oreilles qu'il ne peut annoncer qu'une catastrophe à venir. J'imagine aisément que notre présence a été annoncée aux autorités et qu'ils quadrillent donc la zone pour nous ferrer rapidement.

Un coup d'œil derrière nous le confirme…

Les travailleurs sortent de leur immeuble. Ils ont dû recevoir l'ordre de nous pourchasser et eux obéissent, assouvis et disciplinés. Plus loin, j'entends des moteurs vrombir.

— Vite ! Le portail ! Nous n'avons plus le choix ! conclus-je.

Des cris. Des appels. Nous sommes repérés et devenons la cible de tout un peuple et de son armée. Des flux ininterrompus d'êtres humains dociles et hostiles se déversent de chaque building. Sauf que contrairement à ce matin, ils ne sont ni calmes, ni en rangs d'oignons, ils courent dans notre direction tel un troupeau de taureaux hargneux.

— T'as le mot de passe ? crie Lyla en plein effort alors que l'interface est en vue.

Évidemment non… Quand aurais-je eu l'opportunité de réfléchir à cela ?

À cinquante mètres de notre objectif, enchaînant les longues foulées, la rage au ventre, la pression de la foule se resserre sur nous. Nous devons faire usage de nos armes pour remettre un peu d'ordre dans tout cela et nous laisser une perspective de victoire. La bonté de Lyla est un lointain souvenir, sans état d'âme, elle mitraille à tout va.

Dans la panique et la précipitation, j'essaie de réfléchir à cette énigme sans énoncé qu'est ce nouveau mot de passe. J'essaie d'oublier mon environnement chaotique. Je dois croire en moi tout au moins autant que Lyla a su le faire. Approchant du panneau STOP, je visualise tout ce que nous avons vécu depuis notre arrivée à Gaulon, cherche un code que j'aurai vu subrepticement, dans les rues, dans les égouts, chez De Lattre ou dans le camion. Dans cette immensité il aurait été si facile de passer à côté… Ce ne peut être cela, me convaincs-je pour me rassurer.

Une longue rafale m'extirpe de mes pensées. Lyla tente désespérément d'éliminer les personnes les plus proches. Elle en tue sans compter, toutefois cela n'éloigne nullement les autres, toujours aussi téméraires et suicidaires, comme s'ils étaient programmés pour exécuter les ordres jusqu'à la mort.

Le panneau STOP est collé contre un mur blanc immaculé, aussi long que haut, uniquement troué d'un portail métallique. Des rouleaux de barbelés surmontent l'édifice pour prévenir toute intrusion. Il nous est impossible de deviner l'envers de ce décor mais il pourrait vraisemblablement abriter le quartier général de Marylin. Tout dictateur a besoin d'une forteresse pour s'isoler du peuple qu'il avilit. Sans la voir, je sens en plus la présence d'une barrière énergétique infranchissable qui double la protection des lieux.

— T'as une idée ? s'inquiète Lyla face à mon silence lourd de conséquences.

— Joker… bredouillé-je en lui venant en aide à tirer dans la foule, aussi indigne qu'un tyran sentant faiblir son emprise sur ses sujets.

Nous balayons l'horizon de balles meurtrières et pourtant, inexorablement les alentours se remplissent, les gens convergent vers nous et au loin, les camions de l'armée se fraient un passage à coups de klaxons autoritaires.

Sans détenir la réponse, j'appuie tout de même sur le bouton de l'interphone. J'attends sans doute un miracle comme Lyla tout à l'heure.

— Quel est le mot de passe ? me demande la voix robotisée désormais familière.

Dans le chaos général, dans le tumulte des armes, dans ce tourbillon qui ne souhaite que m'emporter dans l'au-delà, je les entends. Nos agresseurs. Ces centaines d'individus fanatiques, lobotomisés, scandent leur leitmotiv. Je souris face à l'ironie de la situation…

Je me penche vers le récepteur tandis que notre zone de sûreté se réduit à peau de chagrin. Presque à l'unisson avec tout le peuple derrière moi, je m'exclame haut et fort afin d'être entendu :

— Gloire à Marylin !

3.15

Bienvenue au paradis

J'ai la désagréable impression de trahir les miens et de devenir un collabo à prononcer cette horrible phrase de soumission. Cette situation me plonge dans mes cours d'histoire sur la seconde guerre mondiale avec les nazis imposant leur vision face à des peuples scindés entre résignation et résistance. Malgré ce sale moment à passer, mon intuition ne me trompe que rarement. Marylin, comme Hitler et tout autre dictateur, use du culte de la personnalité pour instaurer sa divine autorité, cela à tous les niveaux et dans les moindres détails.

— Vous pouvez passer, vous avez une minute, déclare la voix automatisée.

Par bonheur, le portail de la forteresse s'ouvre pour nous céder le passage. Dans l'ouverture grandissante, un premier aperçu du monde protégé par cette immense muraille s'offre à moi et j'en reste stupéfait. Jamais je ne me serais attendu à une telle vision, si incroyable, si magnifique.

Une fois certain qu'aucun comité d'accueil hostile ne nous attend de l'autre côté, j'épaule Lyla dans son combat sans fin et abat tous les individus s'approchant trop près. Je n'en reviens toujours pas que devant cette hécatombe, aucun d'entre eux ne renonce à nous pourchasser.

— On recule doucement, annoncé-je.

Nous vivons une minute comptant triple. Soixante secondes parfois si rapides, parfois si longues. Ici, elles me paraissent interminables car durant ce temps, nous contenons au mieux l'hémorragie de la foule avançant sans sourciller. Plus loin, je distingue des véhicules de l'armée tirer dans la cohue afin de la disperser pour progresser plus rapidement. Même si j'endosse l'un des rôles principaux de cet effroyable carnage, la scène me dégoûte, tellement elle est ignoble. Les militaires tirent à balles réelles sur la population, je ne suis pas près d'oublier cette tragédie…

Par petits pas, nous reculons et franchissons la frontière entre les deux niveaux du jeu, à nouveau symbolisée par un dôme d'énergie, invisible certes mais que nous ressentons tout autour de nous. Avec effarement, je me retrouve à court de munitions, sans possibilité de défendre notre position. Lorsque quasiment au même instant la mitraillette de Lyla se tait aussi, la panique nous gagne immédiatement. Heureusement, je me rappelle avoir volé l'arme du Boss et l'avoir glissée dans la ceinture de mon pantalon. J'hallucine quand ma main se referme dans le vide. Je tâte mes poches au cas où ma mémoire me jouerait des tours et le constat est sans appel : le flingue a disparu.

— Hugo ! m'interpelle Lyla, visiblement en panique comme moi.

Je lève les yeux et la vois consternée, observant ses mains vides. Les miennes le sont aussi. Nos mitrailleuses viennent de s'envoler, de se désintégrer littéralement alors que nous les tenions fermement. Dans l'incapacité d'affronter nos adversaires, nous reculons désormais à grands pas, prêts à prendre la fuite dans ce nouvel univers surréaliste, tellement incroyablement beau qu'il suscite irrémédiablement notre méfiance. Nos premiers assaillants ne sont plus qu'à quelques mètres du portail qui tarde à se refermer. Que ces vingt dernières secondes sont oppressantes…

— Sors ton couteau ! préviens-je Lyla, en espérant que nos armes blanches ne se seront pas volatilisées elles aussi.

J'extirpe de mon sac la lame dentelée volée au marché noir et Lyla trouve la sienne. Toujours en nous éloignant de l'entrée, nous brandissons notre seul moyen de combattre, dérisoire face à la taille de notre ennemi.

Ces hommes et femmes continuent de scander la gloire à Marylin et s'agglutinent devant le portail, étrangement, sans oser pénétrer la zone. Aucun ne franchit cette frontière. Sans doute en ont-ils habituellement l'interdiction formelle ? Après tout, un peuple asservi n'a nullement le droit de s'inviter ainsi chez son maître ultime.

Les dernières secondes s'égrènent tandis que les jeeps et véhicules de l'armée arrivent péniblement, bousculant et écrasant tout obstacle sur leur passage. Notre intrusion dans le sacro-saint sanctuaire de Marylin doit donner lieu à l'alerte générale et des têtes en haut-lieu vont être tranchées – en plus des nôtres si nous sommes arrêtés…

Un instant, devant l'horreur de la situation, je me demande si toute cette foule veut réellement que nous soyons arrêtés et punis ou si, en faisant barrage à l'armée, elle ne nous manifeste pas collectivement mais discrètement, son soutien. Entraverait-elle volontairement la marche des militaires afin que nous restions libres, comme un symbole, un ultime espoir pour elle d'un avenir meilleur ?

— Trois, intervient enfin la voix de l'interphone.

Le face-à-face immobile se poursuit, chaque bord essayant de communiquer silencieusement avec l'autre. Je pense avoir compris le message de ces individus sans en être sûr. Dans ce cas, qu'attendent-ils de nous en retour ? Les premiers militaires surgissent de leurs véhicules et bondissent dans la foule entre bousculades, cris et tirs.

— Deux, déclare la voix au moment où le système de fermeture du portail s'enclenche.

Les battants finissent par claquer l'un sur l'autre avant qu'un seul soldat ne parvienne à passer. Le bruit de la ville s'efface soudainement, laissant place à des chants d'oiseaux surprenants et inattendus.

— Fermeture.

Je me retourne et l'image d'un véritable paradis sur Terre se forme devant mes yeux. Je n'ai le temps d'en relever les innombrables détails que l'obscurité envahit mon nouvel environnement. Le froid engourdit mes membres si bien que je tremble de manière incontrôlée. Cependant, la peur ne s'empare pas de moi, ce phénomène devient habituel à chaque changement de niveau. Les oiseaux se taisent et la silhouette de Lyla à mes côtés s'estompe. Le noir absolu triomphe quelques secondes avant que des rangées de néons s'illuminent dans cette immense salle virtuelle qui m'accueille.

Je fais volte-face, appréhendant une mauvaise surprise. Avec Gamers, j'ai bien conscience qu'il faut s'attendre à tout et surtout au pire. La vision idyllique que j'ai entraperçue ne m'a nullement rassuré, bien au contraire, les apparences sont souvent trompeuses… et la disparition de toutes nos armes à feu sonne comme un avertissement. Or, seul dans ce sas entre deux niveaux, je me retrouve confronté à mes pensées paranoïaques.

Une interface se matérialise face à moi et sans hésiter je pose ma main sur l'écran afin d'être identifié et de valider mon point de sauvegarde. J'attends avec une certaine impatience l'extrait vidéo coutumier qui – je l'espère sincèrement – me permettra de comprendre davantage ce monde et le sens de notre venue ici.

Un titre à la police élégante, un peu désuète, s'affiche avec les couleurs de l'arc-en-ciel en utilisant des effets conjugués de transparence et de brillance. *Bienvenue au Paradis*. Je comprends instantanément que le sujet de ce petit film sera l'endroit même où nous nous trouvons. Je regrette déjà un instant la présentatrice du journal télévisé qui m'avait annoncé la troisième guerre mondiale en 2029 avec en prime la tête de tous les belligérants responsables du chaos nucléaire qui s'en était suivi, menant les humains survivants à habiter désormais une planète hostile à toute forme de vie. J'en attendais plus. Je désirais connaître le déroulé de l'Histoire entre cette date et l'année 2039 que nous avons rejoint.

Je ne choisis pas le programme donc je me résigne et me concentre pour mémoriser toutes les images qui apparaissent à l'écran. Une nouvelle fois, il n'y a pas de son. L'introduction ressemble à une publicité pour une résidence touristique. Une vue en plongée présente une nature verdoyante et luxuriante, elle est entrecoupée de gros plans sur des animaux, des oiseaux, des chats, des chiens, des chevaux et des animaux de la ferme. Rien d'exceptionnel pour moi, tout droit sorti de mon époque, mais ces derniers sont tellement mis en valeur, le poil brillant, en pleine activité ou dans des scènes attendrissantes, que je perçois leur importance dans ce spot. Je réalise à cet instant que je n'avais jamais songé au sort des animaux avec toute la radioactivité libérée pendant la guerre qui a changé la face du monde. Dans Gamers, hormis des serpents venimeux, des rats enragés, des vautours carnassiers et des monstres marins, toutes les races animales domestiquées et communes semblent avoir été éradiquées…

Les plans se succèdent sur la végétation, entre herbes vertes, arbres variés, fleurs colorées, fruitiers nourriciers et vastes potagers. Une sorte d'hymne à la nature, une invitation à communier avec elle. Depuis mon arrivée dans cet univers apocalyptique, ces images détonnent et je n'aurais pu croire qu'un tel endroit existe encore sur Terre. Tout cela semble tirer du début du siècle, même si déjà la pollution avait ravagé en partie la beauté de notre planète, même si la manie de l'homme à tout détruire pour le profit représentait la norme.

Puis un panorama présente un immense bâtiment. Un manoir aux multiples facettes, mélangeant le meilleur des architectures des civilisations et siècles passées. Ainsi se marient à merveille l'art gothique des arcs-boutants, des sculptures de la Renaissance, l'architecture moderne alliant le verre, l'acier et le béton. Les caméras explorent ensuite l'intérieur des lieux, tout aussi luxueux et raffinés, alliant remarquablement l'ancien et le contemporain. Un immense hall bâti, tout de marbre et de hautes colonnes. De vastes chambres aux lits parfaitement dressés, avec salles de bains étincelantes et vue magnifique sur le domaine.

Pour appuyer ce visuel léché, j'imagine des commentaires élogieux pour ce qui semble être un hôtel grand luxe cinq étoiles avec parc, en totale opposition avec tout ce que j'ai pu voir jusque-là à Gaulon. Il représente à lui seul l'opulence face à la pauvreté de tout un peuple. Il oppose les couleurs vives à la grisaille de la vie de labeur, la nature flamboyante devant une mort certaine, la richesse face à la misère quotidienne. Sur les inégalités sociales, le monde n'a visiblement pas du tout évolué…

Vient ensuite la mise en scène de serviteurs présentant des assiettes en porcelaine au contenu savamment orchestré, des jardiniers aux petits soins pour les parterres d'ornement, des majordomes portant les valises et tenant les vestes, des femmes séduisantes aux mœurs libertines, des cuisiniers manipulant de la nourriture riche et variée, des barmans versant des cocktails multicolores au bord d'une piscine à l'eau turquoise… Tous là pour assouvir le moindre désir des clients.

Je crois rêver, à plus d'un titre.

Je m'imagine devant ma télévision dans le salon à regarder cette annonce publicitaire entre deux programmes TV. Un spot alléchant pour une clientèle fortunée qui ne s'apparentait pour mon époque à rien d'extraordinaire et qui ne choquait pas grand monde. Aucune chaîne n'aurait cillé à diffuser cela entre un reportage sur la faim dans le monde et un autre sur la crise économique. Il y a bien longtemps que la télévision n'avait plus de morale, son but consistant à occuper le temps libre de cerveaux ramollis et à jouer le jeu de la société de surconsommation. Vendez-leur du rêve, ils achèteront…

Cependant, catapulté en août 2039 sous le dôme de Gaulon, cette vision mirifique de paradis n'a pas sa place. Et pourtant, le peu que j'ai aperçu du niveau quatre ressemblait bel et bien à cela. Un éden où même les armes sont proscrites alors que l'extérieur n'est que violence. Que penser de cette vidéo ? Que miraculeusement, le niveau quatre se résumera à profiter d'un club de vacances ? Et quel rôle tient Marylin ici ?

Justement, à l'instant où je pense à lui, un visage apparaît. Est-ce lui ? Il me fixe, neutre, sans exprimer la moindre émotion. La peau blonde vampirique. Le visage dénué du moindre poil, ni barbe, ni cil, ni sourcil, totalement imberbe. Des yeux vairons aux couleurs artificielles et au contraste dérangeant. Des cheveux aussi noirs que le charbon, plaqués sur le côté formant une sorte de coque en plastique. Puis s'enclenche un zoom arrière permettant de découvrir son costume tiré à quatre épingles, blanc immaculé. Chemise, veste, boutons de manchette, montre, ceinture, chaussures. Blanc comme la pureté. Blanc comme la paix. Blanc comme un ange. L'évidence de la mise en couleur me gêne grandement au vu de la société à laquelle j'ai été confronté. Marylin parle, pourtant je n'entends pas ce qu'il dit. Sans doute vante-t-il son domaine et promet-il monts et merveilles à qui veut bien le croire.

Le plus perturbant reste le lien entre ce tyran fantasque, énigmatique, et le déclenchement de la troisième guerre mondiale. En effet, cette tête appartenait aux portraits de dirigeants s'étant succédés dans l'extrait visionné à l'entrée du niveau trois. Il me manque tout un pan de l'Histoire et sans doute l'ai-je manqué en ne fouillant pas Gaulon de fond en comble.

Le générique d'introduction se répète pour conclure cette parenthèse édulcorée. *Bienvenue au Paradis* s'estompe et l'écran devient noir.

HUGO MOON. Mon pseudo apparaît avec ma photo habituelle. S'enchainent ensuite les informations traditionnelles, petite ritournelle de fin de niveau dans le but d'établir un petit bilan. Ma forme culmine à quatre-vingt-onze pour cent, valeur élevée rassurante mais ô combien nécessaire. Mon score a plus que doublé avec trois-mille-quatre-cent-seize points d'expérience.

Au premier regard, c'est incroyable et à bien y réfléchir, sur ce dernier niveau je n'ai pas à rougir de mes performances, je pense avoir mérité cette belle récompense. Par contre, quand s'affiche mon nombre de vies restantes, je descends de suite de mon nuage. Zéro, pas de miracle.

Pour terminer, la boutique à bonus s'ouvre et me permet d'effectuer quelques achats. Le but essentiel est de m'équiper au mieux afin d'affronter la suite de l'aventure. Le sadisme de Gamers veut que je choisisse mes lots avant de savoir ce que le jeu me réserve réellement. Sauf qu'après la séquence pub, je crois deviner l'utilité de certains objets proposés. Je balaie rapidement l'ensemble du menu, émettant des hypothèses sur la suite des événements. Je désespère en constatant qu'aucune arme n'est disponible en magasin. Ce changement radical dans le choix des produits proposés confirme ma théorie du grand bouleversement pour ce quatrième niveau. Beaucoup d'objets m'interpellent et m'intéressent, néanmoins même avec un budget confortable, ma liste d'achats ne peut comporter que deux ou trois possibilités.

Sans grande certitude, je valide mes bonus sans toutefois tenter celui estampillé « mystère ». Même si je vois encore Courtney être ravie d'avoir obtenu ainsi son GPS qui nous a été indispensable. Moi, je n'ai pas osé. Si mon amie a franchi le portail et qu'elle a obtenu assez d'XP, elle l'aura sans doute déjà acquis.

Désormais, j'attends le fameux message glorifiant mon parcours de tueur de masse. Je n'en suis pas particulièrement fier mais je ne peux être que satisfait d'avoir à deux reprises obtenu un don grâce à cela. Ma performance à Gaulon face à l'armée de Marylin a été telle que ce graal ne peut m'échapper. Pourtant, étrangement, malgré mon tableau de chasse incroyable, je n'accède pas au « BONUS + » …

Je passe directement à l'écran « Niveau 4 : lettre de mission ».

Le court message s'affiche blanc sur noir. Je bloque un instant à sa lecture et le relis plusieurs fois avant qu'il ne s'efface. À chaque fois, rien n'y change, j'ai peur d'avoir saisi le sens véritable de ces quelques mots. Je n'ai pas le temps d'y réfléchir davantage que cet interlude se termine avec le message final.

« ACCES AU NIVEAU QUATRE »

NIVEAU 4

-

LE PARADIS

4.1

À l'orée du bois

Jamais un retour au jeu ne m'aura paru aussi doux. En ouvrant les yeux, je ne peux que m'émerveiller devant un tel paysage, si accueillant, si apaisant.

Cette première vision symbolise un retour à la nature après le désert et le béton. Le soleil artificiel qui irradie ce dôme à l'intérieur même de Gaulon caresse agréablement ma peau. Cette sensation n'est que douceur après l'enfer des ultra-violets du désert puis la nuit oppressante de la ville. Je ne me l'explique pas pourtant je sens que ces rayons sont ici inoffensifs pour moi.

Ce lieu est la promesse d'une résidence alliant confort, bien-être et luxe, contrastant parfaitement avec la faim, les pourris et l'armée. Tous les ingrédients de bonheur imaginables nous accueillent dans ce « Paradis ». Je me laisserais bien glisser dans ce cocon pour profiter des atouts, charmes et saveurs, en compagnie de Lyla… Que pouvais-je espérer de mieux même dans mes rêves les plus fous ?

Malgré les apparences, la réalité doit être tout autre car ce niveau quatre ne peut se résumer au calme et à la volupté. Je refuse catégoriquement de croire aveuglément à cette vie idyllique ainsi dépeinte. Probablement est-ce le premier piège vicieux que le jeu nous tend ici, après trois niveaux terrifiants et épuisants, nous proposer un avenir faussement paradisiaque pour ensuite nous cueillir au détour d'un relâchement de notre vigilance.

— Ça va ? me demande Lyla, tout aussi apaisée par ce nouvel environnement.

— Honnêtement, pour l'instant, on a vu pire ! Sauf que, paradoxalement, c'est cette quiétude extrême que je crains le plus…

Ne pas être dupe devient le mot d'ordre. Trop d'éléments m'inquiètent terriblement. Lyla évoque sans doute l'un des plus perturbants…

— Tu as lu la lettre de mission ?

Elle pressent que je l'ai lue et relue à plusieurs reprises. Je comprends évidemment son sous-entendu, elle est tout aussi perplexe et terrifiée que moi à ce sujet.

— Oui, ça calme d'entrée de jeu… Ce paradis perd tout de suite de son charme…

Derrière nous, le haut portail d'entrée du domaine nous domine et nous rappelle les horreurs vécues de l'autre côté. De peur que l'armée puisse l'ouvrir et poursuive son attaque, je propose à Lyla de nous en éloigner le plus rapidement possible.

Face à nous, la route file sur deux ou trois cents mètres vers la façade de l'hôtel, aussi majestueux que promis dans la vidéo. On se croirait véritablement dans un immense parc entourant un château de la Renaissance.

— Ok, où va-t-on ? s'enquit Lyla, déboussolée par tant de changements.

— Notre venue a certainement déjà été signalée, avancer à couvert dans la forêt me paraît donc plus prudent.

Nous pénétrons alors dans les sous-bois et restons à l'affût du moindre bruit ou mouvement suspect. Avec nos couteaux à la main, nous devons avoir l'air d'égorgeurs. Dorénavant, nous ne pourrons nous défendre qu'en combat de contact, un sacré inconvénient. Contrairement à Haruki, fan de Bruce Lee, ayant acquis toutes les compétences de son idole, ce n'est vraiment pas mon domaine de prédilection…

— Tu crois qu'ils sont déjà là ?

Je sais très bien que Lyla n'a pas la réponse, néanmoins mes pensées concernant nos amis sont confuses. Ne pas savoir où ils sont et dans quelles conditions ils poursuivent l'aventure me pèse.

— Je l'espère, me répond-elle. S'ils sont restés dans le niveau trois, nous ne pourrons jamais aller les rechercher… Enfin, je suis sûre qu'à trois, ils se seront débrouillés comme des chefs… Ils étaient si proches du portail.

— Croisons les doigts. Nous trouverons bien un moyen de rentrer en communication avec eux à un moment donné.

Peu à peu, malgré la semi-obscurité régnant dans la forêt et l'immensité des arbres nous ramenant à notre dimension de petits êtres humains, je me sens de plus en plus à l'aise et apaisé. Nous marchons dans les racines, la mousse, les fougères mais rien ne me paraît hostile. Pas une seconde, mon esprit n'imagine cette végétation filandreuse s'entortiller autour de mes chevilles, le toucher de cette bryacée nous provoquer de l'urticaire ou ses plantes devenir subitement venimeuses et carnivores. Nous traversons parfois quelques clairières dans lesquelles de petits animaux semblent se cacher furtivement à notre venue. Est-ce le chant des oiseaux qui nous rassure et nous endort ? Pas un instant, nous croyons à des bêtes sauvages capables de nous attaquer.

Je me plais à lever les yeux vers la canopée, m'amuser des faisceaux de lumière filtrant à travers les branches. Je savoure ses odeurs de pins, d'herbes et de fleurs m'envahissant les narines, elles me font voyager. Cette promenade à l'orée du bois, par une douce journée ensoleillée, est une première pour moi. La verdure m'avait tant manqué jusqu'alors qu'un sentiment puissant de communion s'empare de moi. Actuellement, même un grand amoureux de la nature ne pourrait me comprendre.

Ma maladie m'a privé de tant de plaisirs…

Je glisse mon couteau sous ma ceinture et je prends la main de Lyla pour profiter au maximum de cet instant magique, loin de tout et surtout loin des problèmes, du sang et de la mort.

— À quoi penses-tu ?

— À la vie que je n'ai pas eue jusque-là, avoué-je avec une certaine nostalgie.

Elle pourrait rire de cela vu mes dix-sept ans, bien au contraire, elle me comprend et serre davantage ma main dans la sienne. Peu enclin à m'étaler sur le sujet de ma vie de reclus, je relance la discussion sur le jeu.

— Et les autres équipes, tu crois qu'elles en sont où ?

— Aucune idée… Nous devions trouver le quartier général de Marylin en premier. Nous y sommes… Gagnants ou perdants ? Toujours pas d'indice à ce sujet.

— À ce propos, nous n'avons jamais eu de traces de ces autres équipes, excepté Courtney bien évidemment. Tant d'interrogations et de trop rares réponses dans Gamers… soupiré-je.

La luminosité s'intensifie au fur et à mesure que nous nous approchons de la bordure de la forêt. Instinctivement, nous ralentissons le pas, pour profiter encore un peu de cette balade bucolique coupée de tout.

— Autre question. Pourquoi n'ai-je pas décroché le bonus plus lors du changement de niveau alors que les comptes ne pouvaient qu'être en ma faveur ?

— Il semble que nous ayons franchi un cap, tout a diamétralement changé et les règles ne sont peut-être plus identiques… rétorque Lyla.

Toutes ces énigmes provoquent la surchauffe de mes neurones et m'exaspèrent. Autant j'adore être confronté aux mystères et je ne me plais à les résoudre, autant ici cette longue phase sans réponse m'énerve et me frustre. J'avoue être mauvais joueur dans ces instants d'incertitude…

Des cris attirent brusquement notre attention. Je brandis à nouveau mon arme blanche et nous accélérons la cadence pour aller au-devant du problème. Notre méfiance ressurgit immédiatement, même dans l'irréalité de ce lieu d'exception. Plus nous percevons ces braillements, plus nous comprenons qu'il s'agit d'amusements. Dans cet univers antagoniste à tout ce que nous avons connu précédemment dans Gamers, nous ne nous étonnons plus de rien.

Durant cette escapade forestière, nous avons longé l'immense hôtel vers l'une de ses extrémités. À la lisière, je perçois l'aile du bâtiment se terminant en balcons et terrasses. Restant bien dissimulés dans la broussaille, nous découvrons avec incrédulité que l'immeuble surplombe de vastes terrains de jeux au cœur de plusieurs hectares de pelouse. Au bord, des gamins jouent au football et s'époumonent à guider le jeu de leurs équipes. Plus loin, des enfants s'affrontent dans une partie de basket endiablée où ils rivalisent de dribles et de tirs à trois points. Entourés de hauts grillages, nous apercevons des cours de tennis et les coups de raquette au service retentissent jusqu'à nous. En prolongement des terrasses, des familles batifolent dans une piscine, un groupe de garçons s'amusant à éclabousser des filles hilares.

Ce panorama suinte le bonheur à l'état pur et l'insouciance festive d'une communauté. Il n'y a rien ici d'exceptionnel pour nous, provenant d'une époque où les loisirs avaient une grande importance dans notre société. Cependant, dans le monde de Gaulon, tout cela détonne, sonne faux, nous alerte, voire suscite notre indignation tellement l'écart est gigantesque avec la misère et la soumission imposées de l'autre côté de la muraille.

En pleine contemplation, nous ne voyons pas le coup venir…

Le ballon de foot rebondit plusieurs fois avant de rouler jusqu'à quelques mètres seulement de notre position.

— J'y vais ! s'écrie un joueur de dix ans à peine.

À sa vue, je réalise que c'est le premier enfant que nous croisons dans la ville. D'ailleurs, il me semble n'avoir vu aucune personne âgée non plus. Tous les habitants nous ayant pourchassés étaient des adultes entre deux âges, visiblement en bonne santé. En capacité de travailler dur, me dis-je amèrement.

Nous optons pour rester figés derrière un arbuste, espérant ne pas être vus. Fuir aurait été plus visible encore.

Le garçon court vers nous et lorsque ses yeux s'habituent à la pénombre du sous-bois, il se fige sur place en constatant notre présence. Je ne sais comment réagir car j'ignore comment, lui, va interpréter notre présence. Ma principale crainte est qu'il hurle et donne l'alerte… Néanmoins, je me vois mal m'en prendre à cet enfant sans défense et le tuer avec ma lame de quinze centimètres… Par réflexe, je la dissimule afin de ne pas trop l'effrayer.

Après une expression d'étonnement, le visage du garçon semble se détendre puis il nous nargue d'un sourire narquois.

— Salut les amoureux ! glousse-t-il.

Il pense nous avoir surpris cachés, en plein baiser et s'en amuse ouvertement. Personnellement, ce point de départ me va parfaitement et signifie l'inoffensivité de l'enfant.

— Salut p'tit gars, répond gentiment Lyla, toujours plus prompt à communiquer avec les enfants.

Elle lui lance un clin d'œil appuyé d'un sourire avant de passer son bras autour de mon cou pour corroborer les pensées de l'intrus. Il ramasse son ballon puis nous dévisage plus précisément. Dans ma tête, le signal passe au rouge. Peut-être cherche-t-il à nous identifier ? Peut-être qu'ici tout le monde se connaît ? En tant qu'étranger, sans doute nous a-t-il déjà repérés…

— Vous êtes nouveaux ici ?

À peine débarqués au Paradis, nous évoluons déjà sur le fil du rasoir. Un jeune garçon nous met déjà en difficulté avec une question suspicieuse…

— Oui, à l'instant, intervins-je, persuadé que ne pas mentir est le meilleur moyen de paraître naturel et spontané.

— Et d'où venez-vous comme ça ? renchérit-il.

Même si son ton se veut amical, sa curiosité m'irrite. Dans d'autres circonstances, je l'aurais sans hésitation envoyé promener à parler ainsi à des inconnus. Cependant, nous ne connaissons pas les us et coutumes de ce peuple et ne pas froisser notre premier interlocuteur me semble être la priorité. Perdu dans mes réflexions, Lyla réagit la première.

— On a traversé la forêt et on s'est égarés.

Elle botte en touche en suivant une stratégie similaire : répondre sans mentir… J'approuve l'enfumage !

— Non… Je veux dire, de quelle cité venez-vous ? insiste-t-il.

Je lui demanderais bien s'il n'est pas de la police mais, ne connaissant pas l'humour local, je me retiens. Soit l'enfant est simplement curieux et avide de découvrir de nouveaux venus, soit il n'est pas dupe et nous avons droit, l'air de rien, à un véritable interrogatoire avec une question piège.

C'est la panique à bord et des gouttes de sueurs froides s'écoulent dans mon dos. Je certifie pourtant sur l'honneur que ce petit rejeton ne m'aura pas. Je fouille ma mémoire et visualise le passeport que j'ai acquis en bonus. Dessus, mon nom, mon prénom, ma date de naissance y sont inscrits. Je continue de scruter les diverses informations et après un léger temps de latence et une hésitation qui – je l'espère – ne lui auront pas paru suspects, je lui annonce simplement :

— Nous venons de Gilead.

Je ne connais absolument rien de cette ville. Ni où elle se trouve, ni à quoi elle ressemble, ni comment on y vit. Si le gamin pose la moindre question à ce sujet, il nous faudra trouver un subterfuge pour écourter la discussion. Si par malheur, il vient de cet endroit, nous sommes fichus…

— Bon sang ! Qu'est-ce que tu fais ? crie un camarade au loin.

Ses amis l'appellent pour reprendre le cours de la partie de football. Ils réclament le ballon perdu et s'impatientent. Il faut parfois pouvoir compter sur la chance pour se sauver de situation périlleuse.

— À bientôt, les amoureux ! s'écrie-t-il en nous oubliant soudainement.

S'il a eu des doutes sur ma réponse, il n'en a rien laissé paraître. Dès lors qu'il est assez éloigné, je souffle bruyamment, d'un coup libéré, soulagé.

— Rassure-moi, demandé-je à Lyla, tu as aussi pu acheter un passeport ?

— Oui, l'idée m'avait paru bonne, heureusement. Je n'aurais pas réussi à lui répondre aussi bien que toi ! Tu nous as sauvés d'un mauvais pas…

— Filons avant qu'il ne revienne !

Après avoir constaté le caractère jovial et amical des lieux et habitants du Paradis, je réfléchis à la suite à mener à notre introduction dans le niveau quatre. Tout en rebroussant chemin, j'explique à Lyla ma théorie.

— Partons de l'hypothèse vraisemblable que nous sommes bien dans une résidence de luxe et misons gros sur le fait que ces gens ne nous veulent pas de mal. Si nous avons pu acquérir des papiers d'identité, je te propose d'aller nous présenter tout simplement à l'accueil en tant que clients lambda. En attente de plus amples renseignements pour réussir notre mission, je ne vois pas d'autres scénarios se profiler.

N'ayant pas d'autres propositions, elle acquiesce, certaine comme moi que nous sommes désormais plus dans un jeu de rôle que de combat. Gamers a évolué ! Ici, adieu les armes, adieu les monstres et ennemis à dézinguer. Il va falloir jouer plus finement avec une stratégie différente, ce qui n'est pas pour me déplaire. Je regrette une nouvelle fois de ne pas avoir les règles en main pour maîtriser pleinement la partie. Cela perdrait de son piquant certainement, mais nous simplifierait grandement la vie…

En appréciant au passage les parfums des nombreuses variétés de fleurs, nous continuons notre marche vers l'entrée de l'hôtel. Une fois l'allée principale rejointe, nous remontons vers le perron de l'immense édifice qui rayonne dans son magnifique écrin de verdure.

À chaque pas, je perds ma confiance en moi. Les actions à mener m'intimident car inévitablement, par mon manque de socialisation, je ne peux être un bon acteur, or, il va falloir jouer sans cesse la comédie, sans connaître aucune ligne du texte. De plus, il s'agit de la première fois dans Gamers où nous sommes obligés d'interagir concrètement avec des personnages du jeu. Jusqu'à présent, on se contentait de les tuer ; finalement, la difficulté était moindre...

Je repense à notre lettre de mission et en frissonne malgré l'agréable température.

— Toi aussi, tu appréhendes ? me demande Lyla, ayant senti mon malaise croissant.

— Le contraire serait inquiétant, non ? souris-je. Soyons prudents et oublions tout excès de zèle.

Une silhouette apparaît derrière l'immense porte-fenêtre. Un homme mince, de grande taille, aux traits sévères, s'avance sur la dernière marche. Il nous attend. Nous ne pouvons plus reculer.

4.2

Luxuriance

Costume noir, chemise blanche, cravate sobre, chaussures cirées, rasé de près, peigné impeccablement, ce majordome est à l'image de la société qu'il représente. Il a la classe.

— Madame, monsieur, soyez les bienvenus au Paradis, nous accueille-t-il avant de nous inviter à entrer dans le hall.

La gorge serrée, nous nous laissons guider à l'intérieur. Malgré le stress, nous sommes éblouis par tant de beauté. Le marbre du sol, le bois vernis des meubles, le cristal des lustres rivalisent de brillance pour nous en mettre plein la vue. Les moulures des murs, les sculptures et tableaux décoratifs, les tissus des divans et tapis, donnent du charme, de la chaleur et oscillent entre tradition et originalité.

Nous nous glissons définitivement dans la peau de clients prestigieux et ne marquons pas trop notre ébahissement pour caractériser notre milieu social forcément aisé pour pénétrer dans ces lieux. En avançant vers le comptoir du maître d'hôtel, je vois immédiatement dans son regard que notre accoutrement n'est pas au niveau exigé par l'établissement. En effet, nos tenues d'aventuriers ayant affronté déjà mille horreurs ne correspondent nullement aux standards luxueux…

— Bonjour monsieur, madame. Avez-vous eu des problèmes de locomotion ? s'enquit directement le maître d'hôtel.

Son expression navigue entre deux eaux, entre suspicion et réelle inquiétude. Décidément, il va falloir s'habituer à la méfiance de tous les locaux et à leurs questions directes… En même temps, impossible de lui reprocher son interrogation, nous ne sommes effectivement pas censés arriver d'aussi loin à pied… Quand on occupe un rang élevé dans la société, on se fait conduire ou transporter et ce, depuis des siècles et des siècles.

Je tente de prendre les choses en main en gardant à nouveau l'optique de coller au plus proche de la réalité, tout en l'arrangeant au gré des questions. Improviser en continu sera plus aisé à partir d'une histoire déjà existante plutôt qu'inventer un parcours de toute pièce. Je choisis directement un ton distant et froid, en accord avec mes propos, afin de marquer une certaine distanciation sociale avec ce simple serviteur.

— Peut-être n'êtes-vous pas au courant ? L'armée s'est déployée en ville et nous n'avons pu circuler librement.

Le reproche est clair. À peine arrivé d'une autre cité, je montre mon mécontentement. Je ne sais pas si affirmer ce sentiment peut m'être reproché vis-à-vis de Marylin, le gouverneur de Gaulon, mais cela me paraît pertinent pour expliquer notre apparence de nomades.

— Oh, j'en suis vraiment désolé, s'aplatit-il. Dois-je envoyer quelqu'un pour rapatrier vos valises ?

— Je pense que vous n'avez pas saisi la gravité de notre situation, renchéris-je, glacial. Nous avons été attaqués par des sauvages, avons été dépouillés, agressés avant de parvenir miraculeusement jusqu'ici.

Mon récit catastrophique marque son effet. Le maître d'hôtel se décompose et ne sait comment nous réconforter. J'en profite pour enfoncer le clou, mener la discussion et dominer mon interlocuteur en le mettant plus mal à l'aise que moi.

— Nous qui pensions Gaulon être une cité sûre et exemplaire, nous ne sommes pas près d'oublier ce voyage.

Lyla se colle à moi et me prend la main pour signifier sa terreur encore présente et son besoin d'être réconfortée.

— Vous m'en voyez sincèrement affecté… Je vais mettre tout en œuvre pour que vous disposiez tout de suite d'une vaste garde-robe et de tout ce dont vous pourriez avoir besoin pour passer un agréable séjour en notre compagnie. Vous n'hésiterez pas à me contacter directement au moindre problème, je répondrai à votre requête le plus rapidement possible.

Ce type que je ne connais pas est déjà à mes pieds. Je retiens bien sûr sa proposition. Même s'il n'y est absolument pour rien dans notre cauchemar fantasmé, sa fonction l'oblige à assouvir tous nos souhaits.

— En effet, nous avons bien l'intention d'obtenir réparation, soyez-en certain, insisté-je.

— Toutes nos plus plates excuses pour ces désagréments, conclut-il avant de pianoter sur son clavier d'ordinateur. Aviez-vous effectué une réservation ?

Avec une nouvelle question, l'homme reprend l'avantage. Néanmoins, il m'est difficile de les éviter toutes. Je me résous à m'abstenir de mentir et à rester proche de la vérité…

— Non, le voyage s'est organisé à la dernière minute, dans la précipitation.

Cela ne semble pas du tout le contrarier. Il clique sur sa souris puis me demande avec une certaine anxiété si nous disposons toujours de nos passeports. Je me doutais qu'ils seraient indispensables à un moment donné. Il m'était impensable que dans une ville autant surveillée puis dans un sanctuaire aussi protégé, nous puissions circuler à notre guise sans papiers officiels.

Nous fouillons chacun dans notre sac à dos pour en ressortir nos bonus. Je comprends alors que nos bagages ne correspondent aucunement à la ligne de notre récit, par chance, il ne semble pas y prêter attention.

— Fort heureusement, nous les avions sur nous, lui répondis-je en lui tendant nos sésames par-dessus le comptoir.

Son visage se détend. Assurément, il aurait été encore plus gêné que nous si nos ravisseurs nous avaient aussi volé nos passeports. Il les scanne avant de lire les informations affichées à l'écran. Je croise les doigts et Lyla exerce une pression sur mon bras pour me signifier son inquiétude. Nous espérons que ce qu'il lit lui convient…

Les secondes s'égrènent lentement et le suspense nous prend à la gorge en attendant le verdict. À quelles informations a-t-il accès ? A-t-il déclenché une alarme silencieuse et temporise-t-il à traiter les données en attendant l'intervention des forces de l'ordre ? Tous les cas de figures les plus dramatiques défilent dans mon esprit, si bien que je peine à rester calme et naturel.

— Désolé madame Blondinette, monsieur Moon. J'ai pris le temps de vous trouver la plus belle suite du palace disponible afin de compenser votre mésaventure. Bien évidemment le supplément par rapport à une location standard est pris en charge par la maison.

J'acquiesce de la tête en silence, sans en faire trop. Paraît-il que le client est roi. Ici, cela ne semble pas être qu'une simple formule. Des renseignements nous concernant l'ont peut-être poussé à effectuer ce geste commercial. Connaître notre curriculum vitae serait un avantage, il nous faudra trouver le moyen de lire le contenu numérique de nos passeports.

Comme tout se passe bien, Lyla tente un coup de poker que je n'avais pas anticipé :

— Des amis de Gilead devaient aussi arriver dans la journée. Avec les troubles en ville, je m'inquiète. Savez-vous s'ils se sont déjà présentés ?

C'est un joli coup, équivalent à un beau carré d'as. Vu la taille de l'hôtel et la difficulté que sera de retrouver nos amis, j'applaudis la tentative de Lyla. Le maître d'hôtel grimace légèrement, ce n'est pas bon signe, puis il travaille sur son écran ultra plat, aussi fin qu'une feuille, de la même génération que ceux vus dans le tunnel.

— Malheureusement non, je n'ai aucune arrivée enregistrée aujourd'hui. Je peux par contre leur laisser un message de votre part dès qu'ils se manifesteront, si vous le souhaitez.

Lyla acquiesce poliment sans insister davantage afin de ne pas focaliser l'attention. Notre déception est grande car leur absence n'est pas de bon augure, mais dès qu'ils referont surface ici, nous en serons prévenus.

— Quelle sera la durée de votre séjour ?

— Une semaine, répondis-je sans réfléchir, perdu dans mes pensées avec Louisa, Courtney et Haruki.

— Très bien. Veuillez valider le paiement s'il vous plaît.

Après ses paroles, je me tétanise, me rendant compte que je ne sais comment faire… Je ne possède ni argent liquide, ni chèque, ni carte bancaire, ni téléphone. Je ne connais même pas la monnaie locale utilisée. J'ai bien peur de griller notre couverture à cause de ce problème d'argent. Au moment où le maître d'hôtel se retourne pour chercher nos badges dans son armoire, Lyla me donne un coup de coude et désigne une petite boule grise au-dessus de l'écran de l'ordinateur. Comme l'objet inconnu est à hauteur de mes yeux, j'en déduis qu'il s'agit d'un lecteur optique d'iris, déjà vu dans des reportages sur la sécurité biométrique. Je m'avance et approche mon œil droit. Un faisceau laser rouge balaie mon iris. Merci Lyla.

Je croise néanmoins les doigts pour que tout fonctionne. A-t-on réellement un compte en banque à notre nom dans cette dimension de l'univers ? L'homme se retourne avec deux petits boitiers noirs et le numéro de notre chambre gravé dessus.

— Suite 872, vous y serez très bien installés. La vue sur le parc floral est splendide, je vous assure.

Lorsqu'il appuie sur un petit bouton incrusté dans le comptoir, mon cœur s'arrête un instant et ma main se porte automatiquement à mon couteau caché sous mon tee-shirt. L'arrivée d'un simple groom me rassure. Il ne doit pas être beaucoup plus vieux que nous mais à force de porter les valises des clients ou de tirer les chariots, il a la musculature d'un adulte.

— Mike va vous accompagner à votre appartement. Il sera votre serviteur attitré durant toute la durée de votre séjour. N'hésitez pas un instant à le joindre, vos désirs sont des ordres au Paradis. Avant de vous laisser profiter de l'hôtel, permettez-moi de vous inviter à la réception donnée par le gouverneur Marylin ce soir dans la grande salle.

Nous sourions et nous inclinons légèrement pour valider cette belle proposition. Hors de question de refuser de rencontrer notre ennemi. Pour nous en prendre à l'homme fort de la cité, il vaut mieux apprendre à le connaître au préalable, comme tout adversaire.

— Si vous voulez bien me suivre.

Mike nous escorte jusqu'au fond du hall où s'alignent des portes d'ascenseur, au moins une dizaine. Tout ce que nous voyons en approchant est grandiose. Définitivement, tous les superlatifs ne suffisent pas à décrire cet hôtel.

Une fois les portes de la cabine refermées, Lyla s'adresse directement à notre « serviteur », sans aucun préambule, ce qui prend le jeune homme au dépourvu.

— Comment allez-vous, Mike ?

Peut-être ne s'attendait-il pas à une question personnelle, lui qui doit être habitué à ne recevoir que des ordres d'une clientèle pédante voire infâme. Il se râcle la gorge avant de répondre d'un ton professionnel.

— Très bien madame, je suis heureux de faire votre connaissance et de vous servir.

Le formatage du discours nous paraît évident. Cependant Lyla ne perd pas un instant, elle désire atteindre son but rapidement, même si je n'ai pas encore deviné ce qu'elle a en tête exactement.

— Vous aimez travailler ici, Mike ? Vous êtes bien traité en tant qu'employé ?

L'inquiétude se lit sur le visage du groom. Il semble vouloir se faire tout petit. À son expression, nous comprenons beaucoup de choses. Jamais aucun client ne s'est intéressé à son sort. Il n'a plutôt pas intérêt à dénigrer ses patrons, son gouvernement ou ses conditions de travail. Son statut n'est sans doute pas le plus à plaindre comparé à celui des travailleurs fantomatiques croisés en ville ce matin, en chemin pour l'usine.

Lorsque je vois ses yeux balayer instinctivement la cabine de l'ascenseur, je réalise que nous sommes filmés ou sur écoute. Lui, comme nous, devons nous protéger en n'ayant aucun propos diffamatoire envers l'ordre établi.

— Oui, madame. C'est un immense honneur de participer à l'effort de la nation en travaillant pour le Paradis, pour le bien de Gaulon, pour la gloire de Marylin.

Lyla comprend tout aussi bien que moi que la conversation ne peut mener nulle part. Mike, même s'il désirait nous dévoiler l'envers du décor, est parfaitement muselé. La fibre sociale et la soif de justice de la jeune fille rejaillissent à la moindre occasion. Elle aime défendre les causes nobles et les plus faibles.

Elle fronce les sourcils à mon intention pour manifester sa déception, puis ajoute pour faire bonne figure et valider notre partition de voyageurs pacifiques :

— C'est un réel plaisir de découvrir ces lieux, nous en rêvions depuis si longtemps…

Cette déclaration satisfera ceux qui nous écoutent. Personne ne pipe un mot avant que nous ne soyons libérés dans le couloir du huitième étage. L'endroit, malgré sa longueur, ressemble à un véritable cocon avec sa moquette épaisse étouffant tout bruit et sa décoration claire et épurée composée de couleurs pastelles. À nouveau, des dizaines de portes se succèdent dans cette aile du bâtiment sans qu'on ne décèle la moindre présence. Comment ne pas être zen ?

Mike nous guide jusqu'à la porte 872 puis passe son badge devant la serrure qui se déverrouille. À son invitation, nous découvrons une somptueuse suite. Je ne pensais pas un jour profiter d'un tel luxe, tellement habitué aux quelques mètres carrés de ma chambre de confiné. Un magnifique bouquet de roses orne la table du salon. Un seau à champagne nous encourage à nous enivrer de plaisir.

— Comme promis, les placards de votre chambre ont été remplis de tenues, de tout style, adaptées à vos tailles et morphologies. Servez-vous à votre convenance.

Même si je ne suis d'ordinaire pas sensible à tous ses apparats, je ne peux que m'incliner face à la qualité et la rapidité du service. Je suppose que nos mensurations étaient enregistrées dans nos passeports ou alors nous avons été scannés en franchissant le seuil du hall. Tout cela est incroyable, mais là encore, je redoute le dur retour à la réalité. Gamers n'est et ne sera jamais une partie de plaisir…

— Très bien, dis-je sobrement.

— Souhaitez-vous prendre une coupe de champagne en notre compagnie, mon cher Mike ? le relance Lyla.

Nous savons tous deux qu'il ne peut accepter une telle demande. Néanmoins, nous analysons toutes ses réactions réflexes et ses coups d'œil, comme dans l'ascenseur. Il s'attarde une fraction de seconde de trop sur l'écran de la télévision et sur un cadre accroché au mur de l'autre côté de la pièce. Nous a-t-il désigné consciemment la position des systèmes de surveillance ou est-ce simplement dû au stress causé par les questions inhabituelles de Lyla ?

— Vous êtes bien aimable, madame. Je me vois cependant dans l'obligation de décliner votre invitation, j'ai fort à faire pour satisfaire tous nos clients. N'hésitez pas à me joindre via la réception si besoin.

Sans tarder, il s'éclipse, mal à l'aise. Assurément nous sommes filmés, nous nous obligeons donc à poursuivre la comédie.

— Allons admirer la vue, ma chérie, lancé-je gaiement en sortant sur le grand balcon où nous pourrons déjeuner à table ou nous reposer dans des transats.

Le panorama tient ses promesses et est resplendissant. Un jardin à la française aux mille couleurs et mille senteurs s'étale devant nous. Tout y est parfaitement orchestré, organisé en allées, îlots et formes géométriques variées, dans un souci extrême de symétrie et d'harmonie.

— J'ai peine à y croire tellement c'est magnifique, murmure Lyla.

Elle ne ment pas pour donner le change. J'ai le même sentiment d'euphorie.

Oubliant un instant le contexte de notre venue ici, nous nous laissons porter par la magie des lieux, désormais le cœur et l'âme légers après tant d'épreuves. Nous allons à la découverte du reste de la suite : une salle de bains avec douche à jets et baignoire hydromassante.

— J'ai tellement envie d'un bon bain après toute cette… commence-t-elle avant de se reprendre… mésaventure tout à l'heure. J'espère que ces voyous seront sévèrement punis.

Nous allons devoir vite trouver des stratagèmes pour pouvoir communiquer librement.

Lyla file dans la chambre au lit surdimensionné. Elle se jette directement sur le matelas au milieu des oreillers et rit de plaisir. Ce confort extrême, ces draps soyeux, cette couette moelleuse, tout n'est que récompense après tant de labeurs. Pourquoi la refuser après tout ce que nous avons traversé ? Je bondis à mon tour dans le lit et me roule dans cette douceur.

Nous nous détendons en silence l'un à côté de l'autre, évacuant notre stress, notre fatigue et profitons simplement de l'instant. Le changement a été si brutal en l'espace d'une heure que je n'en reviens toujours pas. J'essaie de ne penser à rien mais d'horribles images défilent dans ma tête.

Soudain, une musique sourde retentit dans ce silence apaisant alors que je m'assoupissais inconsciemment. Je ne réalise pas immédiatement sa provenance néanmoins la réaction de Lyla est vive et surprenante. Elle bondit du lit et court dans le salon. Un peu perdu, je la suis. Elle se met à fouiller son sac à dos et en sort son téléphone portable.

J'avais fini par oublier sa présence même si Lyla a régulièrement immortalisé notre parcours en quelques clichés. Je pensais qu'il ne disposait dorénavant plus de batterie mais elle a visiblement pris le temps de le recharger cette nuit à l'appartement. Qu'il sonne ici, maintenant, après des jours de silence, est incroyable.

Lyla fixe l'écran, aussi excitée que terrifiée.

— Appel inconnu, lit-elle avant de décrocher.

Le temps se suspend. Je colle mon oreille à la sienne pour entendre qui tente de la joindre. Nous pensions pourtant cela impossible…

— Allô ? réussit-elle à articuler, le souffle court.

4.3

L'avertissement

Keraudren et sa bande de potes attendaient l'événement depuis plusieurs semaines. Leur vie de trublions de quartier et de gamers était rythmée par les grosses sorties de jeux vidéo. Le remake tant attendu de Final Fantasy VII faisait évidemment partie des incontournables à se procurer, si bien que le jour J enfin arrivé, toute la troupe était au rendez-vous à l'ouverture du GameStore, l'une des boutiques phares de la ville en vidéogame.

D'ordinaire, Keraudren n'achetait pas ses jeux vidéo. Il refusait de dépenser son argent quand il pouvait procéder autrement, comme les emprunter à des amis ou les pirater sur le net tout simplement. Sauf que la sortie de FF VII avait été tant protégée qu'aucune version hackée ne circulait encore sur la toile.

Ils n'étaient pas les seuls à avoir marqué leur calendrier d'une croix rouge car la devanture de la boutique se perdait derrière un attroupement impatient. Lorsqu'ils purent tous s'engouffrer dans la caverne d'Ali Baba, Keraudren trouva instantanément son sésame en tête de gondole. En voyant le prix affiché, il ne put retenir un juron…

— C'est une blague ! Qui achète un jeu à ce prix-là, sérieux ?

Pourtant, les premiers clients s'arrachaient les boîtes sans se soucier de ce détail, s'extasiant devant l'objet de leur convoitise, rêvant déjà des dizaines d'heures qu'ils allaient passer à jouer.

Même si Keraudren avait les poches pleines de billets, il était inenvisageable de payer une telle somme, question de principe ! Cependant, il était tout aussi impensable de ressortir de la boutique sans Final Fantasy.

— Il va falloir courir vite les gars... affirma-t-il en constatant vainement que le cadenas plastique entourant la boîte résistait à toutes ses tentatives.

Quitte à s'engager dans la voie du méfait, autant se faire plaisir, sourit-il intérieurement avant d'annoncer la couleur à son équipe.

— Prenez ce que vous voulez, c'est open bar !

Les mains des dix gars de la bande se remplirent au gré des envies et pulsions. Certains de ses camarades, moins pros que les autres, éprouvaient du mal à contenir leur excitation. Quelques rapides coups d'œil aux deux vendeurs derrière leur caisse assurèrent au Boss qu'ils étaient bien trop accaparés par la file de clients pour s'intéresser à eux.

Raisonnable, Keraudren profita de l'instant pour sonner le rappel de ses troupes, préférant ne pas tenter le diable alors que les feux étaient au vert. Quand la bande de potes s'avança vers la sortie, il croisa le regard du plus vieux des vendeurs avec sa casquette X-box. Il sut instantanément qu'ils étaient grillés, leur manque de discrétion était une marque de fabrique du clan très difficile à gommer...

— Go ! cria-t-il pour tous les avertir que l'urgence prenait le pas sur la précaution.

Dans la demi-seconde suivante, l'alarme du magasin retentit et le rideau de fer de l'entrée commença à s'abaisser. Keraudren franchit le seuil le premier déclenchant cette fois la sonnerie stridente des portiques de sécurité. Plusieurs de ses camarades le suivirent dans des cris de joie pour extérioriser leur coup de stress. Tous purent s'enfuir, sauf un…

—Eh, les copains ! Venez m'aider !

La voix de Billy, alias Barbe noire, reflétait son état de panique. La brebis galeuse de la bande, engraissée d'une centaine de kilos, était restée coincée sous le rideau qui lui écrasait douloureusement les cuisses.

Dans la troupe de Kerau, ils n'abandonnent jamais l'un des leurs. C'est donc sans aucune hésitation que le Boss et ses amis larguèrent leurs colis et rebroussèrent chemin vers Barbe noire en triste posture. Malgré la foule alertée par le vacarme de l'alarme et les cris des clients et passants, ils ne virent que leur ami dans la panade, la promesse de son arrestation et les ennuis à venir s'ils ne le sortaient pas de ce guêpier… À l'intérieur, le patron téléphonait à la police et son vendeur, un jeune gringalet à lunettes, s'accrochait éperdument à la jambe de Billy pour l'empêcher de fuir.

La tribu de Keraudren se répartit les tâches. Certains soulevèrent le rideau d'une tonne, tandis que d'autres s'évertuaient à tirer le balourd vers l'extérieur. Avec leur dégaine bonnet-sweat à capuche, personne n'osa intervenir face aux dix adolescents déterminés. Le nombre et la cohésion de l'équipe firent le poids et permirent à Barbe noire de se dégager. Il se libéra du vendeur que seuls plusieurs coups de pied en pleine mâchoire réussirent à faire lâcher prise.

Déjà à bout de souffle en se relevant, Billy peina à suivre le rythme de ses copains. Cependant jusqu'au bout, les autres l'attendirent dans leur fuite à chaque coin de rue. En arrivant dans leur local habituel, tous riaient après ce pic d'adrénaline. Certes, ils avaient perdu leur butin et rentraient bredouille mais ils étaient tous là avec une putain d'anecdote qui resterait longtemps dans les annales !

Une vieille grange leur servait de repaire, surtout lors des saisons froides. À l'abri et au chaud, ils y passaient beaucoup de temps, à jouer à la console, à mâter des films, à boire et fumer et à inviter des filles peu farouches. Le bâtiment construit de planches et de tôles se situait au fond du jardin du numéro deux du groupe, Kévin, un bras droit de confiance pour Keraudren. Ensemble, ils avaient aménagé l'endroit avec des meubles récupérés en déchetterie ou chez les vieux des uns et des autres, et l'avaient décoré de posters de groupes de rap, de films et de jeux vidéo, bien évidemment.

— Boss… Désolé… Et merci, s'inclina Billy tout penaud d'avoir été à nouveau le maillon faible dans cette mésaventure.

Keraudren fit bonne figure avec une tape sur l'épaule de l'obèse mais il était déjà clair pour lui que Barbe Noire paierait d'une façon ou d'une autre leur déconvenue. Déjà officiellement tête de turc au sein de la tribu, il subirait encore longtemps les affres et mauvaises plaisanteries de ses copains.

Cependant, malgré cette évidence, Billy afficha soudainement un large sourire.

— J'ai réussi à sauver ça, déclara-t-il avec fierté, en sortant le jeu tant convoité de sous son tee-shirt.

L'acclamation fut totale et tout le monde cria à la victoire.

— Tournée générale ! annonça le Boss, le poing levé, en leader incontesté.

Une première salve de bières fraîches s'écoula rapidement. Avec une grosse pince, Keraudren coupa le cadenas enfermant le jeu vidéo et put déclarer haut et fort que la partie pouvait commencer. Quand il alluma la PS4 et la télévision toute neuve, payées avec l'argent volé dans les poches de petits vieux, tout alla très vite... Personne n'eut le temps de réagir, chacun étant bien trop occupé à vider sa seconde canette et à baver sur les premières images du jeu apparaissant à l'écran.

La porte de la grange fut défoncée et une bande de motards costauds, crânes rasés et bras tatoués jusqu'aux phalanges fit irruption, envahissant le repaire. Chaque intrus s'intéressa à un des ados et leurs carrures, physique néonazi, batte de base-ball, poing américain et flingues figèrent les dix amis sur place.

Les potes de Keraudren n'étaient pas des petits rigolos et savaient cogner fort quand il fallait se faire respecter. Là, dans ces circonstances, ils faisaient pourtant pâle figure face aux brutes menaçantes.

Tandis que certains bulldogs tenaient en respect Keraudren et ses copains, d'autres commencèrent à tout démolir tout à coup de barres de fer et de chaînes. Aucun d'eux ne parlait dans ce face-à-face. La froide détermination s'opposait à la stupéfaction et la peur. La peur, il fallait bien l'avouer.

Le saccage dura quelques minutes puis le chef des motards entra en scène. Encore plus grand, encore plus couvert de tatouages, encore plus criblé de piercings, il tenait deux bidons à bout de bras. Tranquillement, devant toute l'assemblée silencieuse et médusée, il commença à vider le premier en se déplaçant dans la grange. Il sifflotait tandis que les vapeurs d'essence saturaient l'espace.

Keraudren trouva en lui le courage d'intervenir. L'humiliation avait assez duré et le niveau d'intimidation indiquait que la situation allait totalement déraper, il n'avait plus rien à perdre.

— C'est quoi votre délire ? Qui êtes-vous, putain ?

Le colosse le gardant lui balança un coup de poing si puissant que Keraudren valdingua au sol, le souffle coupé, l'estomac explosé. Des étoiles plein la tête, il sentit que l'autre enfoiré lui versait de l'essence sur le visage. Lucide, il en conclut que ces gars étaient complètement barges et que ses potes et lui étaient à leur merci... En nombre inférieur, sans arme et diablement moins costauds, ils ne pourraient se soulever contre eux et redoutaient l'issue de ce cauchemar.

Keraudren attendit que l'autre ait fini de l'arroser pour se redresser comme il put, le corps plié en deux par la douleur. Le monstre se planta devant lui, de toute sa stature.

— Je suppose que c'est toi le chef de cette bande de merdeux ?

Ne lui restant plus que son honneur, Keraudren parvint à se redresser et à lui faire face. Il s'essuya d'un revers de main l'essence qui lui coulait dans les yeux.

— Qu'est-ce que tu veux, toi et tes pom-pom-girls ? parvint-il à cracher de haine.

Un second coup de poing lui broya les côtes et causa des ravages que Keraudren ne serait pas prêt à oublier. Il tomba à genoux et la brute derrière lui le maintint ainsi pour qu'il continue à regarder le patron, le vrai patron...

— Le maire Bushman ne veut plus jamais entendre parler de vous jusqu'aux prochaines élections. Il veut une ville tranquille où il fait bon vivre pour tout le monde, donc les petits morveux dans votre genre n'ont plus leur place ici. Disparaissez de la circulation ou la prochaine fois que nous viendrons vous rendre visite, nous vous réduirons en tant de miettes que ni vos vieux,

ni les médecins n'arriveront à reconstituer le puzzle. Compris ?

Devant cet avertissement et face à la situation désespérée, Keraudren se résolut à acquiescer.

Sans aucune crainte de riposte, toutes les brutes plièrent bagages et vidèrent les lieux. Lorsque les moteurs de motos vrombirent au loin, personne n'avait encore bougé d'un centimètre dans la grange. Ce ne fut que lorsqu'un cocktail molotov éclata en une énorme boule de feu au cœur de la pièce que tous réagirent et prirent leurs jambes à leur cou pour s'échapper des flammes.

4.4

L'appel

Cette sonnerie de téléphone est une surprise totale alors mon cerveau gamberge afin d'essayer de comprendre qui souhaite nous joindre. Aussi incroyable que cela puisse paraître, dans un premier temps, j'imagine entendre les parents de Lyla ou l'un de ses amis. Tous doivent être terriblement inquiets depuis sa disparition. Tous ont dû tenter de lui téléphoner sans pour autant parvenir à leur fin.

Mais ne sommes-nous pas morts depuis l'impact de foudre ? Gamers nous a dévoilé les images de nos propres dépouilles extraites des décombres du Festival Gaming… Cela ne peut donc pas être des proches de notre ancienne vie, c'est inconcevable… Et pourtant, étrangement je m'accroche à cette idée qu'il est toujours possible de joindre nos familles, dans notre monde qui – même s'il est loin de la perfection – reste bien meilleur que celui dans lequel nous évoluons désormais…

Jusqu'à présent, Lyla n'avait jamais pu détecter le moindre réseau de communication. Nous n'avons vu aucune trace d'un téléphone ou d'un appareil assimilé, à croire que ces bijoux technologiques ont été bannis de cette civilisation. À partir de là, comment pouvait-on encore espérer que le smartphone de Lyla puisse fonctionner ? Pourtant, malgré nos convictions, il a bel et bien sonné et mon amie a décroché…

Le temps s'arrête. Quelqu'un va lui répondre…

Je m'attends à des grésillements dans l'écouteur, à une voix lointaine, à des paroles hachées, parce que pour moi, tout cela relève de l'impossible, de la science-fiction.

Une respiration prouve qu'il y a bien quelqu'un à l'autre bout du fil.

Des premières syllabes hésitantes, puis une exclamation sous forme de libération.

La qualité de la communication est parfaite. Sûr que notre interlocuteur ne provient pas du passé, d'un monde parallèle ou je ne sais quoi…

— Alors, c'est vrai… Vous êtes enfin arrivés !

D'après ces propos pertinents, j'en conclus que cet appel ne constitue pas une erreur. J'identifie sans conteste une voix masculine et je pense forcément à Haruki ou Keraudren, les deux seuls garçons nous connaissant. Cependant, j'élimine vite ces éventualités car je ne reconnais pas leurs timbres et de toute manière, jamais ils n'ont été en possession du numéro de téléphone de Lyla.

— Se connaît-on ? s'enquit Lyla, en quête de réponse.

— C'est un miracle ! Je n'en reviens pas ! s'enthousiasme l'homme sans toutefois effacer une certaine tristesse dans son intonation.

—Qui êtes-vous ? insiste-t-elle.

Toute sa gestuelle me prouve sa frustration de ne pouvoir mettre un visage ou un nom sur ce nouvel ami. Je ne pense pas me tromper en considérant cet homme en tant qu'« ami », car, certes il s'étonne de nous savoir ici, pourtant il semble en être ravi.

— Je ne peux rien te dire maintenant, ma chère Lyla, mais nous nous verrons très bientôt, je t'en fais la promesse.

La communication se coupe.

— Allô ! Allô !

Elle vérifie l'écran qui annonce la fin de l'appel. Comme le numéro appelant est inconnu, nous ne pourrons pas le recontacter de nous-même.

Ma chère Lyla. Cette personne semble connaître particulièrement mon amie pour s'adresser ainsi à elle. Comment est-ce possible ? Est-ce simplement un mauvais tour du jeu pour nous faire tourner bourrique ? Que pouvons-nous espérer de cette relation ?

Vous êtes enfin arrivés. Non seulement, cet individu connaît l'identité et la localisation de Lyla, mais il sait comment la joindre alors que nous venons à peine de débarquer dans l'hôtel. Nous n'avons croisé que quatre personnes depuis notre entrée au Paradis et ne nous connaissions aucune d'elles avant.

Qui est ce mystérieux correspondant ? Quel rôle joue-t-il dans notre aventure ?

Il faut absolument que nous nous concertions, je brûle d'en débattre avec Lyla, malheureusement c'est impensable d'évoquer cela sous l'œil des caméras ou l'oreille des micros dissimulés dans notre suite…

— Et si on se faisait couler un bon bain ? propose joyeusement Lyla qui file dans la salle de bains sans attendre de confirmation.

Elle actionne le robinet d'eau chaude et celle-ci se déverse dans la baignoire en claquant contre l'émail et en éclaboussant à la ronde. Ces bruits vont couvrir nos paroles certes mais si nous sommes filmés, nous paraîtrons suspects à comploter ainsi.

— Avec plein de mousse, mon chéri ? ajoute-t-elle pour feindre la réalité de notre couple.

Elle vide littéralement un bocal de perles de bain dans l'eau. L'effervescence gagne et les bulles fleurissent par millions. Nos regards se croisent, incertains, lorsqu'elle s'apprête à enlever son débardeur. J'en déduis qu'heureusement, comme moi, elle n'a pas envie de franchir de suite l'étape de la nudité dans notre amour naissant. Je comprends le message et m'éclipse le temps qu'elle se perde sous les nuages de mousse.

En patientant dans la chambre voisine, les lacunes de ma vie défilent dans mon esprit et me plongent dans un monde de regrets. Jamais je n'ai eu de petite amie. Jamais je n'ai vu de femmes nues. Jamais je n'ai eu de contacts physiques avec quiconque. Des absences qui me mettent dans l'embarras au fur et à mesure que les sentiments entre Lyla et moi s'intensifient.

Ayant toujours eu l'habitude d'être couvert de la tête aux pieds, mon rapport au corps reste compliqué. Je me déshabille et jette mes vêtements sales dans un coin de la chambre. J'attends de longues secondes, le cœur battant, puis je toque à la porte de la salle de bains. L'eau du robinet coule encore et de la mousse déborde de chaque côté de la vaste baignoire, dissimulant le corps de Lyla. Seul sa tête dépasse. Elle a les yeux fermés et respecte ma pudicité. Elle a les traits du visage détendus et profite de ces instants de relaxation.

Maladroitement, je me dépêche de grimper dans le bain, de peur d'être surpris dans le plus simple appareil. Je m'allonge à ses côtés et savoure la chaleur de l'eau, les odeurs de fruits rouges, la douceur de la peau de mon amie que je frôle en m'installant. Un plaisir immense m'envahit. Avec l'écoulement lancinant de l'eau et les jets hydromassants qui me dénouent les muscles de tout le corps, je pourrais m'assoupir ici en quelques secondes.

— Sur l'échelle du bonheur, de un à dix, tu te trouves sur quelle marche à cet instant précis ? murmure-t-elle.

Je ne sais pas ce qui me prend à ce moment-là mais les mots sortent seuls de ma bouche tellement je suis transporté dans un cocon savoureux.

— Avec toi à mes côtés, l'échelle n'est pas assez grande.

Sous l'eau, elle glisse sa main dans la mienne. Nous vivons un véritable rêve, cependant la réalité du jeu ne quitte plus mon esprit et je redoute le revers de la médaille. À voix basse, nous échangeons nos opinions sur l'appel reçu. Elle me murmure avoir essayé de joindre à l'instant plusieurs personnes de son répertoire, en vain, malgré la présence de réseau.

— Même si ces numéros existent encore, ce qui m'étonnerait, je pense que les différents dômes d'énergie empêchent toutes communications avec l'extérieur. Le réseau ne doit donc être valable qu'au sein du Paradis. Cela signifie peut-être que notre nouvel ami est à proximité.

Puis nous évoquons notre avancée dans le jeu. Comment allons-nous retrouver nos amis ? Cette possibilité existe-t-elle ? De quelle manière pourrons-nous combattre Marylin ? Quelles sont nos chances de parvenir au niveau supérieur sans être éliminés de la partie ? Tant d'interrogations soulevées et si peu de réponses, si peu d'espoir…

— J'espère que Louisa ne s'est pas retrouvée seule… souffle-t-elle en imaginant où pourrait se trouver sa sœur d'adoption.

— Nous allons rapidement partir à sa recherche. Il nous faut avancer pas à pas et comprendre ce que le niveau quatre attend de nous.

Je ne verbalise surtout pas mes pensées les plus pessimistes, celles qui me terrorisent. Nos amis sont peut-être morts à cette heure-ci. À minima, sont-ils soumis à un grave danger tandis que nous profitons avidement du luxe de cet hôtel, à nous vautrer dans ce confort superficiel. Ne sommes-nous pas en train de nous faire avoir ? En agissant ainsi, ne vendons-nous pas notre âme au diable ?

— Je commence à bien te connaître Hugo. Je sais que tu culpabilises actuellement. Nous avons mérité ce court repos. Et de toute façon, je ne me fais aucune illusion… Vu ce qui nous attend, ne soyons pas trop pressés…

Le réalisme de son discours prend tout son sens avec le message que nous avons tous les deux eu sur notre ordre de mission en entrant dans ce niveau du jeu. Il était très clair.

Lyla se penche vers moi et je me noie dans ses yeux bleus. Elle est craquante avec ses cheveux mouillés et ses mèches qui s'égouttent le long de son visage. Conscients de peut-être vivre là nos dernières secondes de bonheur, il nous faut les préserver et profiter avant de repartir au front avec l'éventualité de ne pas en revenir. Elle m'embrasse.

À cet instant-là, je sais que nous avons la même échéance à l'esprit. Elle était écrite blanc sur noir à l'écran. Je visualise parfaitement ces quelques mots qui me hanteront jusqu'à mon ultime souffle.

« Tu devras mourir. »

Nous devrons mourir, nous a-t-on déjà prévenus…

4.5

Prisonniers

Après une heure de pleine détente à se ramollir dans l'eau chaude du bain, notre peau a retrouvé sa couleur naturelle et un doux parfum s'émane de nous. Une parenthèse dans le temps fort nécessaire pour reprendre des forces et se sentir revigorés, prêts à repartir à l'attaque. Ces instants exceptionnels ont aussi continué à souder mes liens avec Lyla, à décupler nos sentiments. Notre duo indéfectible constitue désormais notre principal atout.

Dans les placards, comme Mike nous l'avait promis, nous avons pu piocher des tenues simples et confortables au milieu d'un véritable magasin de vêtements personnalisés. Nous avons opté pour l'efficacité et avons gardé les ensembles guindés pour la réception du soir organisée par Marylin.

Avant de quitter la relative sécurité de notre chambre, je vérifie le contenu de mes poches afin de ne pas être pris au dépourvu. Elles contiennent mon passeport indispensable pour avoir un laisser-passer dans le domaine, mon couteau en tant qu'unique moyen de défense et mon trousseau de clés qui – je l'espère – nous ouvrira encore bien des portes.

Pour notre première sortie, nous nous sommes fixé trois objectifs. Tout d'abord, découvrir les bâtiments et l'environnement sous le dôme du Paradis. Maîtriser notre espace ne peut qu'être un avantage quelles que soient les circonstances. Ensuite, retrouver la trace de nos amis. Sur ce deuxième point, rien n'est garanti s'ils n'ont pas franchi le portail quatre… Et enfin, s'emparer d'un cœur de vie. Là encore, nous avons reposé nos pieds sur terre et savons pertinemment que l'obtention d'une vie bonus est assujettie à l'existence et à la détection de ce cœur. S'il n'en existe pas ou si nous ne le trouvons pas, cet objectif ne sera pas rempli.

Nous savons pertinemment que nous ne pourrons échapper à la mort, nous ignorons quand, ni comment, ni même pourquoi. Mourir devient une vilaine habitude, mais si le seul impact se résume à repartir au portail quatre, cela me convient ! Pour que le fin mot de cette histoire ne soit pas synonyme de catastrophe, nous devons dénicher ce cœur de vie… Je sais que j'élude volontairement le fait que nous sommes deux et que cela n'arrangera que la moitié du problème…

Une chose à la fois, me dis-je pour ne pas perdre ma motivation.

J'entrouvre la porte de notre suite, à l'affût d'un éventuel adversaire qui nous sauterait à la gorge. Il est évident que nous naviguons dans un calme annonçant la tempête, qu'un danger surviendra forcément à un moment, quand nous nous y attendrons le moins… Contre toute attente, le calme plat nous accueille dans le couloir. Excepté visiter les différentes chambres de cette partie de l'immeuble, ce dernier ne nous offre aucune autre possibilité d'accès.

Tandis que Lyla referme derrière nous, je m'arrête quelques instants pour ressentir les vibrations sonores du bâtiment. Je me concentre sur mon ouïe et fouille dans le brouhaha saturant mes oreilles. Je recherche notamment ce battement de cœur caractéristique, ou un bruit particulier, au minimum un son remarquable… Je renonce vite devant l'impossibilité de discerner ces milliers de provenances.

— Je retenterai d'un endroit plus isolé… soufflé-je à Lyla.

Nous appelons un ascenseur et l'une des portes s'ouvre immédiatement. Le client ne doit jamais attendre, me dis-je amèrement.

— Allons visiter les jardins, ils ont l'air sublimes ! s'extasie Lyla en bonne comédienne dans la peau d'une touriste en quête de découvertes.

Avant d'appuyer sur le bouton nous emmenant au rez-de-chaussée, je vois qu'une autre option plus intéressante encore s'offre à nous.

— Et si nous allions faire un petit tour sur la terrasse d'abord ? dis-je en validant mon choix.

La cabine se met en branle et grimpe vers la cime du bâtiment, sur le toit. À l'ouverture des battants, nous en prenons encore plein les yeux. Ici, quel que soit l'endroit, tout n'est que raffinement. Nous pénétrons dans une grande salle de restaurant avec, d'un côté un bar au zinc étincelant, de l'autre, des tables présentées avec élégance. De nombreux convives discutent joyeusement ou profitent des mets succulents de leurs assiettes.

Nous traversons la réception, répondant poliment aux salutations que le barman et quelques clients nous adressent. Heureusement, tous se détournent de nous rapidement, nous n'attirons pas plus leur attention, ce qui est bon signe. Le restaurant se termine par une immense pergola fleurie, immergée dans une terrasse entièrement végétalisée. Nos yeux s'ébahissent devant ce nouveau paradis suspendu à plus de soixante mètres du sol.

Nous nous dirigeons tranquillement vers les garde-corps afin de profiter de la vue sur le domaine. À cette hauteur, le panorama est à couper le souffle et nous permet d'estimer l'étendue du parc sous le dôme. Des jardins arborés et fleuris à perte de vue, percés de prairies et fontaines. C'est immense mais l'étendue reste à taille humaine. Sans que la barrière énergétique aux reflets artificiels de ciel bleu azur ne nous laisse deviner l'horizon au-delà, nous savons être dans un dôme au cœur même de Gaulon, une ville morne plongée dans l'obscurité.

Désireux d'appréhender le Paradis sur trois-cent-soixante degrés, notre promenade se poursuit sur l'enfilade faisant le tour de la terrasse. De l'autre côté, la forêt se densifie. Cependant, à bien y regarder, je distingue plusieurs immeubles de tailles variables qui s'y dissimulent un peu à l'écart. Ce sont probablement les annexes administratives ou techniques de l'hôtel. En continuant d'avancer, la vue se dégage peu à peu sur ces édifices.

— Regarde sur le toit du bâtiment central, il y a de grands drapeaux, précisé-je tout bas à Lyla.

J'en déduis qu'il ne s'agit pas là de locaux ordinaires et anodins. Ces symboles officiels marquent sûrement les bureaux ou la résidence privée du gouverneur… Est-ce enfin, concrètement, le quartier général de Marylin tant recherché ?

Nous évoluons au milieu de quelques badauds amoureux ou en famille. Tous sont assez riches et puissants pour s'offrir un séjour ici tandis qu'à cette heure-ci une grande majorité de la population trime à l'usine sous la vindicte de l'armée. Dans cette micro-société, nous sommes des étrangers dans tous les sens du terme.

Un œil discret rivé sur cette zone particulière lève nos dernières incertitudes lorsque nous distinguons plusieurs véhicules de l'armée devant l'enceinte délimitant la propriété du gouverneur. Lyla m'enlace et me serre contre elle afin de manifester son bonheur, réel ou supposé, aux yeux de tous les passants.

— Tu arriverais à écouter ce qu'il se passe là-bas ? me glisse-t-elle à l'oreille.

La distance est très grande, néanmoins entre les gardes et moi, il n'y a que le vide et quelques rangées d'arbres, soit assez peu de sources parasitaires.

Nous nous accoudons à la rambarde comme d'autres résidents et je me connecte à mon don. Par la force de mon esprit, je filtre les données audibles et élimine les piaillements des oiseaux et le bruissement des feuilles. Je perçois alors quelques paroles et échanges anodins. Je balaie lentement l'espace devant moi à la recherche de propos plus intéressants puis d'un coup, d'une netteté extraordinaire, des bribes surgissent.

« Le calme est revenu, nous avons effacé toutes traces des troubles de ce midi. Le bilan est mauvais avec plus de deux cents hommes à terre dans nos troupes sur plusieurs champs de bataille et une centaine de civils retrouvés morts dans une ruelle, dans les égouts et sur la place principale...

Il n'y a aucun doute, ils parlent de notre œuvre au sein de Gaulon. Je dois écouter un des dirigeants au rapport avec sa hiérarchie sur la situation en ville. Je ne pouvais pas mieux tomber même si je sais que dans Gamers il n'y a aucune coïncidence ! Je me concentre pour ne pas perdre le fil et enregistrer toutes ces informations.

...le gouverneur est furieux. Des responsables seront désignés et des têtes vont être coupées. C'est un véritable fiasco ! Les différents témoignages font état de six intrus ayant été aperçus entre l'entrée et le centre de la ville...

La présence des cinq membres de notre équipe et celle de Keraudren n'a donc échappé à personne, ce qui n'est pas surprenant vu le carnage laissé derrière nous à chaque fois ! Mais cela semble signifier aussi qu'aucune des autres équipes concurrentes n'a été signalée. Sont-ils à ce point malins pour ne pas avoir encore été débusqués ?

— Souhaitez-vous un cocktail, madame ?

Je sursaute, surpris par l'intervention d'un serveur et manque de renverser son plateau. J'ai déjà le manche de mon couteau en main quand je fais volte-face et comprends la situation.

— Bien volontiers, comment refuser ? s'émerveille Lyla, créant ainsi une diversion.

— Monsieur ?

Je choisis l'un des verres présentés en multiples strates colorées avant de le remercier. Nous trinquons pour faire illusion le temps qu'il s'éloigne et nous oublie.

— À la tienne, mon amour ! me déclare-t-elle.

Je sirope mon jus de fruits aux saveurs extrêmes puis repart rapidement à la pêche aux informations. Cette intrusion m'a peut-être empêché d'obtenir de précieux renseignements. Par miracle, je parviens à capter la suite de la discussion en quelques secondes.

...il veut les interroger en personne pour les obliger à parler. Il a les moyens d'obtenir ce qu'il veut. Ils nous diront où se cachent les autres ! »

Une porte claque ce qui clôt l'échange.

Je blêmis en comprenant la situation car il n'y a qu'une explication à tout cela... Je tente de garder le verre levé et mon sourire de façade. Faussement joyeux, j'annonce la terrible nouvelle à Lyla.

— Nos amis sont retenus prisonniers… Marylin va les interroger personnellement…

— Ah, oui ! L'endroit est vraiment formidable ! s'exclame-t-elle en plongeant son regard désespéré dans le mien.

Il faut courir à leur secours, c'est une évidence si nous ne voulons pas perdre Louisa, Haruki et Courtney, néanmoins, comment pénétrer cette forteresse bien gardée alors que nous ne sommes que deux avec une artillerie se limitant à un couteau chacun ? Comment savoir où sont précisément gardés nos amis ?

Une profonde angoisse nous envahit et nous plonge dans l'obscurité, si bien que nous oublions instantanément ce décor de rêve et ses artifices.

— Allons visiter le parc maintenant, annoncé-je d'une voix absente avant de terminer de boire mon cocktail au goût finalement amer.

Notre unique objectif est désormais d'aller voir de plus près le dispositif mis en place autour du quartier général du gouverneur afin d'élaborer un plan pour s'y introduire… De toute évidence ce ne sera pas une mince affaire… Si je n'étais pas aveuglé par mes sentiments envers mes camarades, la raison me rappellerait immédiatement à l'ordre…

Devant l'alignement d'ascenseurs, perdu dans mes pensées pessimistes, Lyla me murmure quelque chose. Elle me fait de gros yeux et m'indique les portes de droite. Incomprise, elle se résout à ajouter discrètement :

— Utilise tes clés !

Je vois où elle veut en venir. Elle a l'œil car le détail m'avait complètement échappé. En effet, je constate maintenant que l'ascenseur le plus à droite ne dispose pas d'un bouton d'appel ordinaire mais d'un système de serrure. Il s'agit donc d'un accès privé réservé aux membres de l'équipe… Ce qui nous donnera certainement la possibilité d'atteindre des niveaux interdits…

Lyla m'enlace à nouveau et m'embrasse tendrement, le temps que je fouille mes poches et tente de déverrouiller le bouton avec la bonne clé. Notre baiser dure longtemps. Lorsque je suppose avoir trouvé le bon passe, je regarde autour de nous si nous avons éveillé des soupçons. Les quelques familles encore à table discutent en toute convivialité tandis que le barman essuie des verres en nous tournant le dos. C'est le moment ou jamais de se faufiler. J'actionne l'ouverture et nous nous glissons à l'intérieur de la cabine.

Sur le tableau de commande, tous les étages sont normalement accessibles et comme prévu, les différents sous-sols aussi. Pour chacun, il faut là encore utiliser une clé pour valider.

— Regarde, pour le dernier sous-sol, la forme de la fente diffère… souligne Lyla, toujours aussi attentive aux détails.

Par cette particularité, le niveau N-3 devient notre cible.

Il nous est impossible d'être discrets ici donc nous espérons qu'il n'y a aucune caméra dans cet ascenseur de service. Si tel est malheureusement le cas, l'urgence prime et ne nous pouvons de toute façon rien y faire… Après quelques essais, je parviens à appuyer sur le bouton et la cabine se lance vers notre destination, dans les profondeurs de l'hôtel.

Pour m'être passionné un temps pour les châteaux-forts, je sais qu'aucun seigneur digne de ce nom, ne prévoyait d'issue de secours à sa forteresse. Lors de la descente vers les sous-sols, j'ai en tête l'idée d'un souterrain reliant l'hôtel et le quartier général de Marylin permettant au gouvernement et à ses hommes d'aller et venir en toute discrétion si besoin. Je me convaincs qu'il faut toujours une échappatoire pour se sauver des pires situations…

Nos amis vont être confrontés à la rage de Marylin et jamais ils ne pourront en sortir indemnes. Sa vengeance sera à la hauteur de l'offense reçue… Je mise leur vie sur l'existence de ce passage interdit, j'espère ne pas me fourvoyer…

L'ascenseur finit par s'immobiliser.

Les battants de porte s'ouvrent.

4.6

Zone interdite

En un claquement de doigts, nous venons de quitter un univers lumineux et luxueux pour une pièce en béton brut sans fenêtre. Très rapidement, nous sommes convaincus qu'aucun client, si fortuné soit-il, n'est censé s'aventurer dans ce lieu. Sans doute, deviendrait-il aveugle ou fou sans feuilles d'or et pierres précieuses dans son champ de vision…

L'endroit centralise plusieurs couloirs partant dans différentes directions sous l'hôtel. Tous sont plongés dans une semi-obscurité, uniquement éclairés par de pâles lumières à distances régulières. Je me place au milieu de la pièce et tends l'oreille afin de détecter d'éventuelles présences. Entre ronronnements de machines et écoulements d'eau, je perçois de multiples conversations ici et là. Ces bas-fonds sont donc habités, ce qui nous oblige à la plus grande vigilance.

Me fiant à mon sens de l'orientation, nous pénétrons dans le couloir en direction du quartier général de Marylin. Pourvu que je ne me trompe pas car plus nous traînons ici, plus nous sommes susceptibles d'être pris en flagrant délit par les autorités. Nous passons plusieurs portes portant les écriteaux « Local de maintenance » et « Local électrique », ce qui ne nous intéresse pas pour l'instant.

Au fur et à mesure de notre avancée, un grésillement s'intensifie, je ralentis, suspectant la présence proche d'un champ d'énergie de la même technologie que celle utilisée pour les dômes. Pour repérer sa présence exacte, je tends la main devant moi jusqu'à ressentir les ondes électromagnétiques. Notre progression est stoppée nette… Encore une fois, il ne fallait pas rêver ! Jusqu'ici tout semblait relativement simple et nous nous sommes sans doute laissé porter par trop d'espoir de réussite facile…

— Regarde, il faut un badge, me souffle Lyla en désignant un appareil accroché au mur. Il y a aussi une reconnaissance biométrique oculaire et digitale. C'est pas gagné…

Effectivement… Nous n'avons pas à disposition l'œil et la main d'une personne habilitée à pénétrer cette zone interdite sécurisée… Seuls les membres de la garde rapprochée de Marylin doivent avoir accès à cet endroit, ce qui limite d'autant plus nos possibilités. Cependant, soyons clairs, je ne me vois pas spécialement démembrer et énucléer le prochain militaire que nous croiserons…

— Je tente ? me demande Lyla en sortant son passeport.

Après tout, pourquoi pas ? Jusqu'à présent, nos sauf-conduits nous ont permis d'être identifiés, de valider notre réservation dans l'hôtel et de payer les frais. Peut-être peuvent-ils aussi nous garantir l'accès à ce souterrain ? Au prix exorbitant qu'ils nous ont coûtés dans les bonus, je croise les doigts ! J'acquiesce à l'idée de Lyla car nous n'avons pas réellement d'autre choix que celui de prendre des risques. J'espère simplement que, le cas échéant, cette tentative d'intrusion ne déclenchera pas d'alarme,

Un bip retentit, une LED verte s'allume et l'invite à poursuivre son identification ce qui est bon signe. Elle place ensuite sa main sur une plaque brillante et son œil devant une micro-caméra. Le scan dure une seconde avant que l'écran ne vire au rouge avec ce message :

« Accès refusé. Personne non admise. » Un instant, j'ai pensé qu'il s'agissait d'un point de sauvegarde comme nous en avons déjà rencontré un et qu'un extrait vidéo allait apparaître. Mais non…Ni sauvegarde, ni permission de passer le contrôle.

Déçus, sur le qui-vive, prêts à déguerpir en cas d'irruption de soldats, nous attendons quelques secondes en silence. Heureusement, rien ne survient. Je suis résolu à abandonner et à rebrousser chemin pour passer en force ailleurs, Lyla me retient.

— Essaie avec la tienne, sait-on jamais. C'est ton passeport qui a permis le paiement à l'accueil tout à l'heure.

Sans conviction, je m'exécute et présente ma carte qui est validée. Je tente ensuite de déverrouiller le système avec ma main et mon œil.

Le grésillement cesse soudainement dans mes oreilles et l'écran passe au vert avec le message « Accès autorisé. Hugo Moon. » Quelle étrange sensation de voir mon nom inscrit ici dans les sous-sols de cet hôtel ! Je regarde Lyla, tout aussi stupéfaite que moi, ne comprenant pas pourquoi, moi seul, je suis enregistré dans la base de données des personnes habilitées à pénétrer cette zone de haute sécurité.

Je chercherai plus tard une explication à cette nouvelle énigme. Sans attendre, nous passons l'obstacle ensemble et vérifions que personne ne surgit des deux extrémités du couloir. La porte suivante semble cacher un lieu bien plus intéressant que les précédents. Une plaque annonce qu'il s'agit de la salle de contrôle et des étoiles brillent alors dans nos yeux.

Je colle mon oreille au mur afin d'appréhender au mieux ce qui nous attend de l'autre côté. De multiples ronronnements m'indiquent la présence de nombreux ordinateurs et appareils électriques. À travers cette couche sonore, je capte quelques cliquetis et grincements de fauteuils, puis une voix répondant à une autre.

— Deux hommes apparemment, annoncé-je tout bas, sans avoir de certitude.

J'empoigne mon couteau, n'ayant aucun autre objet à disposition pour attaquer ou me défendre, ni dans mes poches, ni dans ce couloir vide.

— Si nous nous y prenons bien, on peut les assommer d'un bon coup de manche… espéré-je, sans penser au pire des scénarios.

— Avec l'effet de surprise, on va y arriver… tente aussi de se convaincre Lyla.

Il faut l'espérer sinon, nous ne ferons pas le poids.

Retenant ma respiration, j'enclenche doucement la poignée pour n'émettre aucun bruit puis pousse lentement la porte, priant qu'elle ne grince pas sur ses gonds. Dans l'entrebâillement, j'observe et analyse de suite la situation, prêt à fuir ou à bondir en fonction des circonstances. Deux militaires sont assis devant d'immenses consoles contrôlant un mur complet d'écrans de différentes tailles. Par chance, ils nous tournent le dos et sont immergés dans les images de vidéosurveillance qu'ils scrutent. Aucun d'eux n'a détecté notre présence.

Sans hésiter, nous nous glissons dans la salle et nous postons chacun derrière l'un des soldats, le manche de notre couteau fermement serré dans notre poing. Nous nous concertons du regard et dans une parfaite synchronisation, nous levons le bras en même temps. J'inspire fortement pour galvaniser mes forces et abat mon poing sur l'homme au crâne rasé avec le plus de hargne possible. Le choc est d'une violence inouïe et l'onde se répercute dans tout mon bras endolori. Le corps devant moi s'écrase mollement sur la console ; ma proie a perdu connaissance.

À deux mètres de moi, j'entends Lyla crier. Je me détourne et vois son adversaire debout. L'homme a dû sentir le coup venir. Il lui tord le poignet afin de lui faire lâcher prise. J'oublie mes propres douleurs devant les yeux terrifiés de mon amie. Le militaire parvient à la frapper de l'autre main, Lyla s'accroche malgré le sang coulant sur son visage. Je bondis derrière le gars au moment où il dégaine son arme et je le frappe avec l'énergie du désespoir. Mais, il me domine de sa carrure et de sa puissance et parvient à asséner un second coup dans la tête de Lyla. Mon amie est projetée à terre comme un vulgaire fétu de paille et j'entends son couteau glisser sur le sol à l'autre bout de la pièce.

Furieux que cette brute s'en soit prise à elle, mes coups de poings pleuvent sans que cela ne semble le blesser. Il finit par se retourner vers moi, profitant de sa rotation pour me choper le bras et me le tordre. Je crois un instant qu'il m'a déboîté l'épaule et que s'il persiste, il m'arrachera littéralement le membre. Dans un instinct de survie qui dépasse toutes mes frayeurs et efface ma répulsion, je lui plante mon couteau dans les intestins. Le type est surpris par mon attaque, j'en profite pour me dégager et me libérer. Dès que je le vois porter la main à son arme, il ne me laisse nullement le choix. Déterminé à vivre, coûte que coûte, en une fraction de seconde, la bête acculée que je suis se transforme en monstre immonde. Au risque de ne plus me reconnaître dans mes actes, de ne plus pouvoir me regarder dans un miroir, avec une rage incontrôlable, je lui assène plusieurs coups de couteau dans le cœur.

J'entends ses côtes se briser sous mes impacts. Le militaire se cambre, le souffle coupé. Lorsqu' il réalise qu'il est trop tard, que son corps se vide de toutes substances, je vois dans son regard de la surprise, de la colère, puis le désespoir. Il s'affale sur lui-même et tombe inerte à mes pieds. Je reste là, debout, immobile et peine à comprendre ce qu'il vient de se passer…

Après avoir massacré d'innombrables pourris et abattu tant de soldats, je ne pensais pas que tuer un ennemi à l'arme blanche serait si différent… Et pourtant, je me sens sale, si meurtri et effrayé par l'acte que je viens de commettre…

Devant ce triste spectacle, les paroles de Keraudren me reviennent instantanément, quand il m'avait obligé à incendier le camion rempli de pourris, histoire de m'aider à comprendre qu'il fallait agir pour survivre. Je l'ai tant détesté à ce moment-là et pourtant, je lui dois d'être désormais pleinement acteur de ma survie. *Le monde a changé et j'ai dû changer avec lui…*

Certes ! Cependant, tuer un être humain de sang-froid, au corps à corps reste une sensation horrible. Le sang coulant sur ma main souille à jamais mon âme.

Lyla est parvenue à se relever et voyant le désarroi dans lequel je suis perdu, elle vient se coller à mon épaule.

— Tu n'avais pas le choix, Hugo. C'était lui ou nous, dit-elle avec une lucidité glaçante.

Une autre affirmation du Boss clignote frénétiquement dans ma tête, sans doute pour que je ne devienne pas fou. « Nous sommes dans le jeu ». J'ai tant de mal à le croire et à l'accepter… Je ne suis sûr de rien et ne sais ce que je souhaite réellement. Une heure auparavant, dans le bain avec Lyla, je désirais ardemment que cet instant soit réel et gravé dans le marbre. Là, j'espère que cette scène abominable relève uniquement du virtuel…

Je dois penser à autre chose car il faut avancer, et vite ! J'observe les dizaines d'écrans face à moi et découvre l'hôtel et son parc sous tous les angles possibles. Cette multitude de vidéos en temps réel nous offre des prises de vue du centre aquatique, des terrains de jeux, du hall principal, des ascenseurs, de la grande terrasse ou encore des jardins fleuris, tous ces endroits que nous avons déjà vus ou traversés. D'autres caméras filment les intérieurs des appartements nous confirmant ainsi que les clients sont surveillés de près à leur insu, jusque dans leur intimité. J'aperçois également des restaurants et cuisines où des serveurs s'échinent aux fourneaux et des salles de jeux où petits et grands s'amusent.

Big brother is watching you. Le monde t'observe sans que tu en aies conscience.

Dès le début du vingt-et-unième siècle, la tendance de la surveillance à outrance s'était propagée au gré des progrès technologiques, soi-disant dans un aspect protectionniste mais vite récupérée par certains pays pour transformer chaque habitant en un numéro bien identifiable et contrôlable. Retrouver une telle panoplie d'espionnage dans la dictature de Gaulon n'avait donc absolument rien d'étonnant, elle constituait même la norme. Ces indispensables instruments facilitaient la surveillance de masse, l'identification rapide des faux-alliés et par conséquent la protection du pouvoir en place.

Je vais utiliser leur outil pour le retourner contre eux…

Nous nous emparons de leurs armes et nous sentons de suite moins nus et plus forts.

Je m'assois sur le fauteuil libéré et commence à trifouiller les manettes et boutons sur l'immense console qui gère le mur d'écrans. Je teste les zooms et reculs, je comprends la façon d'amener la caméra à pivoter et comment passer en mode infra-rouge. Un clavier numérique me sert à changer la provenance des images. Cette dernière option m'intéresse particulièrement.

Sur le côté de ce tableau de bord géant, je m'empare du casque avec micro. Il me permet de suite d'entendre le son correspondant à la vision d'un couple sur l'écran principal devant moi. En agrandissant les deux personnes installées au comptoir du bar, j'entends de plus en plus nettement ce qu'ils racontent. Ce bijou technologique rend mon don tout à coup parfaitement obsolète.

À mes côtés, Lyla trépigne d'impatience tout comme moi. L'espoir est de retrouver la trace de nos amis, de les localiser précisément pour aller les libérer des griffes de Marylin. Assis derrière ces manettes, j'ai l'impression de détenir le pouvoir d'omniscience à tout entendre et tout voir. En espérant que la zone interdite au public est elle aussi sous surveillance…

Je zappe de caméra en caméra, accélérant le défilé de toutes les scènes possibles et imaginables d'une gigantesque résidence de vacances de luxe. Avec les années et la guerre qui avait détruit une bonne partie de l'humanité, je m'aperçois que les loisirs, la bonne nourriture et le bon temps passé avec les proches, constituent toujours le socle dur des moments de liberté du peuple. Je ressens un peu d'aigreur en les voyant tous ainsi profiter allégrement, non parce que, de toute ma vie, je n'ai pu partir en vacances à cause de ma maladie, mais plutôt parce qu'au-delà de ces privilégiés dans le dôme du Paradis, c'est l'enfer qui domine pour le reste de la population.

Après une vingtaine d'autres points de vue, le décor change radicalement et m'annonce que je quitte le luxe de l'hôtel pour les bureaux administratifs. Des employés travaillent derrière leur ordinateur ou sont en pleine conversation avec leurs collègues. Rien ne m'intéresse dans leurs échanges alors je zappe rapidement car le temps presse. Puis, retour à l'extérieur, avec le parvis du quartier général toujours protégé par de nombreux gardes en faction. Quand les images de vidéosurveillance s'obscurcissent, je sais que j'atteins enfin mon but.

Des cellules de prison. Des lits en béton. Des barreaux métalliques.

Plusieurs d'entre elles sont vides. D'autres sont occupées par des détenus que je ne connais pas, certainement des opposants politiques, manifestants ou traîtres qui ont eu le tort de vouloir éveiller les consciences et d'offrir un monde meilleur aux survivants de la troisième guerre mondiale, ou plus simplement, des anonymes pris au hasard pour rappeler au peuple quel est celui qui domine et qui sont ceux qui doivent subir sans broncher. Tous finiront vraisemblablement condamnés dans le désert, prison à ciel ouvert tout aussi inhumaine que cette société de l'apocalypse.

Si près du but, la tension grimpe en écho avec mon inquiétude. Je jette un coup d'œil au type assommé à côté de moi, espérant qu'il ne revienne pas à lui trop rapidement. Je croise les doigts pour que personne ne fasse irruption dans la salle de contrôle, ce qui causerait notre perte. Même avec l'arme volée posée sur mes genoux, l'utiliser dans les souterrains indiquerait notre présence et nous mettrait sûrement en péril.

À force de cliquer et de naviguer entre mille lieux, j'ai failli ne pas la voir. C'est une réaction brusque de Lyla qui me fait réagir. Louisa. Elle est recroquevillée contre un mur, par terre. Avec le peu de clarté dans sa geôle, je distingue à peine ses cheveux roux si caractéristiques. Isolée dans cette cellule, elle se morfond mais nous la savons vivante et cela reste notre lueur d'espoir.

— Caméra PB08, dis-je tout haut pour m'en souvenir en cas de besoin.

— Haruki et Courtney ne doivent pas être loin.

Je continue d'afficher les vidéos suivantes et m'arrête sur une scène mouvante. Des ombres bougent puis des silhouettes apparaissent derrière les barreaux de la cellule. Deux hommes traînent un prisonnier visiblement inconscient, totalement inerte. Ils pénètrent dans la pièce et jettent leur fardeau au sol sans ménagement. Nous ne pouvons identifier son visage, cependant sa tenue vestimentaire ne peut nous trahir. Il s'agit de notre ami Haruki. Sans doute vient-il d'être interrogé et torturé par les hommes de Marylin ou le gouverneur en personne ? Je n'ose imaginer ce qu'il a pu endurer… Haruki si fort et puissant d'ordinaire, désormais réduit à une marionnette désarticulée…

— Reviens sur Louisa ! me demande Lyla lorsque les deux gardiens sortent de la cellule.

Elle a une mauvaise intuition et mon cœur palpite car je ressens la même appréhension. Lorsqu'après quelques secondes les deux molosses apparaissent à l'écran et que les barreaux glissent et les laissent entrer, notre pire pensée se réalise. Ils viennent chercher Louisa. C'est à son tour de passer sur le grill.

Terrifiée par leur venue, la jeune fille tente désespérément de se défendre. Cependant, du haut de ses sept ans, il lui est impossible de lutter contre ces deux solides gaillards.

— Il faut y aller maintenant ! Ils vont la tuer ! me presse Lyla à forte raison.

Nous sommes en parfait accord mais avant de courir à son secours, nous devons découvrir notre destination précise. D'instinct, je me tourne vers l'ordinateur sur le côté et tape dans la ligne de commande le numéro de la caméra PB08. Sur l'écran correspondant, un plan complet du dôme s'affiche en vue 3D. Un point rouge clignote au milieu des superpositions de couches représentant les multiples niveaux des bâtiments et installations. Je zoome peu à peu sur l'image tout en me concentrant afin de m'orienter au mieux. Les bâtiments de l'hôtel disparaissent et l'immeuble principal du QG de Marylin s'agrandit. Je détecte la présence du souterrain reliant les deux édifices ce qui me conforte grandement dans ma théorie de départ. Au fur et à mesure, nous traversons virtuellement les différents niveaux jusqu'à atteindre le cinquième sous-sol où plusieurs pièces identiques s'alignent sur la reconstitution.

Nos amis ne sont pas si loin de nous finalement ce qui nous soulage grandement.

Rapidement, je mémorise le trajet qu'il nous reste à parcourir jusqu'à eux avec l'emplacement des escaliers et des points de garde éventuels.

— C'est bon, on y va ! annoncé-je, certain d'avoir toutes les informations en tête pour mener notre mission à bien.

— Que fait-on de lui ? s'inquiète Lyla en désignant l'homme inconscient sur le deuxième fauteuil.

Je sors mon couteau, hésite un long instant et tue l'individu. J'ai appris à m'adapter à n'importe quelle circonstance. Dans tous les cas, la vie de Louisa a bien plus de valeur que l'existence virtuelle de ce personnage de jeu vidéo, tenté-je de me convaincre pour mieux accepter mon geste.

— Hors de question qu'il donne l'alerte, me justifié-je.

Tandis que Lyla file vers la porte pour vérifier que la voie est libre, je m'agenouille au pied de la console. Je glisse ma lame de couteau ensanglantée dans l'interstice autour de la grande plaque métallique donnant accès au cœur du système électronique. En insistant, je parviens à enlever le verrouillage et les circuits électriques apparaissent. Sans réfléchir, j'empoigne les plus gros câbles et les coupe au risque de me voir électrisé.

Des gerbes d'étincelles jaillissent et me brûlent la peau. Je m'acharne sur différents organes de la bête afin de m'assurer qu'elle décède de ses blessures et que personne ne pourra rétablir les connexions rapidement. En me relevant, je constate qu'une majorité des écrans s'est éteinte tandis que les derniers affichent le message « no signal ».

Ainsi, les militaires seront incapables de nous suivre à la trace et nous serons plus libres de nos mouvements.

Je rejoins Lyla à la sortie et pense à la petite Louisa se débattant entre les bras de ses tortionnaires.

4.7

Prison Break

Le couloir désertique est une aubaine. Nous le remontons à toute allure, restant à l'affût du moindre bruit suspect. Cependant, tous les membres du personnel que j'entends ici et là dans les environs sont concentrés sur leurs tâches, nous laissant le champ libre pour circuler dans la zone interdite. Comme nous ne devons pas confondre vitesse et précipitation, nous prenons garde de ralentir à l'approche des intersections et portes.

À chaque pas, je visualise mentalement notre progression sur le plan en trois dimensions des souterrains. Nous avançons sans problème particulier. Les services de Marylin semblent sur le pied de guerre car personne ne traîne en dehors des bureaux. Je nous guide directement vers les escaliers pour descendre encore un peu plus bas dans les profondeurs de ce labyrinthe.

Avant d'en ressortir deux étages en dessous, je demande à Lyla de patienter car mon hyperacousie a détecté la présence d'ennemis sur notre itinéraire. Elle reste en stand-by quelques marches derrière moi couvrant nos arrières, l'arme au poing en vrai membre du SWAT. Un mur nous sépare de deux militaires patrouillant dans la zone. Je les identifie grâce au bruit régulier de leurs Rangers et aux frottements de leur mitraillette sur leur tenue de camouflage. Ils sont au nombre de deux et même si désormais nous pouvons les affronter sans problème, l'objectif reste plutôt de les éviter.

Une fois le duo hors de portée de vue, nous nous faufilons dans le couloir et courons dans la direction opposée – par chance, le bon chemin à suivre. Si je ne me trompe pas, que j'évalue bien les distances, nous voilà enfin sous le quartier général de Marylin. Je m'attends maintenant au pire, à savoir, tomber nez à nez avec le gouverneur et sa garde rapprochée…

Afin d'atteindre la prison, nous devons longer à présent un grand comptoir, sorte de centre névralgique distribuant les différents secteurs du niveau. J'y distingue une silhouette derrière une vitre. Il me paraît dès lors impossible de passer devant lui sans être remarqués. Mais d'après les plans des locaux, aucun autre itinéraire n'est possible, il n'y a qu'un accès à la prison. En attente, visibles de tous, je crains que nous ne soyons surpris par un quidam. Nous devons agir rapidement…

J'entends alors une sonnerie de téléphone provenant du bureau vitré. Le militaire ne tarde pas à répondre.

— Oui, mon général. Très bien, mon général. Je regarde cela tout de suite, répond-il professionnellement.

Lorsque je vois le type se retourner et s'affairer dans des étagères pleines de dossiers, je traduis cela comme un signe du destin et ni une ni deux, je saisis l'opportunité pour traverser à son insu.

« Je veux cette information maintenant ! » insiste la voix pressante et autoritaire au téléphone tandis que Lyla et moi filons dans le dos du militaire sans perdre un instant. À ce moment-là, j'identifie cette voix comme étant celle qui a contacté mon amie sur son téléphone portable ! Cela me semble tout d'abord improbable voire impensable pourtant je suis presque certain qu'il s'agit du même homme. Dans l'urgence, j'oublie vite d'y réfléchir davantage et m'enfonce dans l'allée suivante. Nous ne sommes plus très loin.

Enfin le point de contrôle pour entrer dans la zone pénitentiaire est en vue. Nous y retrouvons le capteur de badge et les scanners biométriques. Cette fois, j'ai parfaitement confiance, si le jeu nous a amenés jusqu'ici, ce n'est pas pour nous bloquer dans une telle impasse. Je valide mon passeport puis ma main et mon œil. Mon accès est autorisé et la porte blindée se déverrouille et pivote pour nous libérer le passage. La taille et l'épaisseur de celle-ci m'impressionnent et confirment l'impénétrabilité des lieux. Sans pouvoir y échapper, nous nous retrouvons face à face avec un gardien lourdement armé qui nous regarde d'un œil méfiant.

Je suis prêt à l'abattre malgré les risques d'ameuter toute l'armée ici mais son absence de surprise et de réaction m'interpelle fortement. Un talkie-walkie dans la main, il est en pleine communication. Une voix crache dans le récepteur :

— Laisse-les passer, ce sont des agents de Gilead venus vérifier l'identification de nos derniers prisonniers, crache une voix dans le récepteur.

La même voix là encore. Désormais c'est une certitude, un général haut gradé suit actuellement notre parcours et nous aide à franchir les différents obstacles de cette évasion de prison. Une personne assez puissante pour pouvoir contacter les différents militaires sur notre chemin en temps réel et leur intimer ses ordres sans aucune discussion.

Le soldat nous fait signe d'avancer. Discrètement, je range mon arme qui n'a aucune raison d'être sortie. Notre couverture d'agents provenant de Gilead semble efficace. Nous nous glissons définitivement dans nos costumes officiels.

— Cellule huit, à votre droite, nous dit-il alors en raccrochant son talkie-walkie à sa ceinture.

Nous acquiesçons en silence et avançons tranquillement, certains de notre autorité.

Nous observons ensuite notre ami à travers les barreaux et le voir ainsi, toujours allongé au sol, inconscient, fait monter une colère froide en moi. Il faut rester sous contrôle et ne rien laisser transparaître.

— Où est la gamine et la fille qui étaient avec lui ? intervient sèchement Lyla.

Même de loin, je vois le soldat froncer les sourcils si bien que je pose ma main sur mon flingue, sûr que la question de Lyla vient de faire capoter notre couverture.

— La fillette est là, dans la salle d'interrogatoire, prête à être questionnée par Marylin en personne. Quant aux autres intrus signalés en ville, aux dernières nouvelles, l'armée est toujours à leur recherche

Son incompréhension face à la question de Lyla m'apparaît évidente. Je conçois qu'il cite le gouverneur en réponse pour légitimer tout ce qui se passe ici, que cela nous plaise ou non. Peu importe, mon esprit ne s'attarde pas sur ce détail et tente d'assimiler cette révélation. Courtney n'est pas détenue par l'armée, elle est parvenue à leur échapper et doit donc être en sûreté quelque part à l'heure actuelle.

— Ouvrez-nous la grille, nous l'embarquons, affirmé-je avec une assurance telle que le soldat n'hésite qu'une seconde.

Il se tourne, tape un code sur un boîtier incrusté dans le mur et la cellule d'Haruki s'ouvre. J'entre sans tarder dans la pièce et tente d'évaluer les dégâts corporels occasionnés pendant son interrogatoire. Son visage est tuméfié, boursoufflé, ensanglanté. Ses vêtements témoignent aussi de l'acharnement de ses bourreaux. Ils n'y sont pas allés de mains mortes pour lui faire cracher la vérité…

— Haruki, réveille-toi ! dis-je en le secouant légèrement de peur d'abîmer davantage ce corps meurtri.

Il me sera impossible de le transporter dans cet état, il faut qu'il émerge et le temps presse. Marylin pourrait surgir dans la prison pour s'occuper de Louisa...

— Vous savez qui sont ces intrus ? demande le soldat, curieux d'en savoir plus sur les responsables de l'alerte générale déclenchée en ville.

— Il s'agit d'un horrible malentendu entre nos deux cités. Vos prisonniers sont des agents à notre solde et la réaction hasardeuse de votre armée a provoqué un incident diplomatique qui aura de très lourdes conséquences.

Je ne le regarde même pas et lui laisse avaler mon mensonge. J'estime que mon explication peut faire sens, néanmoins, je garde des doutes. J'insiste auprès d'Haruki pour qu'il reprenne conscience. Enfin il gémit.

— Vous souhaitez que j'appelle une équipe pour que votre collègue soit pris en charge ? me surprend le gardien qui s'est encore rapproché de nous.

— Non, ça ira, dis-je en marquant mon irritation. L'armée locale a déjà bien assez engendré de dégâts comme ça. Plus vite, nos agents retrouveront la sécurité de notre cité, mieux ce sera pour tout le monde. N'avez-vous pas entendu le ton désolé de votre général ?

J'espère ne pas trop en faire, mon chemin de crête est tellement difficile à tenir. Nous devons extraire deux prisonniers sous les yeux et avec le consentement du gardien, je ne m'étais pas préparé à un tel scénario.

Toute cette histoire inventée aurait pu paraître énorme mais nous agissons sous le couvert d'un général et notre présence dans la zone de haute sécurité n'éveille pas la méfiance du gardien.

— Amenez-nous la fillette, en espérant que vous ne l'avez pas autant amochée ! aboie Lyla au bord de l'implosion. Et dépêchez-vous, nous n'avons pas une seconde à perdre !

Il obéit sans manifester son mécontentement à être traité ainsi par des étrangers. Il sent cependant la gravité de l'instant et s'exécute rapidement. Il ouvre la pièce du fond.

— Hugo… murmure Haruki qui peine à ouvrir ses paupières endolories et violacées.

— Oui, nous sommes là mon ami. Il faut y aller tout de suite, lui soufflé-je. Lève-toi, je vais t'aider.

Je prends conscience que pour une fois entre Haruki et moi, je tiens le rôle du sauveur. Je dois tant à mon ami que risquer ma vie pour le sortir de cette situation n'est qu'un simple retour des choses et prouve par conséquent mes capacités à évoluer dans Gamers. Je le saisis par le bras ce qui lui arrache des gémissements et le contrains à se mettre sur pieds malgré les douleurs ankylosantes. Haruki serre les dents et en véritable guerrier, ne se plaint pas.

— On y va. Laisse-nous t'emmener, on contrôle la situation, le rassuré-je en quittant la cellule, même si mon ami est bien incapable d'entreprendre quoi que ce soit derrière ses souffrances.

À l'autre bout de la pièce, une fillette tête basse, les cheveux roux bouclés, apparaît, poussée par le soldat. Quand elle relève la tête en sentant notre présence, ses yeux s'illuminent face à notre apparition divine.

— Lyla ! parvient-elle à prononcer en sortant de sa torpeur.

Louisa s'élance vers sa grande sœur protectrice et l'enlace. Lyla peine à contenir ses émotions et à tenir son rôle d'agent de Gilead. Je ressens l'amour et la force de leur union mais je dois accélérer les événements.

— Allons-y, ordonné-je pour signifier à tout le monde que la joie des retrouvailles se fera en d'autres lieux, paraissant ici forcément étrange aux yeux du militaire.

— Que nos invités se dépêchent, un hélicoptère se tient prêt à décoller, intervient à nouveau le général dans le talkie-walkie.

Je sais pertinemment qu'il n'y a aucun appareil de transport prévu pour nous expatrier, notre mission est loin d'être terminée. Cette intervention me semble plutôt être une alerte signifiant qu'il faut partir immédiatement. Marylin et ses hommes doivent être en approche et si nous les croisons, notre évasion sera un échec et nous serons fichus, tout comme ce général sera accusé de haute trahison pour nous avoir aidés. Ce dernier a mis en péril sa vie pour nous sauver, je ne l'oublierai jamais.

Juste avant que le soldat n'enclenche la réouverture de la porte blindée, je lui tire une balle dans la tête. Il n'a rien vu venir, il n'a pas souffert, je l'ai pris en traître comme le pire des joueurs. Je compte sur l'insonorisation des lieux pour nous éviter l'afflux de renforts.

Louisa et Lyla me regardent stupéfaites, ne comprenant pas mon geste.

— Dès l'arrivée du gouverneur, il aurait expliqué l'intervention divine de notre bonne étoile. Il faut préserver l'identité de ce général, il nous a bien épaulés et je pense qu'il nous sera de nouveau très utile.

Je valide l'ouverture de la porte et nous prenons la fuite. Devant mes difficultés à supporter le poids d'Haruki, Lyla lâche la main de Louisa et me donne un coup de main. À deux, la charge s'avère plus facile et nous gagnons en vélocité. Louisa, revigorée par ce rebondissement heureux de nous revoir, prend la tête du groupe et marche sous mes directives. L'arme de Lyla à la main, l'image de cette fillette me terrifie toujours autant.

À notre passage, le bureau d'accueil est vide. Je remercie intérieurement le général qui nous a devancés et fait le ménage sur notre parcours. Derrière nous, le ding de l'ascenseur retentit, annonçant l'ouverture des portes. Nous accélérons encore afin de disparaître à la vue au prochain tournant. Mon ouïe distingue les pas de cinq personnes différentes qui partent dans la direction de la prison. Inutile d'épiloguer sur l'identité de l'une d'entre elles…

La catastrophe a été évitée de peu nous rappelant qu'il nous reste tout au plus deux minutes avant que l'alerte générale ne soit donnée… Vite, le temps presse, il ne faudrait pas rester prisonniers des souterrains après tant d'efforts et de réussite.

Nous nous introduisons dans les escaliers et l'affaire se complique quand nous devons grimper les marches avec Haruki en passager. Il donne le maximum pour nous soulager mais l'effort nous éreinte un peu plus à chaque pas. Gravir les deux étages s'avère un véritable tour de force et mon capital forme s'amenuise vite. Nous ressortons de la cage à bout de souffle, le corps trempé de transpiration, la vue troublée par l'intensité physique. À cet instant une puissante sirène nous vrille les tympans. La mobilisation générale vient d'être lancée et nous n'avons toujours pas évacué les sous-sols…

Encore une trentaine de mètres à parcourir et nous rejoindrons notre point de départ, à savoir la salle de contrôle. J'envisage le pire concernant le franchissement de la frontière électromagnétique : pourrons-nous la traverser malgré l'alarme ? Je suis interrompu dans mes pensées par une musique au son étouffé et entrecoupée par les oscillations de la sirène. Cependant, cette fois, je réagis aussitôt et j'en identifie la source.

— Lyla, ton téléphone ! interpellé-je mon amie qui ne l'avait pas entendu.

Je pressens un appel du général pour poursuivre notre sauvetage. Il est impensable de refuser son aide, quelle qu'en sera peut-être le prix un jour à payer, car mon don d'hyperacousie me signale que tout le personnel s'active entre cris, ordres, pas précipités, claquements de portes et armes manipulées. Nous courons à notre perte si nous ne quittons pas la zone interdite tout de suite !

Elle décroche et j'entends l'échange.

— Pénétrez dans la pièce à votre droite ! Maintenant !

— À droite ! ordonne-t-elle à Louisa la meneuse.

La jeune fille valide l'ordre d'un coup de tête affirmatif et nous ouvre le chemin en toute confiance. À peine la porte se referme-t-elle derrière nous que je distingue dans le vacarme toute une troupe au pas de charge. Je regarde un instant le local où nous nous trouvons, un simple vestiaire pour les employés.

— C'est bon, la voie est libre à présent ! Faites vite ! poursuit le général.

Aveuglément, nous reprenons notre route et franchissons miraculeusement la barrière énergétique grâce à mon identité et mes marqueurs biométriques toujours valables. Louisa court en amont afin d'appeler l'ascenseur qui nous a menés ici. Nous nous y engouffrons et elle appuie sur le bouton du huitième étage.

— Merci… réussit à dire Lyla, épuisée, en hyperventilation, à son interlocuteur.

— Je dois vous laisser. À bientôt, conclut-il avant de rompre la communication.

De retour dans l'enceinte de l'hôtel, le contraste est saisissant. Ni militaires aguerris, ni sirène hurlante. Calme et silence, pour le confort des touristes. Par chance, nous ne croisons personne dans le couloir de notre chambre ce qui nous évite tout embarras vu l'état d'Haruki. En quelques secondes, nous nous mettons à l'abri dans notre suite, priant pour que personne ne vienne nous chercher ici…

Quand Lyla et moi déposons notre Bruce Lee personnel sur le canapé, nous nous écroulons avec lui, vidés de toute énergie.

— Où sommes-nous ? s'enquit Louisa, tout droit sortie d'une geôle sinistre, directement parachutée dans un luxe excessif.

— Bienvenue à la maison, ma chérie… lâche Lyla avec un petit rire euphorique entre deux profondes respirations.

Elle lui tend les bras pour la câliner après le cauchemar qu'ont été ses dernières heures.

4.8

Le grand soir

Lorsque Lyla sort de la chambre, je reste bouche bée. Je ne trouve pas les mots, tellement je la trouve belle, splendide, rayonnante, attirante. Elle a choisi une robe turquoise avec quelques motifs floraux dorés. Le bleu fait ressortir la couleur de ses yeux, l'or se coordonne parfaitement avec ses cheveux champs de blé. Elle s'est coiffée avec un chignon, s'est légèrement maquillée, gommant ainsi les égratignures de son voyage sur son visage et a verni ses ongles, uniquement pour le plaisir. Tout le nécessaire est à disposition dans la salle de bains et dans la coiffeuse de la chambre, avec un choix capable d'étourdir n'importe quelle femme trop soucieuse de son apparence.

Ce n'est nullement le cas de Lyla. Elle ne souhaitait pas utiliser tant d'artifices, pourtant l'événement de la soirée l'exige et le fait de prendre soin d'elle semble manifestement lui avoir donné le sourire.

— Tu es magnifique ! s'écrie spontanément Louisa avant que je ne parvienne à exprimer mon ressenti.

— Je ne suis pas dans mon élément, habillée de cette façon, mais je pense me fondre à la perfection dans la foule de ce soir.

Quand elle s'approche de moi, je reste immobile, les bras ballants, m'estimant un peu idiot et définitivement pas à la hauteur d'une telle beauté.

— Tu n'es pas mal non plus, finit-elle par me dire avec un sourire sincère.

Je me sens surtout étriqué et ridicule dans ce costume noir et chemise blanche. J'ai renoncé au nœud papillon car de toute façon, je n'aurais pas su le mettre. Néanmoins, je rougis devant cette flatterie. Sûrement suis-je plus dans la norme qu'avec ma combinaison d'enfant de la Lune... Moi aussi, je serais moins remarquable ainsi accoutré.

Louisa reste longtemps admirative devant Lyla. À plusieurs reprises, elle a exprimé son souhait de nous accompagner pour la réception de Marylin. Son envie de petite fille de se transformer en princesse est encore forte à son âge, néanmoins, comme Haruki, elle devra rester cachée dans la chambre jusqu'à nouvel ordre. Leurs têtes sont mises à prix.

Tout l'après-midi, même si la discrétion restait de rigueur, nous avons remarqué des mouvements réguliers dans les parcs – sans aucun doute des soldats habillés en civil qui quadrillaient le domaine à la recherche des fugitifs et de leurs complices. Il me semble impensable que l'armée envahisse la résidence de luxe pour nous capturer, cela admettrait aux yeux de tous leur problème et cela dérangerait toute la haute société des cités voisines en vacances sur ce site. Tant que nous resterons dans notre suite, je ne pense pas que nous prenions de risques. D'ailleurs, le premier réflexe de Lyla après notre retour a été de neutraliser les caméras miniatures de notre appartement.

Concernant Lyla et moi, je prie afin que personne ne puisse nous identifier… Nous n'avons pas compris concrètement comment le général mystérieux avait procédé pour nous suivre à la trace et nous seconder dans notre fuite. S'il en a le pouvoir, il aura aussi pu effacer toutes traces de notre intrusion dans les souterrains du QG de Marylin. J'estime sincèrement que dans le cas contraire, l'armée aurait déjà déboulé dans notre suite.

Durant tous nos préparatifs pour la soirée, Haruki s'est reposé et réhydraté. Quand il a repris ses esprits, il nous a chaleureusement remerciés de l'avoir libéré. Il ne s'est pas plaint du sort que Marylin lui a réservé, ses hématomes parlant pour lui. Il nous a ensuite conté son parcours avec Louisa depuis notre séparation. L'histoire fut courte mais le récit souleva néanmoins de nombreuses questions concernant notre amie Courtney qui a disparu des radars. Où peut-elle être maintenant ? Et comment parvenir à la retrouver ?

Ensemble, nous avons évoqué le message reçu communément lors de notre arrivée dans le niveau quatre. *Tu devras mourir.* Haruki et Louisa aussi devront vraisemblablement mourir. Cette nouvelle n'a rien eu de réjouissant même si nos deux amis ont toujours une vie bonus qui leur permettra de limiter les conséquences en repartant simplement au portail du Paradis. Pour autant, cette fin attendue annonce à nouveau notre séparation, ce qui a provoqué une crise d'angoisse de notre benjamine.

D'un commun accord, Lyla et moi avons renoncé à repartir à la recherche d'un cœur de vie. Le domaine est sous surveillance accrue et il ne nous paraît pas judicieux de fouiner partout en alerte rouge. De toute manière, je me suis fait une raison… Trouver un unique cœur de vie aggraverait la situation car seul l'un de nous deux pourrait être sauvé condamnant l'autre à disparaître du jeu en solitaire… N'est-ce pas mieux ainsi finalement ?

Quelques minutes avant les coups de vingt heures, nous reprenons la route de notre destin en rencontrant pour la première fois le gouverneur Marylin en personne. Malheureusement notre mission n'est pas claire et nous ne savons pas s'il nous faudra le tuer…

Rien n'est certain. En aurons-nous l'opportunité ? Rien n'est mieux sûr.

— Bonne chance, nous encouragent nos amis pour qui il se révèle douloureux de nous laisser partir seuls.

Leur soutien me va droit au cœur. Pourtant un mauvais pressentiment ne me quitte pas… J'ai la désagréable impression de me jeter dans la gueule du loup. Machinalement, je vérifie une énième fois la présence de l'arme coincée sous ma ceinture et espère que le pan de ma veste en cachera la forme. Lyla a le même réflexe et entrouvre son sac à main assorti à la couleur de son vernis à ongles.

À peine sommes-nous dans le couloir que la tension monte d'un cran avec l'apparition d'un couple surgissant de la chambre voisine. Impossible de les éviter. Difficile de ne pas s'en méfier dans les circonstances actuelles. Sont-ce des soldats infiltrés jouant une comédie similaire à la nôtre ? Est-ce une ruse pour nous approcher et nous arrêter ? Depuis mon parachutage dans Gamers, la paranoïa est devenue ma meilleure ennemie, à juste titre jusque-là…

— Bonsoir. Vous vous rendez au dîner organisé par le gouverneur ? demande la femme à notre approche.

La dame a la cinquantaine non assumée comme dirait ma mère, avec maquillage à outrance pour dissimuler les affres du temps. Sa voix haut-perchée me la rend directement antipathique et son trop grand enthousiasme me répugne déjà. Nous n'allons pas être du tout à notre place durant cette soirée, nous devrons jouer les parfaits espions.

— Oui, très chère. Cela promet une magnifique réception, répond Lyla sur le même ton grandiloquent qui semble être la norme chez ces riches décomplexés.

Impensable de les esquiver pour prendre l'ascenseur. Je reste sur mes gardes, prêt à agir à la moindre suspicion. Une fois dans la cabine, la promiscuité force aux échanges et l'homme se présente fièrement en me tendant la main.

— Monsieur De Boursigue, propriétaire des serres de productions de Gaulon, plus de cinq cents employés à ma solde.

L'industriel se nomme et précise son pedigree comme une carte de visite, un titre honorifique qui doit vraisemblablement nous obliger au respect ou à la jalousie. Sa richesse outrancière s'affiche dans sa tenue, ses bijoux mais aussi dans le nombre d'habitants de la cité qu'il réduit en esclavage.

Je sais Lyla sensible aux injustices et aux causes des plus faibles comme ici, celle de la classe ouvrière lobotomisée pour accepter son sort face aux nantis, alors j'interviens avant elle pour éviter tout incident.

— Monsieur Moon et ma compagne, madame Blondinette. Nous sommes des agents de la cité de Gilead en mission.

Je me calque sur sa présentation et m'imprègne définitivement de mon rôle établi par l'identité sur mon passeport. Notre fonction semble les impressionner et malgré le mystère qu'elle évoque, ils ne cherchent pas à en apprendre davantage. Quand les portes de l'ascenseur s'ouvrent sur le hall d'entrée, nous les laissons prendre de l'avance, ne souhaitant pas les avoir dans les pattes pour le repas.

L'endroit est animé. Toutes les personnalités de séjour dans la résidence semblent s'y être donné rendez-vous et les ronds de jambes concurrencent les baise-mains entre les convives, tous plus chics et répugnants les uns que les autres…

Nous tentons de nous rendre invisibles et suivons quelques couples vers la salle de réception voisine du hall. En nous en approchant, nous découvrons la garde renforcée qui filtre l'entrée des invités. Certes, ce personnel est en tenue de soirée, cependant, vu leur gabarit et leur coiffure, nous ne doutons pas un instant qu'il s'agisse de militaires. La présence éventuelle de détecteurs de métaux nous inquiète de plus belle, néanmoins nous refusons l'option d'abandonner nos armes. L'entonnoir se présentant à nous empêche toute fuite… Tous les voyants passent au rouge dans ma tête…

— Je ne le sens pas trop… glissé-je à Lyla.

— Au moins tu n'es pas obligé de porter des talons hauts, se plaint-elle avec le sourire pour détendre l'atmosphère.

Sa réponse est implicite, elle accepte de prendre tous les risques. Ainsi, nous continuons de progresser lentement vers ce goulot d'étranglement menant aux festivités. Sans paraître suspect, j'inspecte et compte les membres des forces de sécurité présentes. L'armée de Marylin est largement déployée autour de nous. Elle doit être à cran après les événements survenus en ville et l'évasion de deux prisonniers intrus non identifiés. Haruki nous a confirmé n'avoir rien avoué même sous la torture.

— Je n'ai absolument rien dit. De toute façon, leur raconter ma vérité comme quoi je viens du passé grâce à un jeu vidéo les aurait rendus encore plus dingues et violents, nous a-t-il précisé très justement.

Il avait rigolé avant de vivement le regretter du fait des douleurs atroces engendrés dans tout son corps.

Face à nous, les armoires à glace peinent à sourire aux invités à mille lieux de se douter de ce qu'il s'est tramé en coulisses dans ce soi-disant paradis. Ils scannent les convives des pieds à la tête et notre tour arrive. Lyla et moi discutons de banalités pour ne pas paraître anxieux. Nous entrons dans l'antichambre de quelques mètres et je comprends instantanément que tout va partir de travers en voyant une lumière rouge clignoter au plafond. Aussitôt, d'autres molosses jaillissent de nulle part devant nous, nous piégeant comme je le redoutais. Je m'apprête à dégainer mon arme et faire un carton quand juste derrière nous un homme nous bouscule violemment.

— Mort à Marylin ! hurle-t-il. Mort aux privilèges ! Rendez-nous la liberté !

Il ne va pas plus loin dans sa diatribe, le voilà brutalement collé au sol. La puissance du plaquage l'a littéralement sonné si bien qu'il n'est déjà plus une menace. Cet homme est notre héros à plus d'un titre. Ses slogans contre Marylin et le système établi dans ce nouveau monde sont les paroles que nous aimerions nous aussi propager pour crier notre haine et notre rage face aux injustices dont nous avons été témoins. Son intervention ne s'apparente pas à un coup de chance, elle nous a permis de passer finalement inaperçus et je sais à qui nous devons ce nouveau coup de pouce du destin. Notre ange-gardien, notre bienfaiteur…

Le manifestant, déjà réduit au silence, est neutralisé avec une injection administrée par l'un des gardes. En quelques secondes, il est évacué. Lorsque j'aperçois subrepticement son visage, je reconnais Mike, le serveur nous ayant conduits à notre suite le midi même… Dans le silence de la salle qui s'en suit, nous profitons de la diversion pour fuir la zone de contrôle. Puis, l'animation reprend doucement, chacun oubliant le malheureux événement.

La salle de réception est majestueuse et tient toutes ses promesses dans une ambiance Renaissance rappelant à tous les cours d'histoire sur les plus grandes monarchies que le monde ait portées. Dorures et peintures, lustres et argenteries. Près d'une centaine de tables rondes nappées de blanc accueillent les clients au son harmonieux d'un orchestre symphonique. Les musiciens jouent sur une estrade en tenue d'époque, perruque, teint pâle et mouche. Malgré le contexte, nous ne pouvons rester insensibles à ce spectacle grandiose.

Instinctivement, nous choisissons des places proches des portes-fenêtres donnant sur les jardins, non pour la vue bien qu'elle soit ravissante mais pour garder une issue de secours à proximité en cas d'urgence. Nous saluons les invités déjà attablés en cachant notre mal-être et notre maladresse à évoluer dans ce microcosme si éloigné de notre univers habituel.

Tandis que la salle termine de se remplir, nous échangeons quelques politesses avec nos voisins. Ils ressemblent au couple De Boursigue croisé tout à l'heure et semblent avoir les mêmes manies de l'autoglorification. Eux se vantent de tenir d'une main de fer la plus grande usine de textile de la cité. Je me souviens alors des enfants chinois du début du siècle dans leur atelier à produire des vêtements de marques. Le monde a finalement évolué car dans les banlieues de Gaulon il n'y a pas d'enfants à exploiter, ce qui reste toujours un mystère à résoudre.

— Oh, veuillez pardonner mon indiscrétion, quel âge avez-vous tous les deux ? Vous formez un couple si jeune !

La question de notre voisine, une femme ne cessant d'ajuster sa coiffure et de sortir son miroir de poche pour vérifier la bonne tenue de son rimmel et de son eyeliner, nous prend de court. Elle semble anodine mais je ne connais ni l'âge de la majorité ici ni celui permettant d'avoir les moyens financiers d'être présents à cette soirée. Or, il est évident, que tous les couples standardisés autour de nous pourraient être nos parents ou grands-parents.

Comme nous savions ne pas pouvoir tenir une conversation complète sans être pris au dépourvu par nos manques de connaissances sur cette société et sur la cité de Gilead, la stratégie que nous nous sommes préalablement fixée est simple. À la manière des meilleurs manipulateurs politiques, nous répondrons vaguement en terminant par une question. Au vu des caractéristiques narcissiques des personnes nous entourant, s'intéresser à eux nous permettra de ne pas trop en dévoiler sur nous. Par cette simple ruse, nous escomptons aussi en apprendre beaucoup sur le monde actuel.

— Bien plus que vous ne l'imaginez visiblement, botté-je en touche. Si votre mari m'autorise ce commentaire, je dirais que votre sourire et votre regard pétillant nous donnent un âge similaire. Quels sont vos secrets ? Dites-nous tout.

Je m'écœure moi-même mais me surprends à improviser aussi bien, en me plaçant au niveau de ces gens, pauvres de l'esprit, du cœur et des valeurs. Ma flatterie plaît à l'assemblée et la femme en profite pour afficher son plus bel égocentrisme avant d'avouer ses petites recettes de grand-mère. La soirée s'annonce longue et pénible avec des discussions d'un tel niveau…

Je profite du regard fuyant de son époux devant tant de futilités pour scinder la conversation. Je laisse Lyla apprécier les remèdes anti-vieillesse et oriente volontairement les hommes de la table vers un sujet plus politique.

— Aura-t-on le droit à un discours du gouverneur ? dis-je d'un ton détaché.

— Oui, comme à chaque réception, s'enthousiasme le mari, me remerciant d'un clin d'œil.

— Gloire à Marylin, ajoute un autre homme à la moustache et à la barbe finement taillées, silencieux jusqu'alors.

À ces mots, tous lèvent leur verre. Nous nous empressons de les imiter pour ne pas faire offense au gouverneur.

— Gloire à Marylin, répétons-nous tous en chœur avant de boire à sa santé.

— D'ailleurs, cela ne devrait pas tarder, précise le barbu en désignant les mouvements à l'entrée de la salle.

En effet, deux colonnes de gardes en tenue paramilitaire se forment des deux côtés de la salle. Au bas mot une trentaine de soldats prennent place à intervalles réguliers pour assurer la sécurité du dirigeant dont l'arrivée est désormais imminente.

Si nous devons réellement tuer Marylin ce soir, il nous sera impossible d'intervenir sereinement avec un tel service d'ordre nous encerclant. Si tant est que nous parvenons à le supprimer, nous ne ferons pas long feu après lui... Mais cette fin tragique n'est-elle pas déjà écrite ?

Tu devras mourir...

4.9

Gloire à Marylin

L'orchestre se tait un instant avant d'entamer un nouvel air auquel toute l'assemblée réagit immédiatement en se levant. Devant cette communion soudaine, Lyla et moi accompagnons le mouvement dans l'unique but de ne pas dénoter et d'attirer l'attention. Les conversations cessent et tous les regards se dirigent vers l'entrée principale de la salle de réception.

Quand le rythme de la musique s'accélère, tous portent la main au cœur et entonnent les paroles de ce qui doit être l'hymne national. D'un rapide coup d'œil, je perçois la foule concentrée et convaincue par ce qu'elle récite haut et fort, alors je bouge les lèvres en tentant d'épouser les paroles avec un train de retard.

Au début je ne prête pas attention au sens du texte puis par ses thématiques, je comprends qu'il s'agit de l'histoire contée de mon monde devenu le leur. Tout d'abord la guerre et les bombes, les destructions et la vengeance donne le ton et annonce l'apocalypse. L'année de ces dramatiques événements me revient, nous sommes en 2029. Le chant partisan déclare la victoire à travers un refrain à trois mots que j'ai déjà entendu tant de fois.

Gloire à Marylin !

Ensuite, l'assemblée chante la misère, la famine, la perte des repères, le deuil et la résilience, ce qui correspond à une période de transition où le monde a dû se réveiller de ce cauchemar pour en vivre un autre ancré sur la durée. Un après-guerre où les survivants ont dû s'adapter aux nouvelles conditions, apprendre à survivre avant de chercher un leader en qui porter tous les espoirs.

Gloire à Marylin !

Enfin, le récit se termine par la reconstruction d'un monde nouveau et bien évidemment meilleur avec un peuple travailleur sur qui la société se repose et l'apparition d'un homme providentiel et charismatique en fer de lance.

Gloire à Marylin !

Ce dernier vers est scandé avec une telle conviction enthousiaste qu'il me glace le sang.

Cet hymne me confirme une doctrine de mes cours d'histoire. L'Histoire est toujours écrite par les vainqueurs. Sans en savoir davantage, je ne peux critiquer le rôle catalyseur de Marylin après la fin du monde, peut-être a-t-il été indispensable pour relancer le peuple et le dynamiser afin de repartir de zéro. Toutefois, je peux me permettre de juger ce que j'ai vu de ce nouveau monde. Il l'a construit sur d'anciens modèles en profitant de la faiblesse de toute une civilisation pour l'asservir à souhait, au titre d'un Dieu. Les injustices sociales, l'exploitation des travailleurs, la pauvreté à grande échelle existaient, elles sont ici la norme. Les minorités mises de côté ont littéralement disparu désormais, en effet depuis mon arrivée dans Gamers, je n'ai vu que des blancs, Haruki représentant à lui tout seul la diversité de cet univers.

La salle des privilégiés salue l'hymne par un tonnerre d'applaudissements. Eux sont du bon côté de la société. Égoïstes et aveugles, ils ne peuvent que louer les qualités de leur leader et accepter les codes de cette société qui les avantage et leur offre la belle vie.

Gloire à Marylin ! répètent-ils à tue-tête.

Un hymne de propagande. Le culte d'une personnalité, d'un sauveur de l'humanité qui n'aura protégé en réalité que cette caste minoritaire. Pour imposer ce système, il n'a eu d'autres moyens que le contrôle, la force, la répression, la peur, quatre ingrédients qui font de lui non un démocrate mais un dictateur. J'ai envie de crier ma haine devant un tel constat. Malheureusement ici, personne ne comprendrait mon discours et tous refuseraient catégoriquement mon point de vue critique.

Les lumières s'éteignent subitement et je crains un instant le pire. Je réalise ensuite qu'il s'agit de la mise en scène orchestrée pour accueillir le héros du soir. Le noir galvanise l'assemblée qui tape encore plus fort des mains. Un spot blanc illumine alors une silhouette sur les marches de l'entrée. Au vu de l'acclamation générale, j'aurais plus pensé à l'apparition d'une rockstar qu'à celle d'un homme politique. D'ailleurs, la tenue entièrement blanche, le chapeau haute-forme d'un autre siècle et les lunettes de soleil vintage ne constituent pas les codes vestimentaires habituels d'une personnalité dirigeante, quel que soit son grade.

Je joue mon rôle de fan inconditionnel comme les autres et continue d'applaudir le messie qui m'a apporté pouvoir, confort, sécurité et fortune. En retour, Marylin s'autorise un bain de foule et serre les mains tendues. Un geste amical que beaucoup traduisent par une invitation à se presser dans l'allée centrale pour mieux voir le gouverneur et pourquoi pas le toucher.

Je ne pensais pas qu'une telle ferveur pouvait exister envers un dirigeant hormis si elle est feinte et arrangée pour une communication médiatique. La manipulation de l'image a toujours été de coutume pour créer le paraître et modifier les opinions publiques. Cependant ici, dans cette salle des fêtes, cette hystérie collective semble spontanée. Cet homme au look étrange harangue son auditoire sans forcer.

Dois-je moi aussi m'approcher de Marylin et profiter de cette proximité pour l'abattre ? Est-ce réellement ma mission ? Le moment est-il bien choisi ? Est-ce raisonnable d'éliminer cette star adulée au milieu de son public le plus fervent ? Je me vois déjà molesté à mort par tous ces bourgeois fanatiques, avant même que l'armée ne puisse réagir…

— Viens mon amour, allons le voir de plus près ! m'interpelle Lyla, faussement excitée.

Ma surprise est totale. A-t-elle pris la décision de passer à l'acte ? Personnellement, je doute encore de ce qu'il faut entreprendre. Certes, cette occasion est trop belle et ne se représentera peut-être plus, mais les enjeux sont considérables…

— Tu as raison, allons-y ! lui répondis-je, tandis que nos voisins de table suivent le mouvement.

Malgré la bonne éducation et la bienséance, les midinettes d'un âge révolu se bousculent dans un comportement extravagant n'ayant d'égal que celui du personnage arrivant lentement vers nous. La présence d'une garde rapprochée encadrant Marylin se justifie plus pour disperser les groupies que pour protéger l'homme politique d'un attentat.

Dans cette cohue, Lyla et moi pouvons parvenir à nos fins facilement, car personne ne prête attention à nous et l'attroupement masque nos gestes aux yeux des militaires quadrillant la salle. Je glisse ma main sous ma ceinture et empoigne mon revolver tout en feignant mon admiration face au gouverneur qui n'est plus qu'à quelques mètres et qui peine à avancer devant un tel engouement. Loin de s'impatienter, l'homme semble prendre beaucoup de plaisir à la situation. Vu la journée difficile que nous lui avons fait subir, il doit en profiter pour recharger ses batteries et reprendre confiance…

Je remarque enfin les épaisses lèvres de Marylin peintes en noir, aussi ténébreuses que ses cheveux qui dépassent du chapeau. Sa peau d'une blancheur spectrale est parfaitement lisse et imberbe. Ses artifices empêchent tout pronostic concernant son âge et défigurent complètement la nature de son véritable visage. Je ne sais pourquoi mon esprit s'attarde à ce moment-là sur ces détails insignifiants. Mon inconscient souhaite-t-il m'envoyer un message ?

Je tire mon arme de sous ma veste tandis que Lyla entrouvre son sac à main. Il est temps de faire hurler la foule pour d'autres raisons… Dans quelques secondes, nous pourrons tuer le gouverneur à bout portant et cette somptueuse réception tournera au cauchemar.

La faible musique me parvient aux oreilles malgré les exclamations du public et la symphonie joyeuse de l'orchestre. Le portable de Lyla sonne à nouveau. Dans cette situation, je ne peux répondre à l'appel et savoir de quoi il en retourne. De toute évidence, le général cherche à nous joindre et à quelque chose à nous dire. Manifestement il nous surveille derrière un écran ou il est présent dans cette salle. J'en déduis que son intervention ne peut avoir qu'un seul but : interrompre notre plan.

Nous ne devons pas tuer Marylin. En tout cas, pas ici et pas maintenant…

Je remets en place mon revolver et pose une main sur celle de Lyla pour lui signifier d'abandonner. Un échange de regard lui confirme ma volte-face alors que notre cible est là, à portée de bras.

Avec son aura, sa carrure, son allure, oui, cet homme m'impressionne, moi qui ne suis rien. Je montre aux yeux de tous mon admiration et ma joie de côtoyer ce dictateur qui a envoyé mes parents mourir dans le désert des pourris[1]. Je jure intérieurement que ce n'est que partie remise par un simple contre-temps. Je le tuerai quitte à en mourir.

Dix minutes s'écoulent encore avant que le gouverneur n'atteigne la scène et que les invités se rassoient à leur place dans un calme tout relatif. L'excitation est telle que certains se trouvent à un baiser ou un autographe de s'évanouir. Lorsqu'il finit par lever la main pour signifier le début de son discours, un silence absolu s'abat religieusement sur l'assemblée.

Dès ses premiers mots, je regrette de ne pas avoir vidé mon chargeur dans sa tête…

— I have a dream…

Comment ose-t-il voler ces mots à Martin Luther King ? Un défenseur des droits, de la différence, des faibles et minorités. Autour de moi, je ne vois que des blancs qui ne connaissent sans doute même pas l'histoire de ce personnage emblématique américain. Cette phrase n'appartient qu'à lui, pas à ce gouverneur dont les valeurs sont tout à fait contraires…

— J'ai rêvé d'une nation prospère où vous auriez un rôle décisif et ce rêve s'est réalisé, grâce à vous. J'ai rêvé d'un paradis terrestre où vous tous pourriez être récompensés et ce rêve s'est réalisé, pour vous.

Une salve d'applaudissements l'interrompt. Sur les visages, des larmes d'émotion coulent. Dans mon for intérieur, la nausée monte.

---

[1] Voir le tome 1 « Survivre ».

— J'ai maintenant le rêve d'une nation plus forte, plus vaste, plus pure. Je sais déjà que ce rêve se réalisera. Grâce à vous et pour vous.

« Gloire à Marylin » scande la salle à l'unisson, marquant son accord avec ce slogan de campagne annonçant clairement la couleur. La nation va partir en guerre pour propager sa bonne parole, asservir les peuples, imposer son fonctionnement et sa culture, et purifier le reste du monde à son image. Des siècles d'histoire se sont écoulés et les mêmes horreurs se répètent comme si l'être humain n'avait su apprendre de son passé pour ne pas reproduire ses erreurs.

Lyla pose discrètement sa main sur la mienne. Je présume tout d'abord qu'elle me manifeste son écœurement puis je vois dans ses yeux un trouble bien plus profond.

— J'ai déjà entendu ce genre de discours, me murmure-t-elle à l'oreille, bravant l'interdiction implicite de parler en même temps que le chef suprême.

Pense-t-elle aux références du nazisme et du colonialisme comme moi ? Non, elle évoque un passé bien plus récent… Le déclic a lieu dans ma tête. Je revois ces lèvres, cette carrure, cette peau imberbe. Je reconnais cette voix grave, ce discours aux effluves nauséabondes évoquant la puissance de son pays parce qu'il était blanc.

— Richard Bushman… soufflé-je, devant l'approbation silencieuse de Lyla.

Le choc est rude. Comment est-ce possible ? Comment le maire de notre ville a-t-il pu devenir l'homme incarnant ce nouveau monde ? Ses dents longues et ses ambitions sénatoriales l'auront donc porté jusqu'au poste suprême. Pour avoir piraté son site de campagne l'année dernière et avoir longuement discuté de ses idées et valeurs avec mes parents, j'ai la confirmation que cet homme est fondamentalement mauvais. Sans surprise, tout ce que l'on pouvait redouter d'un tel personnage a bel et bien eu lieu…

Plongé dans les souvenirs de ce passé si lointain pour ceux m'entourant, si proche pour moi, je n'entends pas la suite du discours. Je n'en ai cure, j'en ai bien assez entendu, même trop ! À la fin de ses prophéties, ses partisans l'acclament haut et fort.

— Gloire à Marylin, martèlent-ils dans une euphorie totale avant que le gouverneur quitte la réception, accompagné de toute son armée personnelle.

Quelques instants plus tard, le festin commence. Des dizaines de serveurs aux petits soins, distribuent des assiettes en porcelaine raffinée. Les plats sont des chefs d'œuvre de présentation et les mets sont d'exception. De quoi ravir ces élites.

Déboussolés par le contenu de ce discours et l'identité révélée de Marylin, Lyla et moi ne participons plus activement aux conversations. Nous souhaitons désormais discuter de ce rebondissement en tête-à-tête. Entre deux entrées, de nombreux convives en profitent pour valser sur la piste de danse face à l'orchestre, nous laissant le champ libre pour échanger.

— Tu ne me croiras sûrement pas si je te dis qu'il y a un peu plus d'un an, j'ai hacké le site Internet du maire Bushman… commencé-je.

Cette annonce ne surprend pas réellement Lyla.

— Et si je t'affirme avoir participé à plusieurs manifestations en ville contre sa politique et que j'ai été arrêtée par la milice policière pour cet acte, qu'en déduis-tu ?

— Tu sais à quel point je ne crois pas au hasard et aux coïncidences. Je te parie qu'Haruki et Louisa avec sa sœur auront une anecdote de ce type à nous raconter sur le maire. Nos liens de défiance vis-à-vis de Bushman constituent sans aucun doute notre point commun…

Avoir découvert l'identité du gouverneur fait tomber toute une rangée de dominos. Ainsi nous commençons à comprendre la raison de notre présence…

— Hugo, si tu as raison, cela expliquerait les choix de l'animateur de Gamers pour sélectionner son casting. Nous savions déjà ne pas avoir été choisis aléatoirement, là, nous avons à présent le premier critère… Nous détestions tous Marylin sans le savoir !

En apprendre davantage sur mon destin rend encore plus confus ma compréhension du jeu Gamers et trouble définitivement la frontière que j'ai artificiellement bâtie entre le réel et le virtuel. Une nouvelle fois, comment les concepteurs du jeu vidéo ont-ils pu avoir connaissance de toutes ces informations, au même titre que le nom de mes parents enregistré dans l'ordinateur à l'entrée du tunnel ou du numéro de téléphone portable de Lyla composé par un mystérieux complice. Quelle réalité vivons-nous actuellement ? Je suis bien incapable de répondre …

— Hé ! Regarde, il y a Courtney ! intervient mon amie, marquant sa stupéfaction.

Je suis son regard et fouille dans la foule qui s'agite ici à discuter, plus loin à danser. Une jeune femme aux cheveux rose fluo avec piercings et tatouages ne peut que sortir du lot de ces couples conformistes à souhait, et pourtant, je ne la vois pas.

— Cheveux noirs, robe noire, en pleine discussion avec deux hommes là-bas, précise-t-elle devant mes errements.

J'écarquille les yeux quand enfin je la reconnais transformée en femme fatale aux couleurs sombres. Les individus l'accompagnant semblent sous le charme de ses formes avantageuses. Je lui reconnais sa capacité à s'adapter à toute situation et à envoûter son entourage.

— Je savais qu'on pouvait compter sur elle pour s'en sortir, affirmé-je admiratif.

Cette apparition est une bonne surprise, elle valide le passage au niveau quatre de tous les membres de l'équipe. Finalement, nous sommes tous sains et saufs, et bientôt à nouveau réunis pour poursuivre notre quête.

— Allons nous manifester auprès d'elle, annonce Lyla en se levant.

Nous nous faufilons vers notre camarade jusqu'à ce qu'elle nous aperçoive. Un large sourire s'affiche sur son visage. Ses interlocuteurs se tournent vers nous et elle les prie de l'excuser quelques instants. Elle nous rejoint, une coupe de champagne à la main.

— Comment allez-vous ? Je ne m'attendais pas à vous revoir de sitôt, dit-elle en vérifiant que personne ne s'intéresse à nous.

— C'est mal nous connaître, plaisanta Lyla. Et toi, comment t'en es-tu sortie ? Haruki et Louisa ont perdu ta trace.

Elle semble étonnée, elle ne se doutait pas qu'ils soient aussi au rendez-vous.

— Vous leur avez parlé ?

— Oui, se réjouit Lyla. Nous sommes parvenus à les libérer de la prison du gouverneur. Haruki a morflé mais il se retapera vite, il est costaud.

— Ah, vraiment délicieux ce pétillant ! s'extasie-t-elle en terminant sa coupe. Puis, elle reprend plus bas : Et dans quelle suite êtes-vous ?

— Chambre 772, annoncé-je le premier en fixant Lyla. Au septième étage.

— OK, on s'y rejoint après la soirée. On pourra y discuter plus librement, commence-t-elle avant de conclure plus ouvertement : En tout cas, contente de vous avoir revus !

Elle nous embrasse et s'éloigne vers ses deux princes l'attendant patiemment. Elle n'a visiblement pas perdu son temps pendant que nous rattrapions notre retard et sauvions nos amis.

Je n'ai maintenant qu'une hâte, quitter cette réception sordide où décidément, tous les participants sont exécrables.

— Et si nous allions prendre l'air, ma chère ? proposé-je, enthousiaste, en reprenant mon rôle de comédien.

— Volontiers ! me répond ma compagne en me prenant par le bras.

Nous remontons l'allée centrale en zigzaguant parmi tous ces privilégiés se racontant leurs anecdotes croustillantes sur l'exploitation du tiers-monde. J'inspecte la sortie et surprends des échanges aux talkies-walkies chez les gardes. Puis les différents militaires se parlent avant de fouiller la salle du regard à la recherche de quelqu'un. Quand l'un d'eux tombe sur nous, je devine instantanément à sa réaction que nous sommes ses proies. Il nous désigne d'emblée à ses collègues.

— Changement de plan, annoncé-je. On passe en force par les portes-fenêtres !

Je sors mon flingue et tire deux coups dans la serrure. Des hurlements de panique troublent la quiétude de la fête. Excusez-nous pour le dérangement. Je défonce l'issue d'un coup de pied et entraîne Lyla à ma suite, laissant derrière nous l'assemblée en plein mouvement de panique alors que, très clairement, ce serait plutôt à nous de perdre notre sang froid…

4.10

White power

Comme tous les matins depuis des années, Haruki se leva tôt, avant même l'aurore pour épauler son père dans sa tâche quotidienne la plus fatigante. Avec ses problèmes de dos, celui-ci n'avait plus la condition physique pour porter de lourdes charges comme celles ramenées du hangar régional. Des caisses de poissons, crustacés et fruits de mer, remplies de glace pillée à ras-bord. Monsieur Ryoko ne disposait pas des moyens financiers pour subvenir correctement aux besoins de sa famille alors de là à engager un assistant, l'option restait inenvisageable.

Bien que le métier de poissonnier n'intéresse nullement Haruki, l'adolescent se pliait sans rechigner à la besogne. Il aidait au mieux son père entre ses heures de cours au lycée et ses entraînements sportifs. Ses années de pratique de taekwondo lui avaient, entre autres, apporté une certaine philosophie de la vie, lui permettant de trouver un bien meilleur équilibre entre l'indispensable et le superflu par rapport à la grande majorité des jeunes de son âge.

Concernant ses études, Haruki ne s'illusionnait guère. Il visait la moyenne chaque année afin de ne pas déshonorer sa famille et de ne pas avoir ses professeurs sur le dos. Pour être parfaitement franc, Haruki n'aimait pas cette manière d'apprendre, à travers les lignes des livres, il préférait plutôt apprendre de la vie, de la nature, du social. Être constamment dans le concret, le réel, le palpable au lieu de perdre son temps en théorie.

Ses parents souhaitaient au mieux qu'il exerce un beau métier pour qu'il ait une meilleure vie à l'avenir, au pire, ils désiraient qu'il reprenne l'affaire de son père. La vision des parents et de leurs enfants diffère bien souvent et quand Haruki évoquait son unique souhait de devenir professeur de taekwondo, sa mère répétait inlassablement ses critiques : « Ce n'est pas un métier ! Dans le meilleur des cas c'est un hobby pour le weekend ! ». Il lui répondait alors avec le plus grand des respects qu'il était pourtant préférable d'allier travail et passion pour être heureux dans la vie, ce à quoi, elle grommelait derrière ses fourneaux.

Sans jamais l'avouer à ses parents, devenir entraîneur de taekwondo constituait en réalité un second choix pour Haruki. Le premier, son rêve ultime, son graal, il l'avait déjà mis de côté. Malheureusement, il ne pourrait devenir champion de sa discipline, il l'avait bien assimilé et accepté. Ses parents n'auraient pas eu le temps et les moyens de le conduire à travers la région et le pays au gré de ses compétitions. Il s'en était fait une raison, compréhensif certes, mais un peu amer, regrettant que malgré son talent, il ne puisse grimper les échelons uniquement parce qu'il était issu d'une famille très modeste. L'ascenseur social était en panne, comme bien souvent, avait-il pu le constater…

Haruki n'en voulait à personne, il acceptait cette fatalité et aidait au mieux son père et sa famille immigrée à survivre. Elle qui, depuis des décennies maintenant, avait œuvré pour s'intégrer, s'en sortir par elle-même afin d'honorer son pays d'accueil.

Ainsi, trois fois par semaine, son plus grand plaisir consistait à se rendre à ses cours d'arts martiaux, pour s'entraîner, progresser, devenir maître de son corps et de son esprit. Le dojang[1] *était à plus de vingt minutes à vélo de son domicile, ce qui ne le rebutait ni l'été sous les fortes chaleurs, ni l'hiver sous les intempéries. Courageux dans l'âme, sportif invétéré, il ne reculait devant rien. Et lorsqu'il pédalait sur sa bicyclette, sans son imposante charrette utilisée lors de ses livraisons de poissons, si légère, il lui semblait qu'elle volait au-dessus du macadam.*

Il changeait ses itinéraires pour vaincre la monotonie et varier les paysages. Soit il pédalait sur le port avec ses odeurs de marées, soit dans le centre-ville au milieu de la pollution, ou dans les quartiers populaires très animés. Ce jour-là, il avait opté pour la banlieue. Le soleil doux et la température agréable le rendaient joyeux et il prit plaisir à passer devant une équipe de joueurs de basket, à côté de gamins glissant sur les rampes avec leurs skates, non loin d'une bande squattant un parc en écoutant de la musique.

Au gré des quartiers traversés, Haruki pouvait apprécier les cultures et origines différentes des habitants. La politique d'urbanisme de la ville depuis ces cinquante dernières années transparaissait dans cette vision. Des ghettos avaient été créés, des zones communautaires rassemblaient chaque tribu. Les politiques et bourgeois s'y étaient appliqués en espérant que personne ne déborde de la case accordée à chacun.

Quand Haruki traversa l'une des frontières entre ces quartiers, invisibles pour un néophyte, évidentes pour les locaux, il comprit instantanément le problème. Alors qu'il dévalait l'artère principale desservant la banlieue nord de la ville, il avait remarqué de loin un petit attroupement sur le trottoir. D'origine asiatique, lui-

---

[1] Dojang = salle d'entraînement du taekwondo

même était en territoire hostile, pour autant il considérait n'être l'ennemi de personne et il avait rarement eu de soucis à sillonner la ville en tous sens à vélo. Il s'agissait sans conteste d'un face-à-face entre deux clans rivaux, l'un ayant piétiné le terrain de l'autre...

À son approche, il entendit le ton monter et les intimidations physiques d'un trio blanc face à deux jeunes noirs ne laissaient guère de doute sur l'issue de la rencontre. Cette situation n'avait rien d'inédite, elle faisait partie intégrante du folklore local et rythmait les journées. Haruki ne se mêlait jamais de ce qui ne le regardait pas ; non qu'il soit lâche, il préférait passer son chemin considérant qu'il ne pouvait régler les problèmes de cohabitation.

Mais cette fois, la différence d'âge, de taille, de carrure entre les adversaires le choquait. Les visages terrifiés des deux petits blacks face au trio ne pouvaient le laisser indifférent. Comme les environs étaient déserts, il savait que personne ne leur viendrait en aide, ainsi, ils rentreraient chez eux, blessés, la tête défoncée, avec une rage de vengeance sûrement transformée par leurs grands frères en une riposte disproportionnée.

En roulant juste à côté d'eux, Haruki les dévisagea, hésita... Ils ne les connaissaient pas et ne savaient s'il y avait une raison concrète pouvant justifier cet affrontement aussi inégal.

— Putain de nègre de merde ! vociféra l'un des gaillards en cognant sévèrement l'un des gamins.

Haruki freina brusquement et effectua un demi-tour, la nausée au bord des lèvres en entendant cette injure raciste ignoble. Dans la bousculade et les premiers coups, personne ne le vit venir.

— Laissez ces gamins tranquilles ! intervint-il autoritairement.

Haruki agrippa le plus costaud des types qui venait d'exploser la pommette d'un des enfants. Ce salopard rugissait de délectation en voyant le sang gicler. Ce dernier fut surpris et déséquilibré par l'intervention d'Haruki qui en profita pour le faire basculer d'un simple coup de pied dans le genou. La brute épaisse se rétama au sol devant ses acolytes tout aussi étonnés.

— Qu'est-ce qu'il veut le jaune de mes deux ? Tu préfères que je te crève ici ou tu retournes dans ton pays ? ragea-t-il.

L'avertissement d'Haruki ne suffit pas. Sa confiance en lui, sa musculature, son agilité et sa position de combat ne dissuadèrent pas le trio de l'affronter. Les trois pauvres types se sentaient bien trop supérieurs en tout point et leur honte de reculer devant un étranger les aurait probablement étouffés dans leur vomi. Ils se croyaient invincibles ne sachant pas qu'ils s'opposaient à une ceinture noire de taekwondo.

Ses années d'entraînement lui avait appris l'endurance, la souplesse, la précision, la vitesse. Haruki mit KO le premier adversaire en un seul coup de pied lancé en pleine tête, alliant puissance et surface d'impact réduite. Les deux autres gusses blêmirent sans toutefois renoncer. Maître de l'auto-défense, Haruki para les attaques brouillonnes et désorganisées du duo. Il les neutralisa rapidement par plusieurs coups de poing rapides, utilisant ses têtes de phalanges pour engendrer le plus de dégâts sur les points faibles du corps de ses adversaires. Une exécution parfaite qui terrassa les bulldogs qui ne crieraient plus « white power » après une telle humiliation.

Alors que le trio gémissait au sol, les deux gamins s'étaient reculés de peur mais n'avaient pas fui par admiration devant un tel spectacle. La correction donnée avait été au niveau des fautes commises.

Haruki regarda les jeunes garçons sans attendre d'eux un quelconque remerciement. Il n'était pas intervenu pour la gloire, simplement pour protéger les plus faibles face à d'ignobles gars sans cervelle.

— Wah ! finit par s'extasier l'un d'eux. Tu n't'appellerais pas Bruce Lee ?

Haruki sourit largement. Qu'on le compare à son idole était déjà gratifiant. Qu'un jeunot d'à peine dix ans connaisse le nom de cette icône des arts martiaux lui faisait encore plus plaisir.

— Vous voulez venir au dojang pour voir un entraînement ? Je pourrais vous apprendre quelques coups pour que vous sachiez vous défendre.

Les deux gamins semblèrent ravis et acceptèrent volontiers l'invitation. Sur le chemin vers le tatami, ils firent ensemble connaissance et parlèrent longuement de la carrière de Bruce Lee en tant qu'acteur, réalisateur et concepteur du Jeet Kune Do.

4.11

Black-out

Dehors, le ciel artificiel du Paradis nous indique l'heure avec un début de coucher de soleil qui teinte le décor de couleurs automnales. Bientôt le dôme simulera la nuit, rythmera naturellement les résidents.

La terrasse devant la salle de réception est noire de monde. Toutes ces personnalités richissimes fuient tels des bestiaux apeurés en entendant mes coups de feu. Elles sont tellement habituées à dominer le nouveau monde de leur piédestal au sein d'une bulle sécuritaire que notre intrusion les terrorise d'autant plus.

— Couchez-vous ! Couchez-vous ! hurlent les gardes aux convives affolés, en nous pourchassant.

Je leur dirais bien de continuer à paniquer en tous sens afin de faire écran pour que les soldats ne puissent pas nous tirer comme des lapins dans notre fuite. Ils ne peuvent se permettre une fusillade au milieu de la cour du gouverneur alors nous en profitons pour gagner du terrain, surtout que nous sommes à découvert sur l'esplanade.

Soudain toutes les lumières de la résidence et du parc s'éteignent. Cette extinction anormale relance les hurlements et les propagent à travers le domaine. Tout est si parfaitement parfait au Paradis que le moindre grain de sable dans le mécanisme prend des proportions délirantes. L'affolement se propage autour de nous, quel que soit l'horizon, ce qui joue en notre avantage.

— Vers la forêt ! dis-je à Lyla.

Sans plan prédéfini, l'improvisation est de mise mais l'objectif de se mettre à l'abri dans l'immédiat reste prioritaire. Nous courons donc vers le seul endroit du parc où nous pourrons plus ou moins facilement nous cacher. La taille du bois n'étant pas infinie, cette solution ne pourra être que provisoire…

Juste au moment où nous pénétrons sous les arbres, le bruit d'une puissante explosion nous assourdit. Les vibrations dans le sol sont telles que j'en perds l'équilibre avant de sentir une vive douleur à la jambe. Quand j'ouvre à nouveau les yeux, je suis plongé dans une obscurité presque totale. En perte de repères, je me demande un instant ce qu'il m'est arrivé et où je suis à présent.

— Ça va, Hugo ? Rien de cassé ? Allez, viens vite !

Lyla m'aide à me relever. Mon genou me tiraille et je peine à retenir un cri à chaque pas, néanmoins les rafales qu'envoient nos ennemis m'obligent à dépasser ma souffrance.

— Que s'est-il passé ? crié-je à Lyla en pénétrant dans la forêt pour nous mettre à l'abri.

— Le dôme d'énergie a disparu ! me lance-t-elle en me guidant entre les troncs et les racines.

Je réalise effectivement que l'obscurité est bien plus intense maintenant, me rappelant l'ambiance des nuits artificielles dans les banlieues de Gaulon. J'entends aussi des appels désespérés des résidents provenant du bois, des terrains de jeux ou de l'hôtel. Ils angoissent tous face à ce black-out général qui vient de leur ôter la lumière, le luxe et la sécurité. Nous sommes immergés dans le même univers glauque que le peuple, sans aucune frontière invincible pour nous séparer. Les faibles et leurs élites se retrouvent à égalité et cette perspective fait disjoncter ces derniers. Par contre, personnellement, je me réjouis de cette tension qui va se répandre chez les nantis. J'avoue m'en amuser quelque peu.

La disparition du dôme d'énergie est aussi une aubaine pour nous, elle constitue une sortie de secours utile pour quitter le Paradis. Sauf que, dans l'immédiat, nous devons rejoindre Louisa et Haruki qui doivent être plus déboussolés que nous. Ensuite, nous pourrons… En pleine course effrénée, mes pensées s'interrompent tout bonnement car je n'ai absolument aucune idée du plan à suivre, des objectifs à atteindre et de notre destination finale. Ce manque de perspective commence à m'inquiéter sérieusement…

Dans ce chaos général où chacun crie à tue-tête et court à perdre sa route dans le noir, mon ouïe m'indique que nous avons semé nos poursuivants. En ce moment, ils ont bien d'autres problèmes à régler, des priorités comme consolider la frontière entre le Paradis et l'enfer de Gaulon… Nous stoppons quelques minutes pour reprendre notre souffle, vérifier notre position et réfléchir aux actions à entreprendre pour renouer le contact avec nos amis.

— Est-ce encore une intervention du général pour nous tirer d'affaire ?

Si tel est le cas, nous lui sommes de plus en plus redevables. Sur ce dernier coup, il aura utilisé les gros moyens en coupant tous les générateurs électriques du Paradis, prenant sans aucun doute d'énormes risques pour y parvenir. Je me masse le genou en tentant de dissiper la douleur lorsque je me fais surprendre. Dans le désordre ambiant, je n'ai rien vu venir…

— Ne tente rien d'idiot ou je t'explose le ciboulot !

Je sens la pression du canon métallique sur l'arrière de mon crâne.

— Lâchez vos armes ! ajoute la voix autoritaire, sans pitié.

Dans la très faible lueur provenant de l'autre côté du rempart nous séparant de Gaulon, je vois Lyla abdiquer. Je m'y résigne aussi en jetant mon revolver au sol. L'âme meurtrie, je m'incline devant Courtney qui tombe le masque, dévoilant son véritable visage…

— Je n'avais pas prévu de vous tuer mais vous êtes bien plus forts que je ne le pensais.

— Tu n'es pas obligée d'agir comme ça, Courtney. On peut chacun vivre notre aventure en parallèle sans se mettre des bâtons dans les roues.

Je sais ma tentative inutile car si elle est venue jusqu'à nous au cœur de la forêt, elle ne renoncera pas aussi facilement.

— Non, c'est un jeu d'équipe avant tout et je veux que la mienne gagne, me répond-elle. Néanmoins, grâce à vous, à mon infiltration dans votre team, j'ai réussi à mener mes amis à la victoire.

Elle admet donc nous avoir trahis dès le début du niveau trois, à la toute première prise de contact. Lors de son apparition, son objectif était déjà clair : se servir de nous afin de progresser plus rapidement… Quand, à quelques mètres du portail quatre, l'occasion de nous lâcher s'est présentée, elle a quitté nos rangs nous abandonnant, Lyla et moi morts, Louisa et Haruki dans les griffes de l'armée de Marylin. Son équipe et elle ont donc atteint le niveau supérieur en premier ainsi que notre mission à tous l'exigeait… Sa ruse lui a permis d'y parvenir sans aucun dégât… Je la féliciterais bien en tant que joueur fairplay si elle n'avait pas eu l'intention de nous éliminer tels des chiens galeux.

La raison pour laquelle je n'ai pas acquis de don pour mon honorable performance dans le niveau trois me vient alors soudainement à l'esprit. C'est elle en gagnant qui l'a récupéré…

— Pas mal ton don de téléportation, très pratique, intervins-je pour retarder mon dernier souffle.

Elle rit derrière moi sans toutefois relâcher la pression de son arme, m'offrant aucune échappatoire pour m'évincer de cette situation.

— Toujours aussi intelligent, Hugo. Tu vois à quel point tu peux être dangereux ? Je regrette simplement que nous ne soyons pas tombés directement dans la même équipe. Allez, adieu l'ami et sans rancune.

Je me concentre de toutes mes forces, convaincu que je peux réussir à nouveau ce tour de magie. J'entends au loin les cris de désespoir de Lyla et la détonation quand Courtney appuie sur la détente. Puis le temps s'arrête, me laissant seul dans cette pause sur image toujours aussi surréaliste, même après plusieurs expériences de ce type.

— À chacun son don, dis-je en me retournant. Le tien t'a amenée ici, en silence. Le mien a décidé que je devais vivre encore un peu.

Entre Courtney et moi, la balle sensée me tuer est figée dans l'air. Je la prends dans mes doigts, la regarde avec mépris et la jette par terre. Face à moi désormais, ma fausse alliée, l'incarnation de la trahison à l'état pur. Elle n'aura eu aucun état d'âme jusqu'au bout de son initiative. Avec un plaisir certain, je lui ôte l'arme des mains et dirige le canon contre elle, le pointant entre ses deux yeux.

Je ne devrais pas perdre un instant avec elle, l'abattre sur le champ ne serait qu'un juste retour des choses. Sans mon don, qui sait où je serais à cet instant ? Cependant, j'ai des questions à lui poser, des informations à lui soutirer. Arrivée bien avant nous au

Paradis, certainement en a-t-elle appris plus que nous. Peut-être sait-elle où aller et pourquoi ? Obtenir ces précieux renseignements reste plus vital que d'assouvir une vengeance.

Mes yeux se ferment et l'écoulement du temps se réactive normalement.

Courtney sursaute et recule instinctivement, comprenant que la donne a totalement changé en une fraction de seconde. Elle ne mérite aucune explication alors j'enchaîne, à mon tour, autoritaire et dominateur.

— Quelle est la mission de ton équipe ?

Avec les multiples interventions du général pour nous venir en aide, je suppose qu'elle n'a pas le même but que nous dans ce niveau. Sans doute, visons-nous des objectifs contraires qui nous forcent à devenir définitivement des adversaires.

— Ta gentillesse, ton amitié et ton cœur resteront ta grande faiblesse, Hugo. Ne l'oublie jamais.

Quand je comprends son intention, j'hésite une milliseconde de trop et elle disparaît en un claquement de doigts. Son don de téléportation constitue un sacré avantage et anéantit mon entreprise d'en apprendre plus.

Lorsque je baisse les bras, désemparé, battu comme un bleu, Lyla se jette à mon cou.

— J'ai eu si peur ! avoue-t-elle.

Je la serre fort contre moi afin de croire encore en l'être humain après cette volte-face qui restera longtemps en travers de ma gorge. Dans tous les cas, j'ai eu raison de me méfier d'elle lors de nos retrouvailles durant la réception. À nous répondre par une question et en bottant en touche au sujet de Louisa et Haruki, j'ai compris qu'elle usait de la même stratégie que nous pour jouer la comédie et ne pas se compromettre. En lui donnant volontairement le mauvais numéro de chambre, j'espère avoir sauvé la vie de nos deux amis restés au huitième étage.

— Que fait-on maintenant ? s'enquit Lyla.

L'idée de pénétrer dans l'hôtel ne m'enchante guère en cette alerte rouge, pour autant, cela me paraît être le seul moyen de retrouver nos compagnons. Deux principaux facteurs s'opposent : d'un côté, nous sommes fichés et recherchés par l'armée, de l'autre, l'obscurité régnante dans ce bazar peut se révéler être un atout de premier ordre. Quand j'estime que nous avons nos chances d'atteindre notre but, ma réflexion est interrompue par le téléphone de Lyla.

— Apparemment, tout n'a pas disjoncté. Le général fait les choses correctement… interprété-je à haute voix.

Lyla décroche et n'a pas le temps de dire quoi que ce soit que notre fidèle allié la presse.

— Où êtes-vous ? entendis-je grâce à mon hyperacousie.

— Au centre de la forêt… Rassurez-nous, c'est vous la cause de ce chaos ?

— Oui. Non seulement c'était nécessaire pour que vous sortiez vivants de ce piège, mais cela l'est aussi pour passer à la dernière phase du plan, celle où vous me venez en aide.

Lyla et moi nous regardons. Nous savions que ce moment allait arriver. Ce général a tant réalisé pour nous, qu'aucune discussion n'est possible.

— Pas de problème, affirme-t-elle. Par contre, avant toute chose, nous devons… nos amis…

— Ne vous inquiétez pas, je les ai contactés. Ils seront au point de rendez-vous que je vais vous donner. J'y serai aussi. Il est désormais temps que je me présente et que je vous explique la raison de votre présence, ici au Paradis, mais aussi dans Gamers.

Le général vient de nous lâcher une bombe en pleine figure. En premier lieu, il restera notre guide pour terminer le niveau quatre, ensuite il nous promet des explications concernant le jeu, éléments que nous n'avons jamais réussi à obtenir. Des réponses, …

— OK, très bien. Où doit-on se rendre ? s'empresse Lyla.

Notre allié nous explique l'itinéraire à suivre et les coordonnées exactes de notre destination, parfaitement dissimulée aux yeux de tous. Je visualise le trajet sur les plans enregistrés dans ma tête et lui confirme la bonne compréhension des ordres.

— Ne traînez pas en chemin, votre mission représente une véritable QTE[1]. Une fois l'électricité rétablie, il sera trop tard. Je vais retarder au maximum cet instant, cependant je ne peux garantir la durée de cette interruption.

Nous acquiesçons conscients des enjeux et mettons un terme à la conversation téléphonique. Avant que nous ne prenions la route, Lyla me retient par le bras.

— Rassure-moi, tout ceci ne constitue pas un piège ?

Évidemment, cette hypothèse me trotte aussi dans la tête. Des aides multiples et providentielles et des promesses de réponses à toutes nos questions constituent des gages de sécurité assez conséquents pour suivre les ordres du général. Or, après la trahison de Courtney, il ne nous est plus permis de donner aveuglément notre confiance…

— Même s'il nous a sauvés plusieurs fois la mise jusqu'à mettre le Paradis sens dessus-dessous, restons méfiants jusqu'au bout.

---

[1] QTE = Quick Time Event, séquence d'action d'un jeu vidéo à effectuer en un temps limité.

« Il faut apprendre de ses erreurs pour gagner la partie suivante » a toujours été l'un de mes principes de base en tant que gamer. Je compte bien l'appliquer ici pour sauver notre peau.

Nous déplacer dans cette obscurité oppressante n'est pas aisé et nous manquons de tomber et de nous prendre un obstacle en pleine figure, et ce, à plusieurs reprises. Pendant ce temps, je distingue au loin des silhouettes qui tâtonnent à retrouver leur chemin sans se préoccuper nullement de notre présence. Dans ces instants difficiles, le leitmotiv de tous est « chacun pour soi ». Après avoir quitté la forêt, nous contournons l'immense bâtiment par la zone des terrains de jeux puis avançons le plus discrètement possible dans le parc floral pour nous éloigner finalement vers les grandes fontaines, actuellement toutes à l'arrêt.

Le général nous a désigné une plaque en béton dissimulée sous des buissons face à la plus majestueuse statue d'ornementation. Une sculpture de Zeus facile à identifier en temps normal en pleine lumière, bien plus ardue la nuit à tâtons. Après quelques minutes de recherches aux pieds de plusieurs pierres finement taillées, Lyla trouve la lourde plaque en s'enfonçant dans des épineux qui lui égratignent toute la peau.

À deux, nous parvenons à soulever la dalle. Dessous, une entrée se dévoile, assurément peu utilisée, vraisemblablement inconnue par nombre de gens. Une faible lumière scintille quelques mètres sous nos pieds, celle d'une enseigne d'issue de secours. Après avoir vérifié que personne n'était à proximité, Lyla descend l'échelle l'arme à la main, craignant une mauvaise surprise. Je la suis tout en replaçant au mieux la plaque bétonnée au-dessus de ma tête.

Quand je la rejoins, elle se tient immobile et silencieuse. Je prends peur et crains de découvrir ce qui la plonge dans cet état. Je me retourne alors et le vois. Je peine à le croire tellement cette vision est impensable. Mon cerveau est à deux doigts du black-out lui aussi.

— Salut Hugo, salut Lyla. Vous me reconnaissez ?

4.12

Après une longue attente…

Évidemment, je ne peux y croire. Comment mon esprit scientifique et parfaitement cartésien saurait envisager ce qui relève de l'impossible ?

À mes côtés, Lyla aussi peine à concevoir le phénomène se réalisant sous nos yeux. Elle me regarde alors, m'observe, semble analyser tous les détails de mon visage, puis elle fixe le général.

L'homme est en tenue militaire avec décorations sur la poitrine. Il est coiffé d'une casquette portant le drapeau de la nation en écusson. Il nous attend, visiblement tout aussi anxieux que nous, tout aussi surpris qu'une telle rencontre puisse avoir lieu. Il paraît relativement jeune pour occuper une si haute fonction dans l'armée. Je lui donne à vue d'œil trente-cinq, quarante ans, même si je n'ai jamais été un champion pour déterminer l'âge des gens.

— Comment ça va ? prononce-t-il, la voix éraillée, pris par l'émotion. Je me doute du choc que cette entrevue doit vous procurer mais il fallait bien que je me présente à vous à un moment donné…

Son timbre est plus grave que le mien, il a dû muer sur le tard. Il a mes yeux bleus, mes lèvres minces et mes cheveux châtains qu'il a coupés très court. Il n'est pas aussi imberbe que moi du haut de mes dix-sept ans et sa carrure musclée est finalement flatteuse. Je ne me serais pas imaginé ainsi.

— Vous… heu, tu as quel âge ? Ou devrais-je dire, j'ai quel âge ici ?

Quoique… je connais déjà la réponse car nous sommes en 2039. Le compte est vite fait…

— Je suis toi à trente-sept ans, Hugo. J'espère que tu n'es pas trop déçu, plaisante-t-il avec mon humour si caractéristique.

Mon moi du futur me fascine. Enfant et adolescent, j'ai souvent réfléchi à mon avenir et imaginé ce que serait ma vie une fois adulte. À ce jeu, normalement enivrant pour un gamin, il m'était difficile d'entrevoir le bonheur à portée de main à cause de ma maladie et de mon manque de perspective à devoir vivre reclus dans l'obscurité. À cause de mon hypersensibilité aux ultra-violets, je ne me suis rarement laissé duper et ne pouvais envisager qu'un futur à la maison familiale, à rester dépendant de mes parents. Dans le meilleur des cas, lors de périodes plus joyeuses où l'espoir renaissait, je me voyais informaticien, hacker professionnel, programmateur ou designer de jeux vidéo. Dans tous les scénarios possibles, mon PC constituait ma seule compagnie. Jamais, au grand jamais, je n'aurais pu penser devenir militaire, haut gradé et physiquement aussi bien bâti ! Ce qui me réjouit avant tout est de constater qu'il vit sans combinaison, sans masque et que sa peau n'est pas constellée de points noirs, preuve que ma maladie n'a pas été un frein à mon évolution et qu'un remède ou une solution a été finalement trouvé. Une belle lueur d'espoir…

Le général tend lentement la main vers Lyla qui se laisse caresser la joue.

— Ma chérie, murmure-t-il. Tu me manques tellement…

Ma chérie… L'expression de ses sentiments semble confirmer que Lyla et moi allons vivre une longue histoire d'amour. Le savoir me donne le vertige tout en gonflant mon cœur de bonheur. Ses paroles sous-entendent aussi que Lyla existe aussi dans cet univers, projection du futur.

— Pourquoi je vous manque ? Suis-je présente ici ? Suis-je morte ? intervient Lyla, perdue dans toutes ces éventualités que nos cerveaux ne parviennent pas à appréhender.

— Oh, pardon… s'excuse-t-il. Longtemps, j'ai attendu cet instant… Je pensais y être préparé mais l'émotion est trop forte et mes paroles ne vous rendent que plus confus encore. Non, tu es bien présente à Gaulon toutefois, Marylin te détient prisonnière depuis de longues années. C'est la raison pour laquelle je vous ai fait venir ici.

Sa première précision constitue une relative bonne nouvelle, ma Lyla du futur est en vie et nous devons la libérer de cet odieux gouverneur. Par contre, sa seconde précision m'interpelle davantage. Parle-t-il de nous avoir guidés jusqu'à ce souterrain ou de nous avoir concrètement projetés dans le jeu Gamers ?

Devant cette version adulte impressionnante de moi, je peine à exister. D'accord, j'ai la parfaite habitude de me parler intérieurement, sauf que là, me retrouver physiquement présent avec moi-même – quelqu'un qui sait absolument tout de moi, mes secrets et hontes les plus enfouis – me déstabilise complètement.

— Tu te demandes quel est mon rôle dans tout cela, n'est-ce pas ? Pourquoi suis-je au centre de l'intrigue ? m'interroge-t-il en lisant parfaitement dans mes pensées.

Je sais pertinemment qu'il ne s'agit pas là du don de Courtney, simplement de l'affiliation qui nous relie. Nous ne sommes qu'un, extrait de deux espaces temps différents. Tout cela dépasse l'entendement et il me faut passer outre pour l'instant.

— Pourquoi es-tu au service de Marylin alors qu'il semble incarner le Mal ? Pourquoi Lyla… la Lyla du futur, est-elle emprisonnée ? Et… Comment sommes-nous arrivés dans ton univers ?

Des millions d'autres questions restent en suspens et je crois défaillir devant le vide abyssal face à moi.

— Toutes tes interrogations sont légitimes et j'y répondrai en détails, il s'agit d'une longue histoire, un récit de vingt ans… Or là, le temps presse et il nous faut agir dans les plus brefs délais pour récupérer Lyla.

Si cet homme n'était pas moi, si le sujet ne se résumait pas à sauver celle que j'aime, j'aurais exigé toutes les explications avant d'entreprendre quoi que ce soit. Et dans ces circonstances, comment ne puis-je « me » faire confiance ? Il faut prendre le taureau par les cornes pour aller libérer l'amour de ma vie !

— Où est-elle ?

— Elle est détenue dans les appartements privés du gouverneur, généralement sous très haute protection.

— Pourquoi ? Qu'a-t-elle fait pour mériter un tel traitement ? s'inquiète Lyla.

— Elle constitue mon talon d'Achille. Marylin la détient depuis de longues années pour me tenir sous contrôle. Je lui suis indispensable car c'est moi qui ai créé tous les systèmes de sécurité des dômes, de Gaulon et du Paradis. Jusqu'à ce scénario que j'ai écrit, ils ont toujours été infaillibles. Étant d'une grande valeur pour lui mais étant farouchement opposé à ses idées et sa politique, en maintenant Lyla en captivité, il me contraint à le servir et à lui obéir. Tout cela s'arrêtera aujourd'hui, si tout se passe comme prévu...

Nous encaissons le coup face à cette première révélation. Le général Delacroix, ainsi que le stipule son badge officiel sur son uniforme, nous donnera tous les autres éléments de l'histoire plus tard.

— Il faut absolument profiter du black-out total que j'ai provoqué, continue-t-il. Pour parvenir à cette situation, je me suis énormément compromis et si nous échouons, Marylin pourra prouver mon implication. Il tuera Lyla et m'enverra pourrir dans le désert. Nous n'avons d'autres choix que de réussir...

Toute cette opération a été préparée de longue date et le moindre détail semble avoir été pensé et réfléchi. Je me retrouve bien là dans la stratégie du général. Nous avons effectivement le même cerveau !

— Quel est le plan ? le pressé-je pour l'assurer de notre volonté d'agir vite et efficacement.

— J'ai envoyé Haruki et Louisa à la salle des scellés afin qu'ils récupèrent leurs affaires confisquées lors de leur arrestation. À l'intérieur, il y a les lunettes infrarouges qui vous seront indispensables pour progresser dans l'obscurité du dôme et pour dominer vos adversaires. Ensuite, j'ai plusieurs agents infiltrés dans l'armée qui ne cautionnent pas le système actuel. Ils vont activer et guider les attaques rebelles vers le Paradis, ce qui va accaparer une grande partie des forces armées de Marylin. Le protocole que j'ai validé l'exige.

Il sourit à sa dernière remarque pour insister sur l'importance d'avoir cogité aux moindres détails, et ce, depuis très longtemps. Après ce tic d'autosatisfaction que je reconnais bien en moi, il poursuit en soulignant notre rôle cette fois.

— Armée que vous avez déjà brillamment affaiblie, je n'en espérais pas tant pour être honnête.

— Des agents comme Mike ? rebondis-je avec un train de retard.

— Oui, confirme le général. Des résistants, des hommes et des femmes prêts à donner leur vie pour renverser le système établi qui écrase le peuple.

Mike nous était venu en aide à l'entrée de la réception. J'espère qu'il n'a pas été tué de suite et qu'il pourra profiter du chaos pour s'évader et rejoindre la rébellion organisée.

Le général semble avoir créé les conditions adéquates pour sortir enfin Lyla de sa prison. Nous ne pouvons pas le décevoir. Nous louper revient à compromettre notre futur, notre avenir…

Il sort un rectangle en plastique transparent de sa poche puis le déplie telle une vieille carte routière, sauf qu'ici, il s'agit en réalité d'une tablette ultrafine qui s'allume et nous projette les plans du Paradis. Le geek que je suis s'émerveille devant une technologie aussi révolutionnaire. Ce logiciel nous permet non seulement de visualiser tous les bâtiments mais précise aussi la présence des êtres humains par des points rouges.

— Regardez, nous sommes là, affirme le général en désignant trois pixels de couleur.

En un coup d'œil, on constate la disparité de présences entre l'intérieur de l'hôtel bondé et les parcs maintenant désertés ; entre le portail du domaine extrêmement surveillé et le QG de Marylin plutôt abandonné.

— La voie est bien dégagée, constate-t-il satisfait. Il ne reste que quelques gardes en faction. Tous les autres vaquent au plus urgent en évitant que la population ne pénètre dans le Paradis.

Mon moi du futur désigne les appartements privés du gouverneur au dernier étage de son immeuble. Un seul point rouge s'allume sur tout le niveau. Une personne isolée dans une pièce, immobile. Lyla.

— Attention, quelqu'un vient vers nous ! interviens-je en constatant un déplacement suspect non loin de notre position.

L'écran de la tablette affiche en effet l'arrivée de deux individus. Alors que le général se tient sur ses gardes, je tends l'oreille et entends des pas dans le couloir. L'arme au poing, prêt à faire le ménage, je reconnais heureusement une voix familière.

— Ils ne devraient plus être très loin, murmure Haruki à Louisa.

— Nous sommes là, les amis ! dis-je à haute voix afin de rassurer et prévenir les deux camps que tout va bien.

Haruki me tape amicalement l'épaule tandis que Louisa se jette dans les bras de sa sœur. L'émotion au sein de notre quatuor est sincère et cette nouvelle séparation a de nouveau prouvé notre besoin de nous retrouver pour vivre cette aventure.

— Content de te revoir, dit mon ami Bruce Lee. Ça va, tu as fait connaissance avec toi-même ?

— Oui, c'est OK. Pour l'instant, on se supporte bien ! plaisanté-je, tandis que Louisa nous dévisage, le général et moi, pour s'assurer qu'elle n'hallucine pas.

Mon ami se tourne vers le militaire en uniforme et lui précise qu'ils ont récupéré leurs affaires comme prévu et même volé au passage quelques armes mises sous scellées. Ce dernier les félicite et nous donne sa tablette.

— Allez-y maintenant. Je compte sur vous. Je retourne sur le champ à mon bureau afin de superviser cette mission et analyser l'évolution des événements dans le domaine et en ville. Lyla, dès que vous serez ressortis du quartier général, tu me téléphones à ce numéro. J'enclencherai la phase finale et vous rejoindrai alors.

Lyla valide la bonne réception du texto qu'il lui a envoyé sur son portable. Il nous souhaite bon courage et file le premier vers sa mission.

En possession de cette tablette, avec la quasi-désertion des lieux et la désactivation de tous les systèmes de sécurité, notre seconde intrusion dans le QG de Marylin ressemble à une balade à la campagne. Les lunettes infrarouges me permettent de guider mon équipe enfin reconstituée. Derrière, Lyla suit notre progression sur le plan et me donne des instructions pour éviter le plus possible les problèmes. Louisa et Haruki ferment la marche, armes au poing. Notre Bruce Lee n'est pas encore au mieux de sa forme, il serre les dents et contient ses plaintes. Après avoir arpenté de longs couloirs, remonté plusieurs escaliers, détourné la vigilance des gardes, nous pénétrons finalement dans l'enceinte sacrée du pouvoir, d'ordinaire surprotégée.

— Qui va là ? s'écrient deux soldats que nous ne pouvons esquiver car ils surveillent l'accès aux étages du bâtiment.

Combattre ses ennemis plongés dans le noir tout en étant munis de lunettes à vision nocturne est un avantage conséquent. Je leur réponds simplement d'une balle dans la tête pour chacun.

— Tu peux allumer la lampe-torche, précise Lyla à Haruki, afin qu'il éclaire toute la troupe face aux marches des escaliers.

Grâce à cette lueur, nous gravissons les différents niveaux de l'immeuble. À chaque palier, Lyla fait le point sur d'éventuelles présences. Heureusement les bureaux administratifs sont déserts à cette heure tardive. La zone est sûre et rapidement nous parvenons au dernier étage. Cette ascension m'est apparue trop simple, nous avons perdu l'habitude de la facilité. La préparation minutieuse du général nous a permis cette grande avancée sans réel danger à affronter.

Essoufflés, nous attendons une minute pour reprendre notre respiration et constater que les appartements privés du gouverneur sont vides, la tablette et mes lunettes nous l'indiquent. Je regrette son absence, je me serais fait un véritable plaisir d'éliminer cette ordure ! Je pressens cependant que cet instant surviendra à un moment donné. Quel que soit le jeu, il faut toujours combattre le plus puissant de ses ennemis à la fin pour vaincre définitivement et gagner la partie…

Il n'y a personne à l'horizon sauf Lyla.

— Allons-y, c'est la dernière porte à droite, précise ma Lyla.

Sans relâcher notre vigilance, nous avançons vers son lieu de captivité et constatons avec une certaine surprise que la porte visée est entrouverte. Tout cela est véritablement trop beau, invraisemblable… Notre méfiance reste de mise, avec Lyla, nous vérifions une ultime fois qu'il n'y a bien qu'une seule personne dans cette pièce, enfermée derrière une ligne de barreaux.

Ne baissant pas mon arme pour autant, je pousse le battant de la porte et nous pénétrons dans la salle aménagée en prison particulière. Haruki balaie l'endroit avec sa lampe-torche. Quand son visage apparaît dans le faisceau, nous sursautons tous, comme dans un mauvais film d'horreur où les héros se font une énième fois surprendre par un monstre sanguinaire. Mais là, ce visage est celui d'un petit ange et je le reconnais immédiatement pour l'avoir croisé quelques heures plus tôt…

— Qu’est-ce que tu fais ici ? demandé-je abasourdi au petit garçon.

4.13

Retrouvailles

— Salut les amoureux ! nous nargue-t-il en nous ressortant la même phrase que tout à l'heure avec un ton moqueur.

Pourquoi ce gamin n'apparaît-il pas sur l'écran de la tablette ? Qui est cet enfant ayant accès aux appartements privés de Marylin ? Ce midi, il jouait tranquillement au ballon avec ses amis, ce soir, il surveille une prisonnière en plein black-out…

En un coup d'œil, grâce à mes lunettes, je vérifie que Lyla est bien présente derrière les barreaux et qu'aucune autre mauvaise surprise ne nous guette. Je distingue une silhouette assise, nous regardant. Elle tente de nous distinguer dans la faible lueur de la lampe torche et de comprendre ce que signifie ces intrusions successives.

— Qui es-tu et que fais-tu là ? insisté-je, menaçant.

L'arme braquée sur lui ne semble nullement l'impressionner. Même si ce n'est qu'un gosse, son attitude et sa présence me perturbent et m'interrogent. Rien n'est jamais dû au hasard me répété-je pour ne pas me laisser attendrir par ce visage poupon.

— Je savais que je vous avais déjà vus quelque part tous les deux. Surtout elle, ta copine. J'ai pensé à une mère et sa fille au début mais je suppose que c'est bien plus que cela, n'est-ce pas ?

Son ton a changé, il n'a plus cet air inoffensif de petit garçon jouant avec ses copains. Ses propos m'agacent sérieusement car ils sous-entendent qu'il a compris tout ce qui se passait ici.

— Je ne me répéterai plus ! Réponds !

— Et toi, tu es la copie conforme du général Hugo Delacroix. C'est forcément lui la cause de tout ce merdier. Il le paiera très cher.

— Réponds ou je te tue, insisté-je, de plus en plus conscient que je vais devoir éliminer ce mioche s'il me pousse à bout à nous défier de son savoir sans vouloir coopérer.

— Tu n'assassinerais pas un enfant sans défense, tout de même ? Et puis, à quoi bon ? Vous ne sortirez pas d'ici vivants de toute façon.

Son assurance et son aplomb me déconcertent au plus haut point. Sa façon d'être, sa manière de parler et son vocabulaire ne semblent pas correspondre à l'image que j'ai d'un garçon de dix ans. À quoi joue-t-il exactement ? Quel est son but ?

— Supprimez-le… C'est un humanoïde… affirme une voix faible et éraillée en provenance de la cellule.

Sans hésiter, Lyla tire à trois reprises en pleine tête du gamin. Aux sons des impacts de balles, nous avons déjà la confirmation que cet enfant n'avait rien d'humain.

— Vous ne… sortirez pas… vivants… réussit-il à prononcer d'une voix déformée, au milieu d'une gerbe d'étincelles.

Il tombe au sol dans des mouvements non naturels avant de s'éteindre définitivement. Jusqu'ici nous n'avions pas eu affaire – à notre connaissance – à des robots. Leur niveau de technologie est tel que nous n'y avons vu que du feu. Cette constatation me pousse à croire que j'ai pu et je pourrai encore être dupé par d'autres faux êtres humains. Irrépressiblement, je prends la tablette des mains de Lyla et vérifie que mes amis et moi-même apparaissons bien sur l'écran. Le général nous avait précisé que seuls les êtres vivants étaient visibles sur les capteurs, le fait que nous soyons tous représentés par des points rouges sur le plan a tout à coup une importance considérable pour ma tranquillité d'esprit…

— Cet enfoiré ne cherchait qu'à gagner du temps… assène Lyla, rageuse. À coup sûr, il a déjà donné l'alerte…

Heureusement que la Lyla du futur ne se trompait pas sur la nature de ce garçon car bousiller une machine ne nous émeut nullement alors que tuer un enfant de sang-froid nous aurait provoqué un profond traumatisme… Entre Lyla, elles ont su se faire confiance.

Avec son faisceau lumineux, Haruki s'attarde sur le visage du gamin en partie éclaté. Sa ressemblance parfaite avec le genre humain continue de le troubler. Sa peau, ses yeux, son expression, même dans la mort, le font encore douter. Seuls les éclats métalliques, les bouts de plastique fondus et la présence de composants électroniques à l'intérieur de son crâne confirment sa nature réelle.

— Haruki, éclaire-moi. Il faut vite sortir d'ici, le temps presse !

Je sors mon trousseau de clés et cherche le bon passe pour libérer cette femme au visage triste et fatigué, au corps si faible et amaigri.

— Qui êtes-vous ? nous demande-t-elle, n'ayant toujours pas distingué nos visages dans l'obscurité, ne parvenant pas à saisir la situation.

— Nous sommes des amis venus vous libérer. Hugo nous envoie, nous le rejoignons tout de suite, lui répond Lyla.

Elle ne s'attarde pas sur les détails et ne nous présente pas. Ce n'est pas le moment. Trop de questions en découleraient. Je sens énormément d'émotion dans sa voix face à son être futur si fragile. Son état dépeint ses années de détresse à survivre dans ces quelques mètres carrés sans fenêtre. Sa seule compagnie aura certainement été celle de ses gardiens et de ce gouverneur qui devait prendre un plaisir malsain à la voir souffrir et se dégrader ainsi avec le temps.

Nous pénétrons dans la cellule. Ses muscles ont tellement fondu qu'elle éprouve toutes les difficultés à se relever et à marcher vers nous. Lyla et moi la prenons donc bras dessus bras dessous.

— Où est Marylin ? Où sont les gardes ? s'inquiète-t-elle, de peur que son rêve d'évasion ne s'évanouisse trop vite.

— Une révolte est en marche. Il était urgent que les temps changent, annonce Lyla, pour lui donner l'énergie d'un véritable nouvel espoir pour elle et pour le monde.

Comme l'écran nous indique que la voie est libre, Haruki sort le premier de la pièce pour mener le groupe sur le chemin du retour. Brusquement, à peine a-t-il franchi le seuil de la porte qu'il est agrippé et violemment tiré vers l'avant. Sa lampe torche vole et se brise en cognant le sol. Des coups de feu éclatent et les cris de notre ami nous figent un instant sur place.

Dans le noir total, seules mes lunettes infrarouges me permettent de distinguer le drame se jouant devant nous. Je lâche Lyla et m'avance dans le couloir prêt à tout envisager pour venir en aide à Haruki. Je m'attendais à des militaires, à d'autres robots, à une nouvelle colonne de fumée noire mais j'en avais oublié leur existence… Des pourris… À travers mon appareil à vision nocturne, je distingue des dizaines de silhouettes verdâtres, les épaules basses, le corps avachi, se traînant et se bousculant les unes contre les autres. Malheureusement, dans la cohue, il m'est impossible d'identifier mon ami…

— Haruki, t'es où ? crié-je.

Je n'ose tirer dans le tas, presque à l'aveugle.

— Couche-toi ! Je vais les abattre ! ajouté-je face à son silence.

La menace lancée, plusieurs pourris abandonnent la mêlée autour d'Haruki et s'approchent de moi. Leurs odeurs, leurs gesticulations saccadées, leurs sifflements… J'avais espéré ne plus jamais les rencontrer. Leur assaut me projette dans mes pires souvenirs si bien que j'y puise la force pour les affronter avec détermination. Une fois au contact, je les élimine un par un, tirant sous le menton vers le haut afin qu'aucune balle perdue n'atteigne mon camarade.

Que font-ils ici, au dernier étage du quartier général ? Je les sais incapables de monter la moindre marche d'escalier sans tomber ! Comme la prisonnière Lyla, cette troupe de pourris constituait certainement un autre étrange divertissement pour le gouverneur. Aux mœurs sordides, il devait se délecter devant de telles charognes à portée de main. Côtoyer ces bêtes féroces enfermées en cage qui ne pouvaient s'en prendre à lui, lui conférait sûrement ce que tout dictateur recherche dans sa quête de pouvoir : un sentiment de domination ultime.

« Vous ne sortirez pas d'ici vivants… » avait vociféré le gamin, sans doute les a-t-il libérés et n'attendait-il que leur arrivée. À l'image de cet humanoïde, ces pourris morts-vivants n'ont pas été détectés par notre tablette. La précision du général concernant la vision des êtres humains prend de plus en plus son sens. Faut-il s'attendre à de nouvelles interventions invisibles de la sorte ? Nous nous sommes laissé à nouveau surprendre et la situation vire au cauchemar …

— Haru ! crie Louisa, en pleine crise de panique, immergée dans le noir, au cœur des sifflements stridents qui nous ramènent tous dans le désert à combattre les hordes de pourris.

— Restez à couvert et fermez la porte ! leur ordonné-je.

Dans le bruit de plus en plus assourdissant de cette cohue agglutinée dans le couloir, la nouvelle absence de réponse ne nous laisse guère d'espoir. La rage me gagne et je continue de m'arracher aux griffes de ces pourritures et de leur exploser la tête. J'avance coûte que coûte pour me frayer un chemin mais leur nombre m'épuise et je me fais déborder des deux côtés. Je sais que s'ils m'entourent, je serai perdu car ils se jetteront sur moi pour me dévorer. Je me suis promis de ne plus revivre une telle mort, alors, plein de hargne, je les exécute à bout portant sans prendre le temps de respirer.

— Haruki ! appelé-je une énième fois afin de trouver la force de poursuivre sur ma cadence infernale.

Le contact gluant avec leurs mains tentant de m'accrocher, le bruit spongieux de leurs contenances se déversant après chaque tir ne me révulse même plus. Je me suis transformé en une machine à tuer, une machine à sauver mon ami. Malgré la signification de son silence, je ne peux me résoudre à sa mort. Je continue à manœuvrer au milieu de la meute infâme quand j'entends des coups de feu qui ne sont pas les miens.

J'ai bien fait d'y croire jusqu'au bout. Haruki a pu reprendre le contrôle et à deux nous allons venir à bout de cette horde affamée. Mon horizon à travers mes optiques s'éclaircit désormais bien plus rapidement. Puis mon sang se glace lorsque son cri retentit et déchire mes derniers espoirs, anéantissant définitivement ce monde sans pitié. Le cri d'agonie d'une fillette. Le cri terrifiant de Louisa.

J'aimerais tellement lui venir en aide comme elle a eu le courage de le faire en se jetant à cœur perdu dans la horde alors qu'elle ne pouvait voir ses ennemis… Mais les derniers pourris ne lâchent rien, ils continuent leur travail de sape et m'agressent tant que je ne les extermine pas d'une putain de balle dans le crâne.

Lorsque la cervelle du dernier combattant repeint le plafond, je tourne sur moi-même pour vérifier que la guerre est terminée. Plus aucune silhouette ne se jette sur moi. A contrario plus aucune silhouette ne se tient debout pour célébrer la victoire avec moi. Le sol m'apparaît vert fluo sur toute la longueur du couloir, vision sinistre d'un carnage dont je souhaiterais tant réécrire le scénario…

— Louisa ! Haruki ! m'époumoné-je, plus pour manifester ma peine et libérer ma frustration que pour en espérer une quelconque réponse…

Puis le silence s'impose. Plus rien ne bouge. Seule ma respiration rapide subsiste dans ce décor apocalyptique. Le désarroi me submerge et me terrasse. Je reste immobile longtemps, perdu, à deux doigts de lâcher prise, d'abandonner suite à cette énième bataille, cette nouvelle tuerie, ces dommages psychologiques. Je me vois me laisser glisser au sol, m'allonger au milieu de ce cimetière et attendre que le destin me joue un dernier sort pour enfin être tranquille et en paix.

— Hugo, où es-tu ?

Lyla m'appelle d'une voix tremblante. Sans doute a-t-elle déjà compris le drame venant de se jouer ici, s'angoissant à l'idée que je fasse aussi partie des victimes.

— Je suis là… Ne bouge pas, j'arrive pour vous épauler. Il y a des cadavres de pourris amoncelés partout…

Dans cette espace restreint, l'odeur dégagée par les dépouilles devient suffocante et pique les yeux alors que je rejoins ma petite amie et sa projection dans le futur, l'une soutenant l'autre. Une sensation étrange s'empare de moi. Un sentiment d'amour si fort qu'il efface mes sombres pensées. Mon présent et mon avenir sont unis devant moi et je ne peux les abandonner en me pavanant dans cette dépression qui me tend les bras.

— Louisa, Haruki ?

Bouleversée, Lyla n'a pas la force de formuler davantage sa question. Elle connaît déjà la réponse…

— Désolé, je n'ai rien pu faire… Ils étaient bien trop nombreux et nous ne pouvions trouver une issue pour fuir dans ce couloir…

Le syndrome du survivant me guette et m'oblige à me justifier. Pourquoi suis-je le seul à sortir de cet affrontement sans dommage ? Pourquoi nos deux amis ont-ils succombé et pas moi ? Est-ce à moi d'en assumer la responsabilité et d'en porter le fardeau ?

Nous avançons à trois, côte-à-côte, dans ce charnier que nous piétinons pour nous diriger le plus rapidement possible vers les escaliers. Nous devons évacuer le quartier général avant un éventuel retour des troupes. La tablette ne signale aucune présence mais nous avons appris à nos dépens que cela ne nous donnait aucune garantie de parvenir en bas vivants.

Dans la descente, nous progressons plus lentement car l'affaire se complique et il ne s'agirait pas de dévaler les marches en se brisant les os. Malgré l'enjeu, j'éprouve pourtant bien des difficultés pour me concentrer car mes pensées ne cessent de revenir sur mes amis disparus. Louisa et Haruki viennent de perdre leur dernier joker, comme Lyla et moi, ils sont maintenant parfaitement vulnérables face à une élimination pure et simple du jeu. Savoir qu'ils sont logiquement revenus à eux à leur dernier point de sauvegarde m'inquiète davantage. L'entrée du domaine, là où actuellement toute l'armée de Marylin se concentre pour éviter l'invasion du Paradis par les rebelles, semble le pire endroit où renaître… Même si j'ai toute confiance en Haruki qui a déjà prouvé à maintes fois sa résistance, son intelligence et sa vaillance, se retrouver projetés sur la ligne de front, au cœur d'un combat s'annonçant sans merci, s'avère être une tâche ardue…

La prophétie nous avait avertis que nous devions mourir. Leurs morts étaient-elles ainsi écrites à l'avance ? Cette tragédie était-elle inéluctable ? Donc, est-ce à ce point inutile d'essayer de combattre si la fin est déjà programmée ?

À bien y réfléchir, notre lettre de mission affirmait que nous *devrions* mourir et non simplement que nous allions mourir. La notion de devoir m'interroge soudainement, comme si elle impliquait une volonté manifeste de notre part…

— Attends trente secondes, me coupe Lyla dans mes pensées. J'envoie un texto au général.

Tandis qu'elle tape son message sur son portable, nous patientons sur le palier du premier étage. Le calme règne et je ne sais s'il faut s'en réjouir ou le craindre. Puis nous continuons à rebrousser chemin dans le noir absolu jusqu'aux souterrains. Les deux Lyla restent silencieuses et se contentent d'écouter mes consignes pour les guider. Le retour à notre point de départ se déroule sans accroc, nous laissant penser que les troubles au portail numéro quatre sont si importants qu'ils mobilisent tous les militaires encore vivants et disponibles…

— Ma chérie ! s'exclame le général, la voix pleine de trémolos quand ils nous voient arriver au lieu de rendez-vous.

Lyla a la force de se porter seule sur ses jambes et d'un pas lent, mal assuré, elle marche vers l'homme de sa vie qui l'attend depuis si longtemps, qui a remué ciel et terre pour la libérer de l'emprise du diable. Les deux amants s'enlacent, s'étreignent.

Je serre la main de ma Lyla, les larmes aux yeux.

4.14

Un récit de vingt ans

— Merci… Merci infiniment.

Le général pleure toutes les larmes de son corps et chacune d'elles a une signification. Une pour le bonheur qu'il éprouve à retrouver son amour. Une pour la tristesse qu'il ressent en constatant l'état de souffrance de sa moitié après des années de séquestration. Une pour l'angoisse et le soulagement occasionnés par son orchestration minutieuse qui a finalement porté ses fruits et permis cette évasion.

En voyant notre couple ainsi réuni dans un lointain futur, je n'ai pas les mots pour décrire l'émotion qui me gagne. Malheureusement, cet instant de consécration a eu un prix lourd de conséquence avec la mort de nos amis. J'annonce au général la triste nouvelle.

— Louisa et Haruki sont morts… Ils ont été tués par des pourris, apparemment libérés par un enfant humanoïde…

— Désolé de n'avoir pu anticiper cette intervention, affirme gravement Hugo. La collection de Marylin, comme il se plaît à l'appeler, est normalement enfermée, vous n'étiez pas censés être attaqués par ces morts-vivants…

— Une collection ? s'insurge Lyla.

— Oui… Ce sont les plus farouches opposants que le gouverneur a vaincu et réduit à l'état de pourris. Il les met en cage dans ses appartements afin de savourer son triomphe continuellement. Après cette journée mémorable, c'est là que nous finirons tous les quatre si nous nous faisons prendre…

Cette douce perspective est un avertissement. Ayant brisé la belle collection du gouverneur, nous avons la certitude de devenir ses prochains trophées.

— Nous ne lui laisserons pas ce plaisir… rugis-je.

— Et ce robot sous les traits d'un enfant… rajoute silencieusement Lyla.

Le visage du général n'en finit pas de s'assombrir à chaque nouvelle révélation sur ce monde de demain qui nous tend les bras…

— C'est une si longue histoire… Je ne sais pas si j'aurai le temps de vous la conter entièrement, nous prévient-il.

Le général, prenant appui contre le mur, aide sa moitié à s'asseoir par terre. Il me demande d'aller ouvrir la trappe en béton pour que nous puissions partir immédiatement au signal. Lyla vérifie sur la tablette que la zone au-dessus de nos têtes est déserte. Lorsqu'elle me fait signe, je pousse la dalle et retrouve l'air libre, l'obscurité de Gaulon, mais je découvre aussi les bruits de guérillas urbaines au loin, de l'autre côté de l'hôtel…

— Comment ça se passe en ville ? demandé-je alors.

— Comme prévu, c'est une bonne nouvelle. La résistance attendait ce moment depuis aussi longtemps que moi. Elle saisit là la seule réelle occasion qui se présente à elle pour renverser le pouvoir et les élites. Les rebelles savent que c'est aujourd'hui ou jamais, ils sont tous au rendez-vous et une partie de la population est en train de comprendre que le monde peut changer, à nouveau, cette fois dans le bon sens. Tous ensemble, ils combattent le reste de l'armée de Marylin qui est désormais le dernier rempart vers la victoire.

— Et nous dans tout cela ? Quel est le plan ? dis-je en nous désignant, Lyla et moi.

— Un hélicoptère va bientôt atterrir, nous l'attendons.

Dans la faible lueur verdâtre de la pièce, la Lyla du futur vient enfin de découvrir nos visages et de réaliser que nous ne sommes pas n'importe quels alliés. Nous sommes eux, plus jeunes, venus du passé.

— Hugo… Explique-nous comment… tout cela est possible ? parvient-elle à articuler à bout de force.

Nous nous asseyons à notre tour, formant un cercle dans ce souterrain isolé de tout, afin d'écouter son récit de vingt ans… Il prend une profonde inspiration et se lance pour nous raconter une histoire qui s'annonce terrifiante.

— Je ne sais quelles informations vous avez pu glaner depuis votre entrée dans Gamers mais le point de départ, vous l'aurez forcément compris, est le maire Richard Bushman. Quelques semaines après votre ligne temporelle, malgré de nombreuses manifestations, il a été élu sénateur. Beaucoup pensaient impossible qu'un tel personnage puisse atteindre un poste aussi important, pourtant il faut bien croire que vos contemporains, noyés dans les fakes news des réseaux sociaux et les médias contrôlés par de riches personnalités, n'ont plus su discerner le faux du vrai et ont perdu toute leur lucidité. D'autres ont cru bon de tenter une politique extrême après tant d'échecs et de déceptions.

Le général semble avoir des regrets. Je le conçois car après avoir voulu contester son ascension en piratant son site de campagne, j'ai abandonné ma quête rapidement, pris dans les phares de ses hommes de main. Si j'avais osé continuer, si j'avais eu le courage d'aller plus loin, si j'avais eu les moyens de mes ambitions… Par l'effet papillon, le résultat de cette élection aurait pu être tout autre…

— Ensuite, la crise sanitaire et économique internationale a totalement bouleversé l'ordre mondial à tous les égards. Nous ne pouvions imaginer pire scénario… Dans plusieurs pays du monde, des guerres civiles ont éclaté, des démocraties ont été anéanties – même les plus respectables et établies. Le chaos s'est répandu comme une traînée de poudre dans une mondialisation qui ne pouvait alors qu'éclater en miettes et provoquer des affrontements entre les puissances survivantes. Bushman et sa mégalomanie, son excentricité, sa xénophobie, son racisme et son patriotisme exacerbé ont constitué une évidence pour notre nation dont le besoin de protection et la haine des autres avaient atteint leur paroxysme. Il était l'homme providentiel qui pouvait nous protéger du monde extérieur, de la misère et des guerres intestines.

En suivant l'actualité ces dernières années, je n'ai pu effectivement que constater l'émergence et la glorification de ce type d'individus populistes et démagogues. Dans une société en perte de repères, ils prenaient déjà peu à peu le pouvoir ; ainsi je conçois aisément le scénario que le général nous décrit…

— Il est rapidement arrivé au sommet de l'état dans un pays profondément fracturé. Il ne lui aura fallu que quelques mois de plus pour aggraver la situation internationale déjà explosive ayant perdu le contrôle. Pour anéantir les autres pays capables de se relever mieux que le nôtre après ces différents cataclysmes, il a largué des bombes nucléaires comme d'autres avaient largué des bombes à poudre durant la seconde guerre mondiale. Vingt-huit simultanément le premier jour, en plein cœur des plus grandes villes du globe terrorisant les populations et attisant la fureur des dirigeants tout aussi fous que lui. De multiples vengeances ont provoqué une surenchère sur l'utilisation de l'arme nucléaire qui a transformé à jamais notre planète en boule radioactive inhabitable pour les êtres vivants…

Je me décompose à l'écoute de ce récit horrifique qui prend toute sa dimension dans mon esprit car je sais que le général nous dépeint ici un futur proche.

— Les morts directes se sont comptées en dizaines de millions puis la radioactivité libérée, les guerres civiles, la famine, la folie, le désespoir en ont engendré des centaines de millions d'autres par ricochets. La majorité du monde a sombré dans l'anarchie la plus totale et s'y trouve encore aujourd'hui, de longues années plus tard. Il est toujours plus facile de démolir que de construire et quand on parle d'une civilisation millénaire, la tâche s'avère souvent insurmontable. Ici, le gouverneur Marylin a maintenu son pouvoir par la force, la répression et l'esclavagisme du peuple. On ne peut lui enlever l'énergie et la vision qu'il a eues pour reconstruire pierre par pierre une dizaine de cités comme celle-ci, mais à quel prix… Au détriment complet de toute humanité, sans aucun droit pour les travailleurs, avec un système inégalitaire qui n'a rendu une vie normale qu'à une poignée de privilégiés…

Je sens que le général revit intérieurement cette période et qu'il se heurte à des souvenirs pénibles, atroces, qui vous marquent et traumatisent à vie.

— Et toi dans tout ça ? demandé-je pour connaître sa trajectoire dans ce chaos qui l'a amené à sa fonction actuelle.

— Toi… Moi… Nous intervenons dans les années 2020. Je me suis immergé dans la programmation et j'ai développé des pare-feu et anti-malwares. Après avoir si longtemps appris à infiltrer des réseaux, j'ai excellé dans la manière de les protéger. Pendant ce temps, Lyla a étudié la physique et notamment l'électromagnétisme.

Nous avons été tous les deux très compétents dans nos domaines respectifs si bien que fin 2029, après la fin du monde tel que tu l'as connu, après cette troisième guerre mondiale aussi brève que destructrice, nous avons été recrutés dans des rôles clé pour le projet « Gaulon ». Même si Bushman, autoproclamé gouverneur Marylin durant ce temps, est devenu un personnage encore plus extrême et caricatural, il est resté le leader incontestable de la nation. Ne vous méprenez pas, nous n'avons pas travaillé pour lui, tout ce que nous avons entrepris tendait uniquement à protéger la population de la radioactivité et d'éventuelles nouvelles attaques. Lyla et ses équipes ont créé la technologie des dômes. Moi, j'ai conçu tous les systèmes de sécurité informatique et militaire. Trois ans de travail acharné pour venir à bout du projet où toutes les têtes pensantes ont été mises à contribution. Finalement, nous avons pu nous mettre à l'abri. Durant ce temps, le taux de radioactivité a certes baissé dans l'air, néanmoins la terre et l'eau sont restées contaminées et cela a contribué à annihiler la race humaine.

Cet avenir conté est pire que tous les scénarios hollywoodiens imaginés sur le sujet de la fin du monde et de l'apocalypse. La réalité dépasse toujours la fiction, ce qui la rend encore plus invraisemblable.

— Les radiations ne peuvent pas transformer les gens en zombie ! interviens-je, sentant qu'il manquait un élément de réponse.

— Oui, tu as raison… Malheureusement, il faut ajouter à cela toutes les armes chimiques que certains pays ennemis ont employé car ils ne possédaient pas l'arme nucléaire… Le cocktail obtenu a transformé les victimes en monstres et ce fléau annonce l'extinction définitive de la race humaine si nous ne le contrôlons pas…

Je souhaitais connaître la vérité sur ce nouveau monde, j'avais déjà tenté de l'imaginer, néanmoins toutes ces réactions en chaîne dépassent l'entendement. À chaque étape du conflit, l'homme n'a jamais su réagir et prendre la bonne décision. À chaque décision, il n'a fait qu'accélérer sa perte.

— C'est durant cette période de trois ans que vous vous êtes rencontrés ? s'enquit Lyla, cherchant sans doute un peu de poésie et d'amour dans cet univers effrayant.

Le général Delacroix sourit, comme pour la remercier de pouvoir remonter d'aussi bons sentiments à son esprit.

— Oui, trois années à travailler mais aussi à s'aimer et à fomenter un plan en parallèle pour évincer le gouverneur du pouvoir. Malheureusement, quand Marylin a compris nos intentions, Lyla a été arrêtée. Il m'a maintenu en laisse ainsi pendant sept longues années…

Nous réalisons pleinement maintenant le cauchemar dans lequel nos êtres futurs, deux jeunes amoureux éperdus, ont été plongés. Nous prenons un moment pour digérer cette histoire et comprendre l'ampleur des dégâts occasionnés par l'élection du sénateur Richard Bushman.

— L'hélicoptère ne devrait plus tarder. Dès que nous l'entendrons, il faudra sortir, annonce le général en consultant sa montre.

Je me rends compte que nous ne détenons pas encore toutes les pièces du puzzle. Je veux absolument obtenir le fin mot de l'histoire avec la pièce « Gamers » qui ne rentre toujours pas dans le cadre. Cependant, le général se lève et sort un couteau et un briquet de sa veste. Il passe ensuite méticuleusement la lame tranchante sur la flamme.

— Que fais-tu ?

Il ne me répond pas, trop concentré sur ses gestes. Il pose alors la pointe du couteau sur son poignet et l'enfonce légèrement, incisant l'intérieur de son avant-bras sur plusieurs centimètres. Je grimace devant ce spectacle d'automutilation sans toutefois intervenir. Visiblement il sait exactement ce qu'il fait. Le général glisse la lame sous sa peau et parvient à en extraire une petite capsule métallique de la taille d'un cachet d'aspirine.

— C'est mon traceur. Grâce à cet émetteur, Marylin pourrait savoir où je me cache, n'importe où dans le monde… Tous ceux à son service sont sous surveillance et en sont dotés. Il est l'heure de m'en débarrasser.

Il sort un rouleau de gaze de sa poche et panse sa plaie avec application.

— Et le jeu Gamers dans tout ça ? Notre bond dans le temps ? Notre présence ici ? Notre but ultime ? J'ai encore tant de questions qui me vrillent la tête…

— Je ne te connais que trop bien, sourit-il en m'adressant un clin d'œil. Notre curiosité, notre soif de savoir, notre impatience… Laisse-moi juste une minute, il faut que j'enlève aussi celui de Lyla.

Il prend le bras de sa compagne avec délicatesse et s'applique à l'entailler. Elle serre les dents et réprime sa douleur qu'elle sait nécessaire. Une souffrance toute relative en comparaison des années passées injustement derrière les barreaux. Il extrait la capsule et soigne le bras ensanglanté. Il me regarde enfin et me fixe pour mieux capter ma réaction.

— Gamers, c'est nous, Hugo, qui l'avons créé. À la base, c'était une représentation virtuelle du nouveau monde, la plus proche possible de la réalité afin de simuler toutes les installations et de tester les systèmes de sécurité mis en place avec tous les scénarios possibles et imaginables. Un programme redoutable d'efficacité que l'armée a fortement loué, si bien que tous les militaires se sont entraînés avec cette simulation. Un jour, j'ai compris que je pouvais l'utiliser autrement, dans un autre but. J'ai alors travaillé secrètement pour la transformer en un jeu dans lequel j'ai glissé tous les messages d'avertissement possibles pour que vous compreniez comment le monde était devenu et j'ai écrit tout un scénario pour que cette rencontre et la discussion que nous venons d'avoir aient lieu. Maintenant vous savez, maintenant vous pouvez réagir et tout reprendre à zéro pour sauver l'humanité… Désolé de n'avoir pu vous envoyer un message plus direct car il fallait que tout cet aspect ne soit pas visible facilement dans mes lignes de programmation que l'armée vérifiait au jour le jour. Pour en arriver là, j'ai dû défier pendant des années leur étroit contrôle.

— Attends, attends… interviens-je. Tu vas trop vite, je peine à suivre et n'ai pas tout saisi. Comment t'y es-tu pris pour nous envoyer ce jeu dans le passé ?

— Définitivement, je te reconnais bien là. Toujours ce souci du détail, la volonté de comprendre chaque aspect… Comme le temps qui nous est imparti va être écoulé, je vais résumer le plus clairement possible, précise-t-il en vérifiant à nouveau sa montre. Tu connais la relativité d'Einstein et la courbure de l'espace-temps à cause des phénomènes de gravitation ? Eh bien, avec toutes les études menées sur la bombe atomique ces dernières années, une équipe de brillants scientifiques emmenée par Loevenbruck a pu théoriser le voyage dans le temps grâce à l'énergie dégagée lors de ces explosions. N'imagine pas qu'on ait pu envoyer un homme dans cette boucle temporelle, non, mais un programme informatique totalement inorganique oui. À l'insu du gouverneur, nous n'avons pu réaliser qu'un seul essai en laboratoire et sincèrement, nous ne savions pas si la théorie et la pratique allaient se rejoindre et si ce message allait bien être récupéré par ce même Loevenbruck vingt ans plus jeune qui travaillait déjà dans ce labo sur ce type de projet. Il devait ensuite contacter les membres d'une équipe pour les envoyer dans le jeu. Si vous êtes là, c'est qu'il a réussi !

À cet instant, le général retrouve un petit sourire car nous constituons le seul signe d'espoir que porte encore la Terre avant de s'effondrer sur elle-même.

— Ce mystérieux animateur du stand Gamers était donc Loevenbruck, c'est pour cela que nous l'avons tous croisé et que nous avons obtenu nos pass VIP… en déduit Lyla.

— J'ai bien compris nos rôles respectifs, mais pourquoi Haruki, Keraudren et normalement la sœur de Louisa ? Comment s'inscrivent-ils dans cette histoire ?

— Tous trois font partie des leaders rebelles en ville ! Les prévenir du danger encouru me semblait tout aussi vital, précise le général.

Lyla et moi nous observons un instant. Quelque peu dubitatifs, nous comprenons de mieux en mieux la genèse du basculement de notre vie. De ce récit digne de la science-fiction, je tire aussi plusieurs déductions importantes que je souhaiterais immédiatement vérifier.

— Donc, si nous sommes bel et bien dans un jeu, nous ne sommes pas morts dans notre vraie vie, dans notre ligne temporelle ?

— Non ! Évidemment que non ! nous rassure-t-il. Comment pourriez-vous réécrire le futur sinon ? Il vous faut juste quitter la partie maintenant et faire le nécessaire pour que l'avenir soit meilleur.

Le soulagement est proportionnel à l'annonce. Ce jeu, tellement immersif, est parvenu à nous faire croire que l'impossible restait possible, si bien que nous en avons perdu toute rationalité, tout repère.

— C'est une bonne nouvelle ! se réjouit Lyla qui sort enfin de sa torpeur après tant d'horreurs. L'explosion du hall du Festival Gaming et la vision de nos cadavres après l'accident nous a tellement effrayés que…

Le général la coupe, manifestement inquiet.

— De quelle explosion parles-tu ?

4.15

Tu devras mourir

Un frisson remonte le long de ma colonne vertébrale. Malgré la faible luminosité, j'ai reconnu cette expression sur le visage du général, celle de l'imprévu, celle du grain de sable qui grippe la machine parfaitement huilée…

— Il y a eu un violent orage lors du Festival Gaming et tous les stands de jeu ont grillé lorsque la foudre s'est abattue sur le bâtiment. Au moment précis où nous débutions la partie…

Le général Delacroix se relève brusquement et effectue les cent pas dans le petit espace. Il tente d'appréhender cette donnée, cette variable qu'il n'a pu maîtriser et de comprendre quelles en sont les conséquences…

— Dans le camping-car en plein désert, via le premier écran de sauvegarde, vous avez eu le message du scientifique Loevenbruck, non ?

Je visualise encore parfaitement la scène et me souviens de l'intervention de l'animateur du stand qui s'était résumée à apparaître inopinément pour couper la communication.

— Non… précisé-je, désemparé. Nous avons vu les décombres du stand de jeu et nos dépouilles alignées au sol.

Le trouble du général s'accentue et l'inquiétude nous gagne tous. Après la joie des retrouvailles, le coup est rude à encaisser.

— C'est terrible… Si l'interface du jeu a grillé et que votre enveloppe corporelle est morte…

— Cela signifie-t-il que nous ne pourrons jamais quitter Gamers ? s'affole Lyla, qui, au fond de son cœur et de ses croyances religieuses, espérait cette hypothèse impossible.

— Je suis désolé, l'entrée dans le jeu ne devait pas se dérouler ainsi, elle devait se passer de manière tout à fait classique. La probabilité que la foudre frappe votre stand exactement au moment où vous vous connectiez au jeu est tellement infiniment faible…

— Tu penses que le lancement de ce jeu provenant du futur, aurait perturbé l'espace-temps à son tour et provoqué ce phénomène d'orage et de foudre ? demandé-je, certain qu'il avait exactement la même idée en tête.

— Je ne suis sûr de rien mais c'est une possibilité… Connaître la cause ne modifie malheureusement en rien les conséquences pour vous, regrette-t-il en se massant les tempes pour faire disparaître son mal de crâne.

— Alors que faisons-nous concrètement ? conclut Lyla.

Le général Delacroix se redresse et semble se reprendre. Il a déjà vécu des situations bien plus dramatiques et difficiles par le passé. Côtoyer le gouverneur de si près l'a endurci, vivre sans son amour l'a rendu plus déterminé que jamais. Pour tout problème, il trouve une solution, je le sais car il est moi en plus mature, en plus expérimenté.

— On continue le plan. Vous poursuivez votre partie. Grâce à vous, nous allons pouvoir fuir l'armée pour rejoindre la résistance et vaincre le gouverneur Marylin. Ensuite, nous aurons tout le temps pour trouver une solution et vous renvoyer dans votre espace-temps, soyez-en certains. Sauf que d'ici là, vous devrez mourir…

Je comprends tout à fait son leitmotiv de ne pas s'apitoyer sur son sort, après ce que la Terre et l'Homme ont vécu ces dernières années, cela semblerait dérisoire. J'aurais tant aimé que cet ordre de mission puisse être annulé, surtout après cette hypothétique perspective de rester bloqués pour toujours dans le jeu… Ainsi, au bruit de l'hélicoptère résonnant au loin à l'extérieur, je vais pour la première fois m'opposer à la volonté de mon être futur.

— Mais pourquoi devons-nous mourir ? Pourquoi ne peut-on pas fuir avec vous ?

— Marylin nous pourchassera sans relâche s'il nous sait vivants alors que nous serons libres de nos actions s'il nous croit morts. Premièrement, la liberté de la nation et la survie de notre espèce doivent passer devant nos intérêts personnels ; deuxièmement, ayant écrit toutes les lignes de codes de ce jeu, je connais les scénarios gagnants, je sais donc que vous devez absolument mourir dans cet hélicoptère pour que nous puissions remporter la bataille finale face à l'armée.

Même s'il est douloureux de l'admettre, je sais qu'il a raison. Il me faut simplement accepter de mourir volontairement. Me persuader qu'il n'y a que cela à envisager, être rassuré sur ce qu'il adviendra de Lyla et moi.

— Si je résume bien. Il y a deux issues possibles à notre mort. Soit par miracle, nous parvenons à quitter la partie et retournons à notre époque, au Festival Gaming et nous devrons ainsi sauver le monde en empêchant Richard Bushman d'accéder au pouvoir suprême ; soit nous sommes piégés dans Gamers, et n'ayant plus aucune vie, nous recommençons la partie à zéro et il nous faudra ainsi remonter jusqu'à vous.

Il acquiesce en silence, sans ajouter un mot. En dire plus ne servirait à rien, j'ai parfaitement exposé les deux possibilités.

— Le menu n'est déjà pas réjouissant donc j'évite d'évoquer le cas où nous disparaîtrions complètement dans les lignes de codes du programme… dit Lyla amèrement.

Oui, je pense sincèrement qu'il nous faut oublier cette éventualité. Si nous mourions de la sorte, nous n'en aurions pas conscience, cela ne sert donc à rien d'épiloguer en noircissant le tableau. Je regarde ma Lyla et tente de prendre la température, savoir si elle se sent prête ou si elle veut défier la décision du général.

En réponse, elle tend la main vers lui, paume vers le haut.

Delacroix y dépose les deux émetteurs afin que l'armée puisse identifier la présence du général et de Lyla dans l'hélicoptère et être ainsi persuadée qu'en l'abattant, ils tueront les deux fuyards. Il se tourne ensuite vers moi et je sens son affection en prononçant ses dernières phrases.

— Jusqu'à présent, la vie n'a pas été équitable avec toi, Hugo. Sache qu'à partir de maintenant, ton destin est grand, que dans tous les cas de figure, tu as l'opportunité de changer le cours de l'Histoire pour la rendre meilleure. Sois fier de toi, aie confiance en toi. Et surtout, prends soin d'elle…

Il me serre dans ses bras comme un père étreignant son fils le jour de son départ du foyer familial, le jour où l'enfant devient adulte, le jour où il doit prendre ses responsabilités et construire sa propre vie.

— L'hélicoptère va bientôt se poser, il faut que vous y soyez avant que les troupes ne l'assaillent, ajoute-t-il pour mettre fin aux effusions.

— Soyez heureux ensemble, dit Lyla, les larmes aux yeux, en enlaçant sa jeunesse.

Il nous paraît tout aussi étrange de les quitter ainsi que de les avoir rencontrés. Des instants et des échanges que nous n'oublierons jamais.

En gravissant les barreaux vers la surface, nous les saluons une dernière fois.

Oui, nous sommes prêts à nous sacrifier pour eux et pour un monde plus idéal, plus juste.

Dehors, il fait toujours nuit noire et le vacarme des pâles de l'hélicoptère nous confirme qu'il se pose non loin de là, leur souffle nous décoiffe et fait voler les poussières dans nos yeux.

— Hugo ! Hugo ! m'interpelle le général en bas de la trappe. N'oublie pas que c'est toi qui as créé le jeu, c'est un avantage certain. Bonne chance…

Je lui fais le signe de la victoire sans trop comprendre ce qu'il sous-entend par cette précision.

L'hélicoptère vient de se poser, ses moteurs vrombissants toujours aussi fort afin d'être prêt à décoller dans la seconde. Lorsque j'ouïe à travers ce boucan des cris de soldats accourant dans notre direction, je remercie une millième fois mon don d'hyperacousie et prends la main de Lyla. J'enfile mes lunettes à vision nocturne et je nous conduis à bord de l'appareil volé à l'armée, sans doute piloté par un militaire allié à la cause du général et des rebelles.

— Attachez-vous, on décolle ! nous crie ce dernier pour se faire entendre dans l'accélération du rotor.

À peine avons-nous pris place sur nos sièges que l'appareil s'élève rapidement. Sachant que nous allons mourir, sa requête sécuritaire me fait tristement sourire. Au sol, des militaires tirent à l'aveugle dans le ciel pour nous empêcher de prendre la fuite. Quelques balles claquent sur la carlingue sans toutefois perturber le pilote.

Je ne lâche pas la main de Lyla. Je ne veux plus jamais la quitter. Et certainement pas lors de l'épreuve qui s'annonce à nous. J'ai accepté de mourir mais je veux renaître à ses côtés.

— Coince l'émetteur dans le pli du siège, me dit-elle dans l'oreille. Quand nous disparaîtrons, il ne faut surtout pas partir avec… L'armée doit être convaincue de la présence du général et de Lyla dans la carcasse du coucou après le crash…

Avec la faible lueur de Gaulon en arrière-plan, la silhouette géante de l'hôtel se dessine dans l'obscurité. Nous nous élevons encore plus haut et survolons l'immense bâtisse. De l'autre côté, nous apercevons les multiples phares des véhicules de l'armée à l'entrée du domaine. Mes lunettes détectent des masses immenses de militaires et rebelles sur un très large périmètre. Les combats font rage et je prie pour que leurs issues soient positives pour notre cause… Haruki et Louisa sont à coup sûr au cœur du brasier et nous avons une pensée pour eux, en espérant les retrouver un jour, le plus rapidement possible…

Comme le général est responsable de la sécurité, il connaît parfaitement tous les protocoles et sait que notre appareil va être abattu avant que l'on puisse s'échapper. En silence, nous attendons l'impact qui nous réduira en pièces. Je sais que comme moi, Lyla pense au réveil douloureux dans l'inconnu. Elle serre ma main de plus en plus fort à l'approche de l'inexorable fin.

Si le futur dit vrai, nous serons ensemble lors de notre renaissance et nous le serons pour longtemps.

J'ôte mes lunettes et les fourre dans mon sac que je tiens contre moi. Je me colle ensuite à ma belle et lui avoue à l'oreille que je l'aime.

— Moi aussi, je t'aime… me dit-elle en m'embrassant, comme si ce baiser pouvait être le dernier.

Mes oreilles sifflent subitement lorsqu'un missile anti-aérien file droit sur nous. Une violente secousse perturbe le vol de notre engin puis des flammes jaillissent du moteur au-dessus de nos têtes et notre trajectoire devient folle. Je ferme les yeux dans la chute vertigineuse qui débute et serre la main de Lyla, mon fil vers la vie.

Puis nous partons en fumée sans nous en rendre compte.

Vers d'autres cieux, vers d'autres aventures…

À SUIVRE…

Les Thuyas,
Le 11 août 2020

Remerciements

Mai 2018 – Août 2020… Vous m'aurez maudit plus de deux ans pour vivre enfin la suite des aventures d'Hugo Moon et de ses compagnons d'infortune. J'espère sincèrement que votre patience a été récompensée et je vous remercie d'être restés fidèles à mon héros si singulier.

Une promesse s'impose donc : celle de ne pas vous faire attendre aussi longtemps pour connaître l'épilogue de cette saga. Sachez qu'il me tarde déjà de me replonger dans Gaulon pour affronter Marylin.

Ce septième roman aura été écrit dans des conditions très spéciales, au cœur d'une crise planétaire sans précédent qui illustre parfaitement les propos et messages disséminés dans ce livre. Une période marquée aussi par le décès d'un homme proche de la famille, de mes enfants, Didier Ballin, à qui je dédie ce livre.

Avant de clore définitivement cet épisode et de passer à un nouveau projet d'écriture, je tiens sincèrement à remercier les personnes clés qui m'entourent au quotidien ou ponctuellement dans ma passion livresque : Yvette Petek pour son incroyable énergie à corriger mes mots, Delphine Doucy-Rondeaux pour son œil aiguisé, le groupe des Huguettes pour leur vigilance et leur soutien, Robin Verhote pour ses coups de pouce wordesques, Ryoko pour ses traductions, les fidèles du groupe des Leban de Mordus pour leur bonne humeur, les chroniqueurs qui me suivent et évidemment tous les lecteurs, de la première heure ou simples curieux qui osent s'immerger dans mon univers effrayant.

Evidemment, je n'oublie pas mon épouse Anneline, qui a été présente dans toutes les étapes de création d'Hugo Moon 2 et sans qui tout cela n'aurait pas la même saveur.

Enfin, un petit coucou à mes enfants. Bientôt… Enfin… Vous aurez l'âge de suivre les péripéties d'Hugo ! J'ai autant hâte que vous…

A bientôt,

Damien

BIBLIOGRAPHIE DE L'AUTEUR

La trilogie des shérifs
Le sanctuaire d'Ombos
Les héritiers des ténèbres
Résilience

La trilogie Hugo Moon
Tome 1 - Hugo Moon – Survivre
Tome 2 – Hugo Moon - Comprendre

Le major Heisen
Les braises de l'exode
Je suis le crépuscule

Printed in Great Britain
by Amazon

52202654R00180